Heinz G. Konsalik
Die Liebesverschwörung
Auch das Paradies wirft Schatten

Heinz G. Konsalik

Die Liebesverschwörung

Auch das Paradies wirft Schatten

2 Romane in einem Band

Heinz G. Konsalik:
Die Liebesverschwörung / Auch das Paradies wirft Schatten
Genehmigte Sonderausgabe

ISBN 3-625-20934-9

Die Liebesverschwörung

Roman

1

»Du wirst immer hübscher, Carmencita. Wie machst du das nur?« Eberhardt Bercken lehnte lächelnd an der warmen Holzwand der Box. Die dunkle Stute neigte den Kopf, und der Mann streckte die Hand aus. Er fuhr ihr zart über die Mähne und strich dann, während sie versuchte, ihr weiches Maul in seine Hand zu schieben, mit dem Zeigefinger leicht über ihre Stirn.

Die Tiere atmeten und schnauften und mampften und stampften. Ein Gefühl der Wärme und Geborgenheit durchströmte Eberhardt, wie stets, wenn er im Stall bei den Pferden war.

Hier konnte er entspannt und ohne Argwohn sein. Es gab keine Hinterlist und keinen Verrat. Pferde, diese empfindsamen Tiere, vergalten Zuneigung und Pflege mit Treue und Gehorsam.

Als Fritz Meerkamp den Stall betrat, straffte Eberhardt sich. Er lehnte den Kopf in den Nacken und sagte forsch: »Na, meine Schöne, nachher wird gearbeitet, sonst setzt du noch Fett an.« Carmencita prustete leise. »Morgen, Meerkamp«, wandte er sich an den Verwalter. »In drei Monaten hat sie ihr erstes Turnier. Wir müssen sie tüchtig rannehmen.«

»Morgen, Herr v. Bercken. Tscha, da geht ja nu wohl kein Weg dran vorbei. Lassen Sie mich ruhig machen.«

»Sie wollen damit sagen, daß ich mich lieber um die Verwaltung kümmern soll, was, Meerkamp?«

»Nee, das nich. Wenn jemand was von Pferden versteht, dann Sie«, sagte Fritz Meerkamp, und er wußte, wovon er redete. Er hatte sich schon bei Eberhardt Berckens Vater um Hof und Gestüt gekümmert, eine Position zwischen Verwalter und Knecht und Pferdetrainer. »Der Meerkamp für alles« hatte der alte Bercken ihn manchmal scherzhaft genannt. Nun stand er nach dessen Tod dem jüngeren Sohn Eberhardt zur

Seite, soweit die ollen Knochen das noch zuließen. Der ältere Sohn, Dietmar, war Arzt geworden. Chirurg in Hamburg. Und er hatte das väterliche Erbe glatt ausgeschlagen. Jedes Weihnachten kriegte er seinen Schinken geschickt, aber sonst hatten die Brüder wenig Kontakt zueinander. Waren zu verschieden. Dietmar war immer der erklärte Liebling seiner zarten, schönen Mutter gewesen. Eberhardt hatte sich als wilder Bengel benommen, um Mutters Aufmerksamkeit auf sich zu lenken. Natürlich hatte das gerade die gegenteilige Wirkung gehabt.

Als der alte Bercken gestorben war, hatte Eberhardt, ohne lange zu zögern, sein Volkswirtschaft-Studium an den Nagel gehängt und das Erbe angetreten. Die Mutter war nach Hamburg in die Nähe ihres Lieblingssohnes gezogen.

Meerkamp erlebte, wie die junge Frau ins Haus kam. Dicke Tannengirlanden über dem Portal, Blumen überall. Eberhardt hatte sie über die Schwelle getragen unter dem Jubel der Gäste und Angestellten. Sie war derselbe Typ gewesen wie die Mutter: eine dunkelhaarige Schönheit, kühl und stets eine Spur hochmütig. Die hellen Augen des jungen Bercken hatten gestrahlt. Damals waren sie noch ganz klar und ohne den Schleier der Melancholie gewesen, der sich jetzt so häufig über ihren Glanz legte.

»Hier also steht die neue Frau auf Berckenhof«, hatte er gesagt und sein Glas erhoben, »willkommen, Gabriele! Wir alle wünschen von Herzen, daß du bei uns glücklich wirst.« Alle hatten ihr zugetrunken.

»Hoch, hoch, hoooch!«

»Danke«, hatte sie erwidert mit freundlichem Abstand. Nun ja, beliebt war Gabriele v. Bercken nie gewesen bei den Leuten auf Berckenhof. Als sie jedoch ein Kind erwartete, war ihr Mann überglücklich, und alle freuten sich mit ihm. Das war einmal.

»Tscha, denn wollen wir mal. Ran an die Arbeit«, dröhnte Meerkamp.

»In Ordnung, Boss«, gab Eberhardt scherzhaft zurück.

Er trat auf den Hof hinaus. Frische, klare Morgenluft schlug ihm entgegen, trug den Duft von Nelken und Nadelhölzern zu ihm hin. Das Gut Berckenhof lag in einem kleinen Park von niedrig gehaltenen Fichten und Kiefern, durchsetzt mit schlanken Birken und breitkronigen Buchen. Vor dem lang hingestreckten Herrenhaus blühte ein großes Blumenrondell. Wiesen und Koppeln mündeten am Horizont in einen Wald ein, der auch zum Gut gehörte.

Als Eberhardt den Hof übernommen hatte, war er ziemlich gefährdet gewesen. Der Umschwung in der Landwirtschaft, der erforderliche Übergang zur Spezialisierung machten sich hart bemerkbar. Eberhardt hatte seine ganze Kraft und sein Können und Wissen voll eingebracht, und es hatte ihm nur in ganz niedergeschlagenen Minuten leid getan, daß er sein Studium an den Nagel gehängt hatte.

Oh, es war schön, Erfolg zu haben. Aus eigener Kraft Erfolg zu haben. Er liebte Berckenhof. Er war glücklich hier. Gabriele war es nie gewesen. Da hatte er geglaubt, ihre ständige Unzufriedenheit würde sich legen, wenn erst das Baby da war. Sie kam wirklich nicht aus großen Verhältnissen. Doch nichts war ihr recht gewesen. An allem hatte sie herumzunörgeln. Vor allem langweilte sie sich auf dem Lande.

Dann kam der Tag – es war gar nicht mehr lange bis zum ersehnten Tag, an dem Baby Bercken erwartet wurde, Mädchen oder Junge, Eberhardt freute sich wahnsinnig. Da hatte Gabriele ihm eröffnet, das Kind sei gar nicht von ihm. Sie hätte sich mit ihrem früheren Freund wiedergetroffen. »Und da hab ich halt nicht an die Pille gedacht. Ich wußte es gleich. Es war, als du zu dem landwirtschaftlichen Kongreß warst,

Eberhardt. Du weißt ja, wir beide hatten damals eine große Flaute.«

Sie hatte sich in ihren Wagen gesetzt und war abgebraust. Er hatte sich nicht gewehrt, als sie die Scheidung einreichte. Jetzt war sie mit dem anderen verheiratet. Das Kind war ein Junge.

Seitdem gab es für Eberhardt keine Frauen mehr.

»Ich bin nun mal ein knorriger Eigenbrötler. Ich mag den Geruch von Pferd und Leder, aber nicht die Wogen von Heliotrop und Moschus, die Frauen um sich verbreiten«, witzelte er oft gegenüber seinem Freund Michael Kringel.

»Mike« Kringel, Tierarzt im nahen Kreisstädtchen Engenstedt, war schon von Kindesbeinen an Eberhardt von Berckens Freund, wenn auch mit Unterbrechungen, zum Beispiel während des Studiums, das sie in verschiedenen Städten absolvierten, wobei Kringel in eine »schlagende Verbindung« eintrat und sich zwei abenteuerlich wirkende Narben auf der Stirn beibringen ließ. »Mein Seeräuber-Look«, wie er behauptete. Dann hatte es noch eine Pause gegeben, als Mike Kringel sich für zwei Monate ein Mädchen mitgebracht hatte, eine Mischung aus Punk und Striptease von der er behauptete, sie habe »das gewisse Etwas und auch sehr schöne Hände«.

Als Gabriele auf Berckenhof war, hatte Kringel sich freiwillig rar gemacht. Sie war ihm nicht geheuer mit ihrem herablassenden Getue. Eberhardt hatte es übrigens nicht ganz ungern gesehen, denn, bei allem Wohlwollen, Mike Kringel war ein ausgebuffter Ladykiller, ein Casanova im Goldschnitt. Und wenn Eberhardt allein lebte, weil er, bitter enttäuscht von Mutter und Ehefrau, genug hatte vom schönen Geschlecht, so blieb Mike Kringel für sich, weil er die Frauen so liebte, daß er für alle bereit sein wollte. Er hielt es mit dem Spruch: »Warum es wegen einer mit allen verderben?!«

»Wenn ich so'n tolles Weib treffe, da nehm ich Witterung auf, da geht mein Herz auf Krempstiefeln, Mann, Eberhardt, das ist doch der ganz normale Jagdinstinkt, jagen und die Beute genießen. Steckt doch jedem Mann in den Knochen. Sag bloß, du kennst das nicht!«

»Na, Waidmannsheil«, hatte Eberhardt gewünscht, »dann bleibe ich doch lieber ein bescheuerter Single.«

»Früher nannte man das Hagestolz.«

»Da du auch allein lebst, bist du demnächst im Grunde auch einer, Mike. Oder?«

»Wenn du ne Partei der Hagestolze gründen willst, möchte ich Kassenwart werden, Ebi.«

»Also, bitte, nenn mich nicht Ebi, ja?«

So ähnlich verliefen alle Versuche der Freunde, den anderen jeweils zu einem »richtigen« Leben zu bekehren.

Kringel allerdings war von keiner Melancholie angekränkelt. Beileibe nicht. Er verdiente gut. Sein Einfamilienhäuschen mit dem hübschen Wintergarten und dem Garten, durch den sich der Rasen als schmales Handtuch zog, ein Rasen mit viel Butterblumen und Gänseblümchen, weil Kringel nicht gern mähte, mit Staudenbeeten an beiden Seiten, sein Häuschen war genau richtig für ihn. Gemütlich und ungeniert, wenn er Besuch einlud. Gerade kam, in allen Ehren natürlich, sein Schwesterchen Laura an. Zum erstenmal nach langer Zeit. Er eilte ihr durch den winzigen Vorgarten entgegen, als sie aus ihrem roten Sportflitzer kletterte. Donnerwetter, sie war wirklich bildhübsch.

»Laura!«

»Mike!«

Die Geschwister umarmten sich und sahen sich lachend an.

»Gut schaust du aus«, lobte er.

»Du wirkst auch nicht übel.«

»Komm rein. Wie lange warst du nicht hier?«

»Wann warst du das letztemal in Berlin? Vor drei Jahren, glaub ich. Stimmt's?«

»Kommt wohl hin. Du, dann ist es mindestens sechs Jahre her, seit du hier warst. Bißchen schmaler siehst du aus. Hast du Kummer gehabt?«

Sie setzte sich auf einen seiner weißen Ledersessel. Ihr Haar war noch genauso blond wie in der Kindheit. Die Farbe von hellem Herbstlaub, auf das die Sonne scheint. Kein Friseur konnte diesen Haarton zaubern. Sie hatte einen zart teefarbenen Teint. Die zierliche Nase, der Mund mit dem Herzschwung der Oberlippe, die etwas schrägen Augen, deren Farbe den Himmel zu spiegeln schien ... in ihren weißen Lederhosen und dem tollen roten Seidenpulli sah sie aus wie eine Titelblattschönheit. Nein, sie sieht belebter aus, empfindsamer, dachte Mike. Lauras Augen verdunkelten sich ein bißchen ins Veilchenfarbene. »Ich habe mich von Frank getrennt«, sagte sie leise. »Nach immerhin vier Jahren enger Freundschaft und Zusammenarbeit. Es ging einfach nicht mehr. So was Selbstherrliches! Und regelrecht ausgebeutet hat er mich. Um ehrlich zu sein, Mike, eigentlich bin ich nicht nur aus schwesterlicher Sehnsucht nach dir hier. Wir hatten ja schon mal am Telefon darüber gesprochen. Ich habe Frank verlassen und will und kann nun natürlich auch nicht mehr unseren Betrieb als Steuerprüfer weiterführen. Soll er das alleine machen. Oder mit einer anderen. Meine Frage ist: Habe ich hier in Engenstedt Aussichten, als tüchtige Steuerprüferin Mandanten zu finden?«

Mike grinste. »Klar. Hier wird genauso beschuppt wie anderswo.«

»Mike, bitte. Ich bin seriös.«

»War doch nur Spaß, Kleines. Im Ernst, es wird bestimmt klappen. Fehlt hier direkt noch jemand. Vor allem jemand, der nicht mit jedem über jeden tratscht.«

»Apropos Tratsch. Was macht denn dein Freund Eberhardt?«

»Laura, sieh mich mal an!« Er blickte ihr forschend in die Augen. Wahrhaftig, das Mädchen wurde rot. Mit zwölf hatte sie für den Freund ihres großen Bruders geschwärmt. Der natürlich war an den Mädchen aus den höheren Klassen interessiert. Einmal hatte er ihr den Schlitten im Wald einen Hügel hochgezogen und ihr kurz den Arm um die Schultern gelegt. Davon hatte sie tagelang gezehrt. Dann hatte er studiert, später war sie zum Studium nach Berlin gegangen. Doch irgendwie hatte sie die Erinnerung an ihn in sich gespeichert. Wenn sie an ihn dachte, reagierten ihr Herz, ihr Blut und ihre Nerven. Dann sehnte sie sich wie ein kleines Mädchen nach dem großen, breitschultrigen Mann, der ihr den Arm um die Schulter legen und sie beschützen und lieben würde. Ein Mann der Heimat.

Sie lächelte verlegen und rief sich innerlich zur Ordnung. Sie war längst erwachsen. Soweit man überhaupt erwachsen wurde im Leben. Ein paar Träume aus der Kindheit rettete man wohl stets hinüber ins Erwachsenendasein. »Seit seine Frau ihn verlassen hat, ist mit Eberhardt gar nichts mehr anzufangen in puncto Liebe, das habe ich dir ja schon durchs Telefon geflüstert. Versuch deine Künste bloß nicht an ihm, sonst ist eine Niederlage bereits vorprogrammiert. Und je hübscher eine ist, desto argwöhnischer wird er natürlich«, warnte Mike.

»Hab ich gar nicht vor«, log Laura kühn. »Erst einmal mache ich Urlaub. Renate kommt auch aus München zu ihren Großeltern, und dann werden wir im Hause Pluttkorten mal ordentlich einen drauf machen. Renate will ne Party geben. Du und Eberhardt werdet auch eingeladen. Was sagste nu?«

»Klappt nie. Eberhardt wird nicht kommen. Kann ich dir gleich sagen.«

»Wir werden seh'n! Wetten werden angenommen.«

»Nicht gleich beim ersten Versuch, Schwesterlein. Da wäre ich doch zu sehr im Vorteil.«

Laura lächelte und strich das lange Haar zurück. »Gib zu, daß er einen Versuch wert ist. Hast du eigentlich was zu essen?«

»Oh, Verzeihung, Gnädigste, selbstverständlich sind erlesene gekaufte Fleischbällchen mit köstlichem fertigen Kartoffelsalat vorbereitet, vom Chefkoch persönlich empfohlen; als Dessert dachte ich an Sahnejoghurt im Pappbecher, dazu ein vollmundiger Schluck Beaujolais im Wasserglas - naaa? Läuft Ihnen da nicht das Wasser im Mund zusammen?«

»Bitte, führen Sie mich zu Tisch, mein Herr. Wer könnte standhaft bleiben, wenn solche Genüsse ihn erwarten?!« Als er ihr zutrank, sagte er: »Auf einen glücklichen Start, Schwesterlein! Prost auf die Liebe!«

Sie nahm einen tüchtigen Schluck. »Ich danke dir, Mike! Ich hoffe noch. Prost!«

»Wie geht‘s unseren Eltern? Allzu kontaktfreudig sind sie ja nicht gerade.«

»Du weißt doch, Mike, wenn sie nicht in ihrer Wohnung auf Mallorca weilen, haben sie in Berlin mächtig zu tun. Papa schreibt gerade wieder einen Jagdroman. Mutti macht einen Aerobic-Kurs, spielt Bridge und organisiert in ihrem Damenclub wohltätige Veranstaltungen wie Basare, Konzerte und Bälle. Sie brauchen im Grunde niemanden außerdem.«

»Und so ein glückliches Paar möchtest du auch mal werden, nicht wahr? Dir fehlt nur noch der Partner, ist es so?«

Sie lachte. »Du hast mich durchschaut, Mike.«

Er sah sie nachdenklich an. »Wenn ihr Eberhardt wirklich auf ne Party kriegen wollt, dann laßt Frau Pluttkorten die Einladung aussprechen. Und nennt es nicht ›Party‹, sondern lieber ›Abendgesellschaft‹. Eberhardt ist merkwürdig altmodisch.«

Laura stand auf, ging zu ihrem Bruder und gab ihm einen festen Kuß auf die Nase. »Du bist lieb. Willst mir also beistehen. Du, vielleicht gefällt er mir gar nicht mehr.«

»Ein alter Stinkstiebel. Im Grunde aber ein feiner Kerl«, bemerkte Mike Kringel salomonisch und verhielt sich damit, wie er meinte, fair nach beiden Seiten.

Laura nahm also telefonisch Kontakt mit ihrer Freundin Renate in München auf, die danach mit ihrer Oma Pluttkorten telefonierte, woraufhin Eberhardt einen Tag später eine feine Karte im gefütterten Umschlag erhielt, der vertraut und auch beunruhigend nach Lavendel duftete: »Lieber Herr v. Bercken«, stand da in gestochen feiner Sütterlin-Schrift, »eigentlich ist es doch schade, daß wir fast Nachbarn sind – jedenfalls grenzt, soviel ich weiß, ein Zipfel Ihres Waldes an unsere feuchte Koppel – und uns trotzdem nicht sehen, es sei denn zu Weihnachten in der Kirche. Um diesen Zustand endlich zu ändern, lade ich Sie hiermit zu einer kleinen Abendgesellschaft bei uns ein. Dienstag, sieben Uhr, bitte zwanglos im dunklen Anzug. Mein Mann und ich freuen uns. Mit freundlichem Gruß Ihre Amélie v. Pluttkorten.«

Eberhardt setzte sich erst einmal tief aufschnaufend in einen Sessel. Ach, du lieber Himmel! Wie sollte er da rauskommen? Wer konnte wissen, wer da aufkreuzen würde. Vielleicht war es sogar wieder einer der Versuche, ihn, den Junggesellen, mit irgendeiner Schönen aus der Nachbarschaft zu verkuppeln. Gerade alte Damen wie Frau Pluttkorten hatten eine fatale Neigung dazu, wie Eberhardt aus leidlicher Erfahrung wußte.

Er rief bei Mike Kringel an, um die Sache zu bereden.

»Hallo?« sagte eine Frauenstimme. Natürlich, Mike hatte schon wieder eine Freundin im Haus. Es war nicht zu fassen, daß die Frauen sich das gefallen ließen.

»Ich wollte Herrn Kringel sprechen«, sagte er, »hier ist Bercken ...«

Am anderen Ende wurde tief Luft geholt. Dann sagte die Stimme, die recht angenehm klang: »Oh, er hat gerade eine ziemlich bissige Dogge auf dem Operationstisch, nur örtlich betäubt, soviel ich weiß. Vielleicht kann ich helfen. Hier spricht Laura. Laura Kringel.«

»Äh.« Eberhardt mußte sich erst einmal räuspern. »Laura, Sie sind hier?« Na, das hatte nicht gerade geistreich geklungen. Sie war ein entzückender Teenager gewesen. Etwas zu jung für ihn, er konnte sich erinnern, daß er einmal mit ihr rodeln war. Sie hatte knallrote Wangen gehabt und leuchtende Augen und eine ganz, ganz entzückende Ausstrahlung.

»Äh, ja ich ... wie geht es Ihnen denn?« Na, das Gespräch mit ihrem Schwarm von gestern ließ sich wirklich nicht brillant an.

»Ich bin zufrieden. Und Sie? Mal Urlaub machen in Engenstedt und Umgebung?«

»Ja, so was Ähnliches.«

»Ich rufe wieder an.«

»Kann ich vielleicht irgend etwas bestellen? Falls das Riesentier Mike am Leben läßt?« fragte sie fast flehend. Eberhardt zögerte. »Ich wollte eigentlich fragen, ob Mike auch eine Einladung zu den Pluttkortens bekommen hat? Soviel ich weiß, war er doch auch früher schon eingeladen ... vielleicht verdanke ich ihm die Einladung überhaupt ...«, dachte er laut. Dann überfiel ihn ein hellsichtiger Gedanke. »Kommen Sie auch, Laura?« fragte er. »Hm ... äh ... nun also ... wahrscheinlich ... also ja.«

»Sehr schön. Das war's auch schon. Gruß an den Doktor. Wir werden uns ja sicher noch sehen. Wiederseh'n, Laura.«

»Wiedersehen, Eberhardt.«

Klick. Das war‘s auch schon! Wie wahr. Ein enttäuschendes Gespräch war das gewesen, ein höchst entmutigender Auftakt. Wut stieg in ihr hoch. Dieser sture Kerl! Sie würde es ihm zeigen. Wichtigtuer! Er sollte sich bloß nicht einbilden, daß Laura Kringel auf ihn angewiesen war. Die Welt war voller Männer, Italien voller Italiener, Spanien voller Spanier und Engenstedt voller Engenstedter, jawohl. Jedenfalls würde sie sich für die Abendgesellschaft so schön wie möglich machen. Sollte er zumindest sehen, was ihm entging.

Doch schon am nächsten Vormittag rief Frau v. Pluttkorten an.

»Der Bercken hat abgesagt. Er muß angeblich zu einer landwirtschaftlichen Messe in Hannover. Heute mittag trifft Renate ein. Mein Mann und ich würden uns freuen, wenn Sie und Ihr Bruder heute abend zu uns kämen. Noch ist ja Zeit. Vielleicht können wir uns etwas überlegen?«

Frau v. Pluttkorten war sehr zierlich. Sie trug einen schwarzen Faltenrock und einen zartgrünen »Pringle-of-Scotland«-Pullover. Ihr weißes Haar mit dem leichten lila Schimmer war zu einem duftigen Pagenkopf frisiert. Außer einer Perlenkette und einem Ring mit großer, naturgewachsener Perle trug sie keinen Schmuck. Sie mußte in den Siebzigern sein, obwohl ihr Teint das nicht verriet. Keineswegs machte sie krampfhaft »auf jung«, sondern sah vielmehr aus wie eine Charakterdarstellerin, die eine bezaubernde alte Dame verkörpern will, der alle Herzen zufliegen.

Herr v. Pluttkorten dagegen war ein Trumm von Mann, ein Riese mit braunrotem Wind-und-Wetter-Gesicht, das ein weißer Schnauzbart mit einem Hauch von Haudegen versah. Seine grauen Augen blitzten. Er bewegte sich wie ein passionierter Reiter: sehr gerade, ein wenig steif in den Hüften. Für seine Enkeltochter Renate, die früh den Vater verloren hatte, war er stets zu Weihnachten und auch im übrigen Jahr ein perfekter Weihnachtsmann gewesen.

Renate hatte sich neben ihnen zum Empfang der Kringels aufgebaut. Sie war zierlich wie ihre Großmutter, aber im ganzen deftiger, mit einem hübschen Kobold-Gesichtchen. Dunkle Locken ringelten sich üppig und ungezähmt; Renate hatte zu ihrem Kummer von Natur aus krauses Haar und sich als Kind oft - nicht ganz zu Unrecht, wie sie zugeben mußte - den albernen Spruch von den »Krausen Haaren« anhören müssen, die auf entsprechend krausen Sinn schließen ließen.

Mike Kringel küßte Frau v. Pluttkorten artig die Hand. Die Freundinnen fielen sich um den Hals.

»Laura! Toll siehst du aus!«

»Du auch. Ist das nicht schön, daß wir uns mal in unserer Heimat treffen?«

Herr v. Pluttkorten umarmte Laura. Er mochte hübsche, junge Frauen gern im Arm haben. Und Mike nahm Renates Hand. Augenblicklich erschallten sämtliche Jagdhörner seiner männlichen Vorfahren in seinem Geiste. Alle Jägerinstinkte erwachten. Halali! Das war doch kaum zu fassen! Aus dem kleinen Fratz, dessen Haare immer so komisch abgestanden hatten, der eigentlich eher ein Junge gewesen war als ein niedliches kleines Mädchen, mit dem in der Tanzstunde niemand ohne Schaden davongekommen war, weil es einem ständig auf die Füße latschte oder einen mit frechen Bemerkungen aus dem Takt brachte, war eine ausgesprochen süße Person geworden. Genau die Richtige für Papas Sohn. Ein Happen, der direkt einige Anstrengungen lohnte.

Mike hielt ihre Hand und sah ihr tief in die Augen, dann zog er die Finger langsam zurück. Es war wie ein Streicheln. Er mußte zugeben, daß es auch auf ihn selber ziemlich prickelnd wirkte. Offenbar war sie sehr sexy. Er würde seine Verabredung mit Monika von der Sparkasse verschieben und sich ganz diesem Schmetterling widmen, der aus der Raupe von einst geworden war.

»Wir haben uns doch mindestens zehn Jahre nicht gesehen«, säuselte er.

»Dafür sind Sie verhältnismäßig knackig geblieben«, stellte der Lebkuchen-Engel mit dem Kirschenmund ungerührt fest.

Von der breiten Diele mit ihren schweren englischen Möbeln aus traten die Gäste in ein lupenreines Biedermeierzimmer ein. Sogar der runde Teppich war mit seinen Blumen und Farben stilecht aus der Zeit.

Im Kamin knisterte und knackte duftendes Holz. Sie nahmen in einer Runde auf schweren Sesseln Platz. Ein Mädchen in schwarzem Kleidchen mit weißer Tändelschürze und weißem Häubchen trat lächelnd ein und brachte auf einem kleinen Silbertablett Sherry und schlanke Kristallgläser herein.

Laura fühlte sich in eine vergangene Zeit zurückversetzt. Fast verwunschen, dachte sie, als ob diese beiden Menschen hier alles Fremde, Störende von außen abgewehrt hätten.

Sie tranken in kleinen Schlucken, genossen die herbe, gekräuterte Süße und knabberten kleine Mürbeteig-Kringel dazu. Pluttkorten legte noch einen Kloben ins Feuer und bewegte mehr rituell den Blasebalg. Dann lehnte auch er sich zurück, und Frau Pluttkorten begann:

»Wir wollen heute abend also überlegen, ob wir dem Eberhardt Bercken vielleicht helfen können, aus seinem Fuchsbau hervorzukommen. Ich tue es, weil ich glaube, daß Sie kein böses Spiel mit ihm spielen würden, Laura, denn er ist ein gebranntes Kind, und noch eine große Enttäuschung würde er wohl nicht verkraften. Ich tue es auch, weil ich seinen Vater sehr gern mochte. Wir beide, Wilhelm und ich, schätzten ihn sehr. Und weil Eberhardt, den ich ja auch schon als kleinen Stöpsel gesehen habe, wenn wir auch nie richtig miteinander befreundet waren, mir aufrichtig leid getan hat, als seine Frau ihn mit einem Schlag aus dem siebenten Himmel in die tiefste Enttäuschung gestürzt hatte.

Mein Mann und ich haben uns beraten. Wir können uns vorstellen, daß man mit einer kleinen List am erfolgreichsten sein würde. Noch haben wir eine gute Woche bis zur Soiree, oder, wie man heute sagt, zur Party. Ich glaube nicht an seine Reise nach Hannover, zumindest glaube ich nicht, daß sie wirklich wichtig ist. Nein, das ist ein Vorwand. Er will nicht unter die Leute. Er denkt, das sei ein einziger großer Heiratsmarkt mit ihm als besonderem Angebot. Nun ja, ganz abwegig ist der Gedanke vielleicht nicht, was meinen Sie, Laura?«

Laura senkte den Kopf und errötete ein bißchen.

»Und du, Renate?«

»Wie bitte?« Renate fuhr hoch. Sie hatte gerade dem attraktiven Kringel in die Augen gesehen und nicht zugehört. Wie in der Schule früher. Peinlich!

»Auf Listen fällt Eberhardt nicht rein, gnädige Frau«, sagte Mike Kringel. »Ja, ich möchte sogar so weit gehen zu behaupten, daß jeder Mann da einen gesunden Instinkt hat, der ihn warnt, wenn er eingefangen werden soll. Da geht irgendwie ein Licht an. Bei Eberhardt sowieso. Obwohl er sich damit natürlich um die wirklichen Freuden des Lebens bringt. Deshalb möchte ich schon gern mitmachen, falls wir so etwas wie ein Komplott schmieden sollten. Es müßte aber ungeheuer geschickt eingefädelt werden.«

Frau v. Pluttkorten sah ihrem Mann in die Augen. »Du bist doch wirklich einverstanden, Wilhelm, daß ich's erzähle?«

Wilhelm v. Pluttkorten nickte. »Erzähl mal, Amélie, ich helfe auch gern ein. Schließlich war ich an deiner Geschichte wesentlich beteiligt, nicht wahr?«

Sie reichte ihm ihre Hand, und er zog sie lächelnd an die Lippen.

»Wie fange ich an, Wilhelm?«

»Fang damit an, daß ›Iphigenie‹ nicht werfen konnte und Waak, mein Verwalter, sich wieder einmal besonders schwerhörig anstellte. Tüchtig war er, aber er hörte nur, was er hören wollte.«

»Und du warst natürlich wieder besonders ungeduldig und gabst Iphigenie und Waak die Schuld daran, daß die Ferkel sich nicht blicken ließen auf der Welt, und wahrscheinlich schimpftest du fürchterlich. Mein Wilhelm war damals ein ziemlicher Polterer. Und eingefleischter Junggeselle, das können Sie mir glauben.

Damals stand nur der linke Flügel von unserem Herrenhaus. Aber Wilhelm hatte das Gut, seit er es als Erbe übernahm, von einer recht ärmlichen Klitsche prächtig hochgewirtschaftet. Sein dicker Freund war Hermann, Hermann Ritter, mein Bruder. Er ist im Krieg gefallen. Unser Gut wurde verkauft und aufgesiedelt. Es ist vom Winde verweht. Aber damals, Ende der zwanziger Jahre, hielten Wilhelm und Hermann zusammen wie Pech und Schwefel. Sie jagten zusammen, sie tranken zusammen, und das nicht zu knapp. Sie hatten gemeinsam studiert, bis ihre Väter sie zurückriefen. Und sie hatten einander geschworen, daß keine Frau in dieses paradiesische Leben eindringen sollte. Mit Blut hatten sie den Bund besiegelt. Damals war man noch romantischer. Oder man zeigte es eben mehr.

Ich war gerade aus dem Internat zurück. Ich behauptete glatt, es wäre ein neues Weltwunder, wenn diese beiden Hagestolze sich jemals durch die Liebkosung einer Frau aus ihrer Selbstherrlichkeit herausreißen ließen.

Auf Pluttkorten lebten Waaks Frau Hermine und die Magd Stine. Sonst nur Kerle. Die Männerwirtschaft hatte den Vorteil, daß die Fußballmannschaft der Pluttkortenschen Knechte, angeleitet von Wilhelm höchstpersönlich, von Sieg zu Sieg eilte und sogar Aussichten hatte, einmal auf dem Tippschein genannt zu werden. Im Dorf hatte man sich mit dieser sportlichen Neuerung des bäuerlichen Lebens abgefunden. Die Leute schätzten ihren Gutsherrn, weil er sich nicht zu schade war, selber mit anzupacken. Wenn es nötig war, stand er selber mit auf der Dreschmaschine und schob die Garben ein, fuhr er eigenhändig mit dem Binder über das Feld und bückte sich bei der Rübenernte wie alle anderen. Er war groß, breit und braungebrannt, ein Mann, der nach Erde roch, nach Erde und Pfeifenrauch. Seine Stimme war laut und zum Befehlen geschaffen. Aber seine blauen Augen blickten gütig. Ich mochte diesen Polterer. Ich wußte mit dem Instinkt der Eva, daß unter seinem Kraftgehabe ein weiches Herz und ein sonniges Gemüt schlummerten. Wie ging's nun weiter, Wilhelm?«

Wilhelm Pluttkorten schmunzelte. »Na, als ich Waak gerade brüllend zu verstehen geben wollte, daß wir vielleicht besser den Tierarzt holten und er sich taub stellte, weil er wegen einer werfenden Sau partout keinen Tierarzt haben wollte, das ging ihm gegen die Ehre, da kam auf seinem blanken Fuchs mein Freund Hermann angeprescht, parierte sein flockendes Pferd und lachte von einem Ohr zum anderen. Ich sagte: ›Na, altes Haus, du kommst wie ein Hiobsbote angeritten, hoffentlich bist du keiner?‹

›Wie man's nimmt‹, grinste er. Ein Knecht nahm seinen Fuchs in Obhut. Waak ging wieder zur Box zurück. Wir gingen ins Haus. ›Wir sind auf Möllndorf eingeladen, hier ist der Wisch. Sind ja so was wie Tante und Onkel von uns. Tante Alwine findet, daß Amélie unter die Leute kommen muß. Unsere gute Wendevogeln kümmert sich ja nett um sie, aber sie kann eben eine Mutter nicht ersetzen. Für Gesellschaften hat sie schon gar keine Ader.‹

Ich sah mir den Wisch an. Tatsächlich, mein Name stand drauf. ›Wieso hast du meine Einladung?‹ fragte ich argwöhnisch. Hermann war nämlich ein Spaßvogel und hatte stets einen Hasenfuß in der Tasche, wie er das nannte.

›Der Briefträger hat ihn bei mir abgegeben, du willst doch wohl nicht verlangen, daß der arme, alte Schmidt den ganzen Weg zu dir macht, um diesen winzigen Brief abzugeben?‹

›Sonnabend, zwanzig Uhr, Smoking. U.A.w.g.‹ Schöne Bescherung. ›Gehst du hin?‹ fragte ich. Hermann grinste: ›Muß ja wohl. Schon wegen Amélie. Sie legt Wert darauf.‹

›Und kannst du mir mal sagen, was ich bei diesem Kaffeekränzchen soll?! Ich weiß schon, da gibt's labriges Hühnerfrikassee und süßen Wein und Sherry, brrr, und kein Schlückchen Steinhäger. Ich mag Schinken, der vom Brot runterhängt. Rauchen darf man auch nicht. Vielleicht wird da auch noch ein Lämmerhüpfen veranstaltet. Und im Smoking! Wann habe ich zum letztenmal einen Smoking angehabt?‹

›Das letztemal, als du von der Uni in Freiburg verwiesen wurdest. Wegen Volltrunkenheit‹, fegte mein angeblich bester Freund.

›Mensch, Hermann, nimm deine Schwester unter den Arm und geh hin. Aber verschone mich, klar?‹

Hermann erhob sich und schnippte mit der Reitgerte durch die Luft. ›Wie du willst. Wenn du dich unbedingt blamieren möchtest. Ich werde sagen, mein Freund Pluttkorten hat Angst vor den Frauen.‹

Er ließ die Reitgerte noch einmal pfeifen und klirrte nach draußen, während ich hinter ihm herbrüllte – das Brüllen hat mir Amélie später so ziemlich abgewöhnt: ›Da lachen ja die Hühner. Ich lasse mich doch nicht erpressen!‹

Dann habe ich mich in meinen Lieblingssessel zurückgelehnt. Mein Vater hatte immer behauptet, er sei ein Geschenk des Sultans von Madagaskar gewesen. Ich habe auf die Wand mit den Jagdtrophäen gestarrt – lauter Zwölf- und Sechzehnender, die noch im Jagdzimmer hängen, auch den Sultansessel hab ich noch. Jupp, der Dorfcasanova aus dem Rheinland, kam und meldete grinsend: ›Dat Iphijenie hat jeworfen. Sieben rosige Ferkelchen.‹ Alles war im Lot. Mein Entschluß war gefaßt.« Amélie von Pluttkorten fuhr fort:

»Ich hatte bei Tante Alwine ein bißchen nachgeholfen mit der Einladung. Wir wurden zwar streng erzogen, aber dumm waren wir trotzdem nicht. Dieser Wilhelm gefiel mir so sehr, und er übersah mich, als ob ich Luft wäre. Sogar unseren Dobermann Frido überschüttete er geradezu mit Aufmerksamkeiten, gemessen an dem kargen Gruß und dem zerstreuten Blick, die er mir zukommen ließ, wenn er Hermann besuchte und überhaupt von mir Notiz nahm.

Ich war tief enttäuscht, als Hermann zurückkam und meinte, Wilhelm bastele schon an einer feinen Ausrede für den Sonnabend. Mein Sportgeist erwachte. Schön, ich durfte nicht Fußball spielen und nicht auf die Jagd gehen, mußte immer nur Klavier spielen, Deckchen sticken oder mit der Wendevogeln Französisch parlieren. Doch ich entdeckte dieses sportliche Gefühl in mir. Wollen doch mal sehen, ob sich da nichts machen läßt, dachte ich. Und ich heckte einen kühnen Plan aus.«

Laura, Renate und auch Mike Kringel waren nun ganz im Bann der Erzählung. Sie konnten sich lebhaft vorstellen, wie abends der Jagdwagen mit Hermann Ritter und seiner Schwester Amélie auf Pluttkorten vorfuhr. Amélie trug ein zartrosa Kleid, das hinten länger zipfelte als vorn, was neueste Mode war, von der Schneiderin direkt einem Modell aus dem »Silberspiegel« nachempfunden. Franz, der Musterdiener, der immer besser als sein Herr wußte, was sein Herr eigentlich wollte, stand schon auf der Freitreppe und schritt nun gravitätisch zu den Herrschaften hinunter, um ihnen einen Zettel zu übergeben. Wilhelm schrieb:

»Lieber H., besuche das Palaver und Gefiedel allein. Ich gehe in meine Jagdhütte. Wenn du noch Mumm in den Knochen hast, kommst du nach. Andernfalls: Sei auch recht lieb zu den Damen.«

Hermann nickte und gab den Zettel an Amélie weiter: »Hier, lies«, sagte er, »Wilhelm hat die Flucht ergriffen. Nichts zu machen. Den ändern keine zehn Töchter Evas mehr.«

Er schnalzte mit der Zunge. Der Wagen fuhr den sandigen Weg hinab, dem Dorfe zu. Als der Jagdwagen jedoch aus dem Dorf heraus war und in den Wald einfuhr, ließ Amélie anhalten. Hermann wandte sich erstaunt zu ihr. »Was soll denn das sein?«

»Ich steige hier aus.«

»Im Wald?!«

»Mich wird schon kein Kaninchen beißen.«

»Du wirst dich erkälten.«

»Es ist doch ein milder Abend, und ich habe den Umhang mit.«

»Und wenn du dich verirrst?«

»Mach dich nicht lächerlich, Hermann. Ich kenne hier jeden Ast und jede Wildsau, das weißt du doch.«

»Du könntest auf irgendwelches Gesindel treffen ...«

»Ja, zum Beispiel auf den bösen Räuber Wilhelm.«

Er pfiff durch die Zähne. »Aha! Na, viel Glück. Aber ich kann dich nur warnen. Ich kenne den Burschen.« Dann fuhr er davon. Amélie stand da in ihrem rosa Kleidchen und fröstelte, nicht vor Kälte, sondern vor Aufregung. Wilhelm. Ein Mann, der vor Frauen förmlich flüchtete. Gab es denn das? Oder flüchtete er vor sich selbst, weil er tief im Inneren wußte, daß eine Frau sein großartiges Getue schnell aufweichen würde, daß viel Zärtlichkeit und Sehnsucht nach Nähe in ihm waren, die so gar nicht zu dem Wilhelm paßten, zu dem er durch harten Drill und feste männliche Ideale erzogen worden war?

Die Dunkelheit fiel ein. Es wurde kühler. Die Raben, die über den Feldern gekreist waren, flogen nun den Nestern zu. Der Wald nahm den blaugrünen, fast schwarzen Ton der Nacht an. Amélie warf entschlossen den Kopf in den Nacken und schlich zur Jagdhütte.

Wirklich, da glitt der Schatten einer großen, breiten Gestalt hinter dem erleuchteten Fenster hin und her. Sie versteckte sich hinter einem dichten Haselbusch und war sehr, sehr aufgeregt. Oder hatte dieses furchtbare Herzklopfen noch mit etwas anderem zu tun? Konnte es sein, daß man so den Atem verlor, wenn man an einen Mann dachte, wenn man nur seinen Schatten sah? Hast du dich übernommen, Amélie? fragte sie sich. Doch in ihrer Familie waren auch die Frauen stets couragiert gewesen. Sie fielen in Ohnmacht, wenn ein rauhes Wort fiel, aber sie konnten stundenlang reiten, ohne mit der Wimper zu zucken. Sie leiteten den großen Haushalt und bekamen viele Kinder und vergaßen trotzdem nie, daß sie eine schwache, anmutige Person zu sein hatten.

Plötzlich öffnete sich die Tür der Jagdhütte. Wilhelm Pluttkorten trat heraus, in Lodenjoppe, Lodenhose und braunen Reitstiefeln, den Drilling über der Schulter und den Klappstuhl unter dem Arm. So stapfte er gefährlich dicht an Amélies Versteck vorbei und trottete in den dichten Wald hinein.

Amélie preßte die Hand aufs Herz. So leise wie möglich schlich sie ihm nach. Sie glitt von Baum zu Baum und duckte sich, wenn er sich zufällig einmal umsah. Fast hatte sie Mühe, in der noch dichter werdenden Dunkelheit den Kontakt nicht zu verlieren. Es half ihr, daß sie als Kind, wenn auch verbotenerweise, mit den Dorfkindern Räuber und Gendarm in den Wäldern gespielt hatte. So viel anders war das hier schließlich auch nicht. Nur, daß der Räuber eben ... nun ... ein sehr aufregender Räuber war.

Oh, jetzt wußte sie bereits, wohin er ging. Am Rande der weiten Kleewiese erklomm er den Hochstand. Sie schlug einen Bogen, pirschte sich dem Hochstand gegenüber durch den Laubwald und verharrte hinter einem Gebüsch, genau dem Sitz Wilhelms gegenüber.

So saß sie eine Weile. Nichts rührte sich. Einmal flatterte ein Vogel über sie hinweg. Ein Käuzchen schrie unheimlich. Im trockenen Unterholz raschelte und knackte es. Die Stille war trügerisch. Die Nacht hatte tausend Augen und Geräusche. Eine unheimliche Angst überkam Amélie. Was tat sie hier? Sie konnte sich doch bloß blamieren, so oder so. Sich nicht zeigen und sich später, wenn der sture Jäger gegangen war, zu Tode furchten oder zu Tode erkälten. Oder sich zeigen und sein Hohngelächter ernten. Ein junges Mädchen aus bestem Hause! Die Wendevogeln würde kündigen. Hermann ... in dieser Hinsicht kannte er gar keinen Spaß. Nein, es war entsetzlich. Unüberlegt hatte sie gehandelt.

Eine Art Panik überkam sie. Schon wollte sie aus dem Gebüsch springen und über die im Mondschein liegende Wiese zu ihm hin rennen, da passierte es ...

Wilhelm v. Pluttkorten war denkbar schlechter Laune, als er auf dem Hochstand saß und über die Wiese in den schweigenden Wald blickte. Die Sache mit der Einladung ging ihm nicht aus dem Sinn. Vor allem dachte er an die Kommentare, die dort nun zu seinem Fernbleiben gegeben wurden. Ihm wurde siedendheiß und furchtbar unbehaglich. Und Hermann würde noch richtig genußfreudig einstimmen, nicht zu reden von dieser kleinen Krabbe, der Amélie, die ihn plötzlich immer so sonderbar von der Seite ansah, daß er ganz verlegen wurde. Da blickte er lieber gar nicht erst hin. Ein Mann durfte sich nichts vergeben. Irgendwann würde er eine passende Partie ins Auge fassen, seine Werbung anbringen und seine Pflicht als Pluttkorten erfüllen. Aber das hatte wohl noch reichlich Zeit. Bisher waren die Liebesfreuden, die er genossen hatte, recht düster und irgendwie unappetitlich gewesen. Scheußliche Personen weiblichen Geschlechts. Ein Ehrenmann machte sich nicht an anständige Frauen heran, wenn er keine wirklich ernsten Absichten hatte.

Da! Er hielt den Atem an. Alles andere war vergessen. Über die Wiese, von der links liegenden Schonung her kommend, schlich ein Schatten. Langsam hob Wilhelm das Nachtglas und lächelte zufrieden. Da war er. Zwar nur ein Achter, aber doch ganz passabel. Das linke Geweih etwas verkümmert und reif zum Abschießen. Der gute Jäger hegte sein Wild, der knallte nicht drauflos. Langsam hob Wilhelm den Drilling und zielte. Jetzt wendete der Hirsch, stand genau mit dem Blatt zur Kanzel. Alle seine Vorfahren sahen Wilhelm im Geiste über die Schulter. Jäger waren sie gewesen von jeher. Dieser Instinkt - Zielen und Treffen - saß ganz tief in ihm. Er drückte ab und sah zufrieden, wie das Wild schweißend in das nahe Unterholz einbrach.

Doch im gleichen Augenblick gellte ein Schrei durch die Nacht. Eine Gestalt wankte auf die Wiese, lief schwankend noch ein paar Schritte, warf dann die Arme empor und stürzte ins Gras.

Ihm trat der kalte Schweiß auf die Stirn. Dieses Umsichwerfen der Arme, das hatte er doch schon gesehen. Ja, so fiel ein Mensch zu Boden, der getroffen war. Wilhelm raste die steile Leiter der Kanzel hinab und hastete keuchend über die Wiese. Als er bei der regungslosen Gestalt war und sich zu ihr niederbeugte, begann er zu zittern. Er kniete nieder. Sie atmete flach. Gott sei Dank! Sie lebt. Ich bin kein Mörder. Er sah ihr ins Gesicht. »Amélie!« stöhnte er, »Himmel, wie kommen Sie denn bloß hierher? Sie müssen doch auf dem albernen Fest sein. Amélie! Bitte!!! Sagen Sie etwas!«

Amélie war wirklich fast ohnmächtig vor Angst. Auf was hatte sie sich bloß eingelassen? Irgendwann würde er merken, daß sie sich verstellt hatte. Sie war doch gar nicht getroffen. Und nun öffnete er die kleinen Kugelknöpfe vorn an ihrem süßen rosa Kleid und schob wahrhaftig seine Hand hinein. Ganz warm, nein, glühend heiß lag sie auf ihrer linken Brust. Ströme von Hitze breiteten sich von dort her in ihrem ganzen Körper aus. Jetzt nahm er die Hand fort und legte seinen Kopf auf ihre Brust. Sie bemühte sich, die Augen fest geschlossen zu lassen und nicht mit den Lidern zu zucken. Als Kind, wenn sie ihren Mittagsschlaf halten sollte und sich nur schlafend stellte, hatte ihre Gouvernante, Frau Wendevogel, das sofort bemerkt. »Rolle nur nicht so mit den Augen«, hatte sie dann gesagt. »Du schläfst ja gar nicht, Amélie.«

Wilhelm richtete sich plötzlich auf und fauchte laut durch die Nase. Dann lachte er dröhnend. Ihr wurde ganz bange zumute. Der Kerl war doch nicht etwa übergeschnappt!?

Plötzlich fühlte sie sich emporgehoben, ziemlich unsanft für ein armes Mädchen, das gerade von einem Amateurjäger getroffen worden war, und mit einem Schwung flog sie über seine Schulter. Ihre Beine baumelten vor Wilhelms Brust, der Kopf lag an seinem Rücken. Er riß sein Gewehr vom Boden hoch und stapfte los.

Das war nun aber überhaupt nicht einkalkuliert! Einen Schrecken hatte sie ihm einjagen wollen, damit er sie künftig nie wieder übersah. Und ein bißchen bestrafen hatte sie ihn auch wollen für seine Absage der Einladung, mit der sie sich ja einige Mühe gemacht hatte. Schon die Sache mit dem Aufknöpfen und seiner Hand ... nun, für ein großes Ziel mußten kleine Opfer gebracht werden.

Brummend stapfte Wilhelm durch den Wald, mit seinem seltsamen Wildbret über der Schulter. Als die Blockhütte näher kam, wollte Amélie »Erwachen« spielen, doch er nahm keine Notiz davon, sondern verdoppelte sein Tempo. Und sie hatte gedacht, er würde sich auf der Lichtung über sie beugen wie der Prinz über das schlafende Dornröschen ...

Sie zupfte an seinem Lodenrock. Er blieb erstaunt stehen.

»Nanu, sind Sie wach?«

»Es sieht doch wohl so aus. Würde ich sonst zupfen?«

Er ließ sie von der Schulter gleiten - Kraft hatte er wirklich! Als sie auf den Beinen stand, brauchte sie einen leichten Schwindel und eine Art Seemannsgang gar nicht zu mimen. Er sah sie an. Seine Augen glitzerten gefährlich. »Sie sind doch gar nicht verletzt«, sagte er.

»Es muß der Schreck gewesen sein. Ich glaube, ich war ohnmächtig. Sie haben auf mich geschossen«, behauptete sie kühn.

»Papperlapapp. Ich schieße nicht auf kleine Mädchen. Was, bitte schön, hattest du überhaupt auf meiner Wiese zu suchen?«

»Ich ... ich brauchte frische Luft ... mir war übel geworden unterwegs. Und da ... also, da wollte ich noch ein wenig Spazierengehen. Ja, das wollte ich.«

»Nachts?!«

Sie merkte selber, wie fadenscheinig sich das alles anhörte. Ach du Schreck, jetzt fing sie auch noch an zu weinen, genau das dumme Ding, das dieser Wilhelm Pluttkorten jetzt zu allem Unheil auch noch duzte.

»Wieso läßt Hermann dich hier nachts rumstrolchen?« fragte er streng. »Komm jetzt in die Hütte. Ich werde den Förster und seine Frau herholen, die kann sich um dich kümmern.«

Sie wurde aus dem Stand wütend. »Wieso schießen Sie auf junge Mädchen anstatt auf Hirsche?« rief sie laut und glaubte beinahe selber, was sie sagte.

Er zog die Luft scharf ein. Das hatte gesessen, deshalb fügte sie schnell noch hinzu: »Ich werde es meinem großen Bruder sagen!«

Er zog sie an einer Hand in die Hütte und nötigte sie auf die schwere, hölzerne Eckbank, machte die Petroleumlampe an, beugte sich zu ihr hinunter und sah ihr aus zwanzig Zentimeter Entfernung in die Augen. Ihr wurde mulmig.

Er sah blaß aus. »Ich habe einen Achtender gesehen und auch getroffen. Bestimmt! Er muß jetzt verendet im Busch liegen. Er hatte ein verkümmertes Geweih.«

Sie erhob sich und sagte: »Sehe ich wie ein verkümmerter Achtender aus?«

Wilhelm war wütend. Auf sie, auf sich und auch auf diesen Lümmel Hermann, der jetzt bestimmt in Möllndorf Süßholz raspelte und Erdnüsse knabberte. Diese süße Krabbe führte irgend etwas im Schilde, wer kannte sich mit den Weibern aus? Und kein Mensch beschützte Wilhelm Pluttkorten vor ihren Machenschaften. 'nem Mann, der an den Geruch von herzhaftem Knöseltabak und Leder und Stallmist gewöhnt war, wurde doch allein von diesem Parfüm ganz schwummrig. Obwohl es, zugegebenermaßen, nicht übel roch. Aber eben sinnverwirrend. Wie die ganze kleine Person, die ihm jetzt plötzlich die Arme um den Hals warf und hauchte: »Ach, Wilhelm!«, und sie brachte den Himbeermund ganz dicht vor seinen Mund, und da war es auch schon geschehen.

Es überkam Wilhelm wie ein Sturmwind. Er riß sie an sich und drückte seine Lippen fest auf diesen nahen Mund. Ah, das war aufregender als jedes Jagdfieber. Von seinen bisherigen Erfahrungen mit Frauen gar nicht zu reden.

Er nahm sich mühsam zusammen, schob sie an den Schultern ein Stück von sich und brummte nur: »Ich hole Frau Knöbel.« Frau Knöbel war die Förstersfrau. Und schon stapfte er aus der Tür. Amélie setzte sich verdattert mit einem Ruck. Was jetzt? Nichts wie nach Hause, bevor es einen Skandal gab! Sie sah an sich hinunter. Das Kleid schien in Ordnung zu sein. Aber ihren Umhang hatte sie verloren. Peinlich, doch nicht zu ändern. Sie beugte sich hinunter und küßte den dicken Eichentisch dort, wo Wilhelm vorhin seine Hand aufgestützt hatte. Etwas sprang sie an, glühend, begehrend. Unter der Maske der guten Erziehung gab es eine Amélie, die sich dem Kampf um die Erfüllung ihrer Liebe gewachsen fühlte.

Sie schraubte den Docht der Lampe ganz herunter und schlüpfte aus der Tür. Der Wald, der ihr vorhin so düster und bedrohlich erschienen war, schien sie nun mit offenen Armen aufzunehmen. Die Wipfel nahmen das Rauschen ihres Blutes auf. Die Natur schien Liebe zu atmen. Wie ich, dachte Amélie. Aber jetzt muß ich erst einmal überlegen, wie ich die liebe Wendevogeln überliste. Nun, da wird mir schon etwas einfallen.

Wilhelm war die ganze Angelegenheit sehr peinlich. Ein Gutsherr verlor schließlich schnell sein Gesicht beim Personal. Und er mußte nun die alten Knöbels wecken und etwas von »Fräulein Ritter« murmeln, die »sich im Wald verlaufen« hätte und nun in seiner Jagdhütte warte, daß die Knobeln sie tröste und der Förster sie nach Hause bringe. So ein Unsinn. Jeder wußte, daß Amélie Ritter sich kaum verlaufen würde, denn sie kannte hier doch Weg und Steg.

»Die junge Dame erschien mir irgendwie verwirrt«, sagte er deshalb möglichst fest, nachdem er das alte Försterpaar durch lautes Klopfen aus dem Schlaf hochgeschreckt hatte. Förster Knöbel war mit beiden Beinen aus dem Bett gesprungen, als es an die Fensterläden pochte. Er war aus dem Bett gesprungen, hatte sich in sein Zeug geworfen und sich die Taschen voll Patronen gestopft. Dann war er vor die Tür gehumpelt. Daß der Herr Baron draußen stand, war ein blanker Schock. Er hatte geglaubt, einer der beiden Waldaufseher hätte einen Wilderer aufgespürt und brauche Hilfe. Herr v. Pluttkorten pflegte keine nächtlichen Besuche zu machen.

»Was ist los, Herr Baron?« rief er, »das geht doch wohl nicht mit rechten Dingen zu!?«

»Wie wahr, lieber Knöbel.« Wilhelm schnaufte laut durch die Nase. »Wenn Sie wüßten, was Sie nicht wissen, dann würden Sie wissen, daß ich nichts weiß.«

»Ganz meine Ansicht!« Du lieber Himmel, der Herr war verrückt geworden! Knöbel sah ihn verstohlen von der Seite an und hatte eine bessere Idee. Der Herr war besoffen! Natürlich. Der hatte einen gehörigen Schluck über den Durst getrunken. Bevor die Herren nicht ’nen Fünfundvierzigprozentigen hinter die Binde gekippt haben, gehen sie nicht auf die Jagd. Zielwasser.

»Ich möchte, daß eine Frau sich um die junge Dame kümmert, Knöbel«, sagte Wilhelm, und er erklärte die Lage.

»Die Frau hat ihr Zipperlein, die kriegen Sie nicht aus dem Bett. Und ich auch nicht«, gab Knöbel bekannt. Er beugte sich vertraulich vor und umgab Wilhelm mit Schwaden von ollem Knösel und Holzgeruch. »Ich würd auch abraten, sie ist dann der reinste Besen«, flüsterte er. Wilhelm nickte. »Gut, gehen wir also ohne Ihre Frau.«

So stapften sie durch den nachtdunklen Wald zur Jagdhütte.

»Es war nämlich so«, erklärte sein Herr ihm, »ich sitze auf Rotwild. An der Kleewiese. Da kommt ein Achtender, ein kapitaler Verkümmerter. Ich ziele.

Drauf, was das Zeug hält! Der Bock schweißt, geht ab in die Hölzer ... Da schreit es. Die kleine Ritter springt aus dem

Gebüsch und knallt hin. Sah furchtbar aus. Ich bin beinahe von der Kanzel gekippt vor Schreck. Und jetzt behauptet dieses Mädchen, ich hätte auf sie geschossen! Ich hätte sie mit dem Achtender verwechselt! Ich!! Können Sie sich das vorstellen?!«

Knöbel schüttelte den Kopf. Möglich ist alles, dachte er heimlich. »Wie geht's denn weiter?« fragte er deshalb diplomatisch.

»Jetzt ist sie da drin. Sie hat natürlich Angst, mit mir allein zu sein«, rückte er die Dinge wieder ins rechte Lot, die ihm vorhin so völlig aus der Kontrolle geraten waren. »Ich möchte, daß Sie Fräulein Ritter an die Hand nehmen und zu Hause abliefern. Seien Sie aber recht freundlich, damit wir nicht noch Scherereien kriegen. Klar?«

»Zu Befehl«, sagte Knöbel.

Als sie in die schwach erleuchtete Hütte traten, war sie leer. Knöbel dachte sofort, daß seine Ahnung vom Fünfundvierzigprozentigen ihn wohl nicht getrogen hatte. Aber dann roch er auch das Parfüm. Deutlich übertönte es den Wildgeruch, den gemütlichen deftigen Männermief.

Wilhelm schnupperte ebenfalls. »Weg«, sagte er bloß und wirkte nicht sehr intelligent. »Was ist das, kennen Sie den Geruch, Knöbel?«

Knöbel nahm schicklich den Gamsbarthut ab. »Nee, versteh ich gar nichts von. Ein Bekannter von meinem Sohn in Braunschweig, der nimmt Juchten ...«

»Hören Sie auf, Mann, da wird einem ja übel«, schrie Wilhelm und steigerte sich so richtig schön in Wut und Enttäuschung hinein.

»Sie ist ausgerissen«, brüllte er. »Und die Flasche Steinhäger hat sie da rübergestellt aufs Regal. Ganz offensichtlich sollte das Kritik bedeuten!«

Er ließ sich auf die Bank plumpsen. Da hatte vorhin die kleine Krabbe gesessen. Süß war sie wirklich. Schließlich war er kein Stein, sondern ein gesunder Mann. Verdummig, das war eine brenzlige Situation gewesen. Denn man konnte ja nicht behaupten, sie habe sich ablehnend verhalten. Wie sie ihm die Arme um den Hals geworfen hatte ... ihm wurde schon wieder ganz schwummrig zumute. Er fixierte dumpf den Förster, der sich ihm gegenüber niedergelassen hatte.

»Knöbel, seien Sie mal einmal in Ihrem Leben ehrlich.«

»Aber, Herr Baron ...«

»Ruhe, ja? Seien Sie einmal ehrlich und sagen Sie mir: Bin ich ein Buhmann?«

»Aber wieso denn?« wich Knöbel aus.

»Bin ich ein Buhmann, ein Scheusal, ein Ekel, das man erst bezichtigt, auf einen geschossen zu haben - obwohl sie auf meiner Kleewiese ja nun nichts zu suchen hatte! - und vor dem man dann auch noch das Hasenpanier ergreift?«

Er knallte die Faust auf den Tisch. Seine hellen Augen funkelten. In der Tat sah er nicht gerade vertrauenerweckend aus in diesem Augenblick.

Knöbel wiegte den Kopf. Die Antwort war schwer. Sagte er die Wahrheit, nahm der Herr ihm das übel, sagte er sie nicht, war er auch sauer, denn er wußte natürlich selber, daß er nicht gerade das war, was man so Liebling der Frauen nannte.

»Auf Frauen wirken der Herr Baron vielleicht nicht gerade ermutigend«, formulierte er fein.

»Quatsch!« Wilhelm stützte den Kopf in die Hände. Entmutigt hatte diese Amélie eigentlich nicht gewirkt. Keineswegs. Amélie, klang gut. Amélie. Er mußte lächeln.

»Reichen Sie mal den Steinhäger und zwei Gläser rüber, Knöbel«, sagte er und dachte an den Augenblick, als er die Hand auf ihr Herz gelegt hatte, das gar nicht schwach blubberte, sondern klopfte und raste wie ein Hammerwerk. Er hatte gleich gewußt, daß sie nicht getroffen war. Sie hatte sich erschrocken, das war es. Aber in jenen Minuten war sie so süß und hilflos gewesen. Er hatte den unwiderstehlichen Drang verspürt, sie in seine Hütte zu schleppen. Atavistisch nennt man das, dachte er, wie der erste Mensch. Steinzeitbursche schleppt Weib in seine Höhle. Immerhin, sie hatte erst ziemlich spät protestiert. Er trank einen ordentlichen Schluck und sagte: »Kein Wunder, daß sie geflüchtet ist. Schließlich bin ich kein Heiliger«, und er kam sich sehr stark und männlich vor. »Sie ist ja nicht irgendeine. Die Schwester meines langjährigen und besten Freundes. Erstklassige Familie. Hübsch, was sage ich, eine Schönheit. Geistreich, witzig, charmant. Eine Mischung aus Dame und Lausebengel ...«

Knöbel grinste breit. Und Wilhelm - wie peinlich! - errötete.

Sie tranken dann noch einige Gläschen leer. Es wurde eine gemütliche Nacht und ein saurer Morgen. Mit bleiernen Köpfen und schweren Beinen stapften sie durch den Wald und folgten der Spur des erlegten Bockes.

Es war ein herrliches Wetter. Die Sonne brach in langen Streifen durch die Stämme und Kronen der Gräser und ließ die Tautropfen wie ein Meer von Perlen und Diamanten glitzern. Der Waldboden duftete herb, schwer gesättigt. Die Schritte der Männer schmatzten leicht auf der vollgesogenen Erde.

Wilhelm v. Pluttkorten blieb stehen und knuffte Knöbel in die Seite. »Mensch, Knöbel, Sie sind nun im Wald grau geworden. Aber eins haben Sie noch immer nicht begriffen: An einem so herrlichen Morgen würde ich an Ihrer Stelle die Knasterpfeife ausmachen.«

Knöbel paffte noch eine extra dicke Rauchwolke und sagte: »Riecht jedenfalls besser als das süßliche Zeug in Ihrer Hütte.

Den Geruch werden Sie nicht so schnell wieder rauskriegen, Herr Baron.«

Wilhelm dachte an den süßen Duft, an weiche Haut, einen Himbeermund und an die ganze bezaubernde Person.

»Alles Geschmackssache, Knöbel«, sagte er streng. Aber sein Gleichgewicht war erschüttert. Und das nicht nur vom Steinhäger.

2

»Das klingt nach Happy-End«, sagte Amélie v. Pluttkorten und lächelte ihrem Wilhelm zärtlich zu. Man konnte sich das junge Mädchen sehr gut vorstellen, das sie damals gewesen war. »So einfach war es jedoch nicht, diesen Mann zu erobern, von dem immerhin der Ausspruch stammte, eine erstklassige Rassestute sei ihm lieber als die schönste Frau. Und dieses Zitat hatte mein Bruder Hermann mir warnend verraten, als ich ihm einige Andeutungen meines Abenteuers auf der Kleewiese machte. Er war jedoch bereit, mich zu unterstützen. Aber davon werden wir nachher berichten, wenn es Sie interessiert. Jetzt möchte ich doch erst einmal zu Tisch bitten. Uns läuft ja die Katze mit dem Magen weg, nicht wahr?«

Sie gingen durch die Halle. Wilhelm Pluttkorten zeigte ihnen seinen Sultansessel und winkte dann mit wichtiger Miene. Er öffnete die schwere Tür zum Herrenzimmer. Dunkle Eiche, viel Leder, schwere Portieren vor den Fenstern. Und eine Wand voller Geweihe. Scheußlich, dachte Laura. Renate kannte das ja von Kind an.

Pluttkorten schmunzelte und machte sie auf ein etwas schiefes Geweih aufmerksam, das trotzdem ganz offensichtlich einen Ehrenplatz einnahm. »Das ist er. Der verkümmerte Achtender«, sagte er. »Ein sonderbarer Ehestifter, nicht wahr?

Immerhin war er mein Beweis, daß ich nicht auf junge Damen schoß, sondern auf kapitale Böcke.«

Im Eßzimmer ging das hübsche Mädchen mit Schürzchen und Häubchen geschäftig hin und her. Dann trug die Pluttkortensche Köchin, die erstaunlicherweise dünn wie ein Strich war und damit alle Behauptungen, gute Köche seien rundlich, Lügen strafte, die Suppe herein. Fleischbrühe, kräftig, mit viel frischem Gemüse und märchenhaft lockerem Eierstich. Es gab »Gänseweißsauer«, Gans in leichtem Gelee, und große Wurstplatten, einen Kartoffelsalat mit Speck, deftiges Schwarzbrot, Gänseschmalz und leicht gesalzene Butter, die als großer Kloß auf einem Halbteller serviert wurde. Dazu tranken sie einen herben Rotwein. Und hinterher gab es Rote Grütze mit Sahne, eine denkwürdige Nachspeise.

»Früher habe ich mir jetzt eine Pfeife angezündet«, sagte Wilhelm v. Pluttkorten. »Aber heute weiß man eben, daß Rauchen schädlich ist. Ich hab's mir abgewöhnt. Ja ... damals wußten wir noch nichts von Schadstoffen. Der Regen war das sauberste, was es gab. Die Luft war so, wie der liebe Gott sie erschaffen hatte. Doch ich lebe auch jetzt gern. Bin dankbar für jeden Tag, den ich an der Seite meiner Frau genießen darf. Nicht wahr, Amélie?«

»Ja, Wilhelm.«

Er lachte. »›Ja, Wilhelm‹, das hat sie damals auch gesagt. Allerdings nicht gleich nach der Sache mit dem Bock, den ich angeblich geschossen hatte. Ich kam ja wieder zur Vernunft. Schloß mich in meinem Zimmer ein, brütete im Sultansessel vor mich hin. Sogar der Musterdiener Franz durfte nur durch die dicke, geschlossene Tür brüllen, wenn er etwas von mir wollte. Er haßte das. Es tat seiner Würde Abbruch. Ich sagte mir: Gib dieser Amélie den kleinen Finger, und sie nimmt die ganze Hand. Dann ist Schluß mit dem freien, männlichen Leben. Dann wird Süßholz geraspelt wie bei den Ehemännern, die ich kenne. Ja, meine Liebe, natürlich, Täubchen. Bäh! Vorsicht, Wilhelm!

Und so, wie der Duft von ihrem Parfüm aus der Jagdhütte verschwunden war, als ich am nächsten Tag hinging, so verlor auch die aufregende Begebenheit an Bedeutung. Alles ging wieder seinen alten, eingefahrenen Gang.«

»Ich weiß gar nicht, ob wir das alles noch erzählen sollten«, überlegte Frau v. Pluttkorten, »eigentlich sollte es ja nur ein Beispiel sein für die Möglichkeiten, einen Hagestolz in seinen Grundfesten zu erschüttern. Und mit einem solchen haben wir's bei Eberhardt Bercken doch mit Sicherheit zu tun, auch wenn man das heute ›Single‹ nennen mag. Er ist nach dieser furchtbaren Enttäuschung durch seine Frau ein Einzelgänger geworden. Und ich bin überzeugt, daß er im Grunde seines Herzens darunter leidet.«

»Aber seine Motive sind anders als die Ihres Gatten«, gab Laura zu bedenken. »Eberhardt Bercken ist ein erfahrener Mann, der die Nase voll hat, kraß gesagt.«

»Wir haben eine sexuelle Revolution hinter uns, gnädige Frau, der Schmelz der Naivität ist für immer verloren«, wandte auch Mike Kringel ein und warf Renate einen beifallheischenden Blick zu, der auch gar nicht auf sich warten ließ.

Renate stimmte zu: »Die Masche mit der Lichtung und dem Bummbumm zieht heute einfach nicht mehr, Großmutter. Außerdem jagt der Widerspenstige, den wir zähmen wollen, vielleicht gar nicht. Oder?« Sie nahm wieder Gelegenheit, Mike einen Blick hinzupfeffern.

»Ungern«, sagte Kringel knapp.

Frau v. Pluttkorten bewies jedoch, daß in ihrem zierlichen Körper und in ihrem wendigen Geist immer noch eine unbändige Energie steckte.

»Wir müssen natürlich elastisch sein, aber die Frage ist doch: Haltet Ihr ein Komplott überhaupt erstens für angebracht, und zweitens für möglich. Wilhelm?«

»Natürlich. Die Grundgefühle der Menschen bleiben immer gleich.«

»Laura?«

»Vielleicht habe ich nichts zu gewinnen, aber bestimmt auch nichts zu verlieren. Also: Beide Punkte Ja.«

»Herr Kringel?«

»Bißchen unangenehm ist mir die Sache schon. Aber da ich weiß, welche Freuden Eberhardt entgehen, und da meine geliebte Schwester sozusagen der Preis ist, meine ich, daß es immerhin in Erwägung gezogen werden müßte ...«

Frau v. Pluttkorten unterbrach ihn: »Also, ja oder nein?«

»Ja.«

»Renate, mein Kind?«

»Großmutter, eure Geschichte war so entzückend, daß es mir viel Spaß machen würde, wenn wir auch nur einen schwachen Abklatsch zuwege brächten. Also dafür.«

»Ich fühle mich plötzlich wie zwanzig«, sagte Amélie Pluttkorten. »Wir müssen natürlich ungeheuer geschickt zuwege gehen, sonst verderben wir alles.«

»Geschieht ihm recht. Mir ist es auch nicht besser ergangen«, brummelte Wilhelm Pluttkorten vergnügt.

Renate und Kringel riefen gleichzeitig: »Aber wie?«

»Vielleicht sollten wir doch erst den Schluß Ihrer Geschichte hören?« schlug Laura vor, »wenn es Ihnen nicht zu anstrengend ist?«

Amélie Pluttkorten lächelte. »Im allgemeinen habe ich eher Sorge, die Zuhörer zu langweilen. Hier finde ich zu meinem Entzücken ein eingestimmtes Publikum.«

Als sie wieder um den Kamin versammelt waren, der die Kühle des Raumes milde durchwärmte und einen heimeligen

Schein über Menschen und Möbel warf, erfuhren sie, wie es weiterging, damals, als Großmutter Pluttkorten den Großvater nahm ...

Ja, das Leben auf Pluttkorten ging den vertrauten Gang, und doch hatte sich für den Gutsherrn irgend etwas verändert. Es lag nicht in den äußeren Umständen, sondern war tief in seinem Herzen verborgen. Wenn er früher die einsamen Abende mit seiner Jagdzeitung oder einem Band Fontane, manchmal auch am Radio genossen hatte, bei kräftigem Knaster und einem ordentlichen Schluck, so mußte er nun plötzlich feststellen, daß er sich ein bißchen langweilte. Er überlegte, daß erst in drei Tagen wieder ein deftiger Männerabend mit Hermann fällig war und spürte eine sonderbare, quälende Rastlosigkeit. Was war es nur? Einsamkeit? Etwa gar Sehnsucht?! Wilhelm schüttelte ganz für sich den Kopf. Das kam doch gar nicht in Frage für einen waschechten Kerl, wie er einer war.

Ein richtiger Mann brauchte einen guten Freund, doch er war kein Weiberknecht. Das fehlte noch.

Ach was, es ist das schlechte Gewissen, entschied er dann. Du hast die Amélie Ritter erschreckt mit der Ballerei, warst wohl auch nicht besonders freundlich. Jedenfalls nicht direkt charmant. Und nun steckt dir das Gefühl in den Knochen, du müßtest da etwas wiedergutmachen.

Jawohl, so ist es. Und dagegen läßt sich ja etwas unternehmen. Ist doch ganz einfach. Dabei vergibt man sich auch nichts.

So ließ er den schnittigen Einspänner anschirren und fuhr nach Engenstedt.

Er steuerte stracks die Drogerie vom alten Fiebig an, aber der stand nicht persönlich hinterm Tresen. Hatte es wohl nicht mehr nötig. Diese Stadtleute waren erschreckend verweichlicht. Ein niedliches Fräulein, das ihm bekannt vorkam, fragte höflich: »Bitte, was darf es sein?«

Nun ja, da mußt du durch, Wilhelm, redete er sich gut zu. Er räusperte sich und fragte dann betont laut: »Haben Sie so ein Parfüm, das nach Blumen riecht, also wie ein Sommergarten, aber frisch, wie nach nem Regen ... so ähnlich«, schloß er lahm.

»Da kämen wohl mehrere in Frage«, überlegte das niedliche Fräulein.

»Ich will's verschenken«, unterbrach Wilhelm ihre Meditation, weil ihm siedendheiß einfiel, sie könne denken, er selber trüge sich mit dem Plan, duftend durch die Gegend zu marschieren.

»Für eine junge oder für eine ältere Dame?« fragte sie eifrig.

»Sehr jung, jung und lebhaft. Und hübsch.« Er wurde zwar rot, aber das mußte doch mal gesagt werden.

»Blumen ... ein Garten nach dem Regen ... hmhm ... oh, ich glaube es zu wissen ...« Sie zauberte ein Flakon hervor und nahm ohne weiteres seine Hand. Dann sprühte sie ihm etwas auf den Handrücken. Lieber Himmel, war das peinlich. Er hätte in diesem Augenblick auch Maschinenöl gekauft, um bloß schnell wieder aus dem Laden rauszukommen. Als er jedoch kurz daran schnupperte, überfiel ihn förmlich eine sehr verwirrende Erinnerung. Fast hätte er aufgestöhnt. Das mußte es gewesen sein!

»Packen Sie mir eine große Flasche ein«, kommandierte er forsch.

»Es ist ›Quelques Fleurs‹ von Houbigant«, sagte sie so stolz, als ob sie den Duft selber komponiert hätte. »Darf ich es hübsch verpacken? Vielleicht mit einer rosa Seidenrosette, weil es ja für eine junge Dame ist?«

Während er noch herumdruckste, kam die Frau vom Bäcker Fischer in die Tür gerauscht.

»Nicht nötig, danke«, sagte er schnell. »Wieviel kostet es?« Und er steckte die Packung wie ein Zauberkünstler blitzschnell in die Tasche. Der Preis kam ihm astronomisch vor. Für das Geld konnte man die Hühner ja eine Woche lang füttern. Nun, immerhin, das mußte man wohl oder übel zugeben: dieses Riechzeug war schon etwas wert. Und nun hatte er den fatalen Einkauf überstanden.

Die Prüfungen waren jedoch noch nicht beendet. Als er beschwingt seinen Einspänner ansteuerte, stand Hermann daneben.

»Na, altes Haus, was machst du denn heute in der Stadt? Ich denke, der Donnerstag ist dein Stadttag? Du bist doch ein Mann von Prinzipien, oder?«

»Manchmal wird deine Fürsorge lästig, Freund«, sagte Wilhelm möglichst mürrisch. »Ich hatte eben etwas zu erledigen.«

Hermann und er reichten sich die Hände. Da schnupperte der Freund, stutzte, schnupperte noch einmal, holte tief Luft und fragte: »Sag mir, Wilhelm Pluttkorten, parfümierst du dich neuerdings?«

Wilhelm wurde wieder rot. »Quatsch! Du kennst mich doch!«

»Schön, ich kenne dich. Aber ich habe, soviel ich weiß, meine fünf Sinne beisammen. Und einer davon ist der Geruchssinn. Und der sagt mir, daß du wie ein ganzes Gewächshaus riechst, ja, daß sogar ich an der Hand wie ›Rose mit Lilie‹ dufte. Wilhelm! Mann! Was ist passiert?!«

»Was soll denn passiert sein?« murrte Wilhelm. »Gefällt dir der Duft etwa nicht?«

»Das steht doch gar nicht zur Debatte ...«

»Das steht sehr wohl zur Debatte. Es ist nämlich so, daß ich diesen Duft verschenken will. An eine junge Dame. Genau gesagt: an deine Schwester, weil wir da neulich ... also, ich weiß nicht, ob sie dir davon erzählt hat ... also, ich konnte wirklich nichts dafür, das kannst du mir glauben, ich schwöre es bei meinem Apfelschimmel Rudolf, weil sie sich aber so furchtbar erschrocken hat und nachher wohl auch ein bißchen vor mir gefürchtet« - hier konnte er sich ein selbstgefälliges Lächeln nicht verkneifen, und auch Hermann lächelte, wenn auch aus ganz anderem Grunde - »deshalb wollte ich ihr ein Parfüm schicken. Als Entschuldigung. Schließlich weiß ich, was sich gehört. Bin doch kein grober Klotz.«

Hermann wiegte den Kopf. »Wie du meinst, altes Haus.«

Wilhelm hatte einen blendenden Einfall. »Weißt du was? Du kannst deiner Schwester das Zeug gleich mitnehmen. Mit der Bitte um Entschuldigung, die ich ihr zu Füßen lege. Dann haben wir es hinter uns.«

Hermann sagte bloß: »Du hast ja einen Knall.«

»Wieso? Da will man sich als Kavalier benehmen, und dann muß man von seinem Freund hören, man hätte ... nee, da komme ich nicht mehr mit.«

»Du mußt das Zeug selber abliefern. Und dich persönlich entschuldigen.«

»Ich möchte nicht übers Ziel hinausschießen.«

»Wilhelm!«

»Du nimmst es ihr mit, basta. Sonst schenk ich es Stine.«

»Deiner Magd? Was soll denn dieses Landei mit Parfüm? Du ahnst ja wohl, wonach Stine duftet?«

Wilhelm sah seinen Freund treuherzig bittend an. »Hermann, du weißt doch, wie schwer mir die ganze Sache fällt. Steh mir ein bißchen zur Seite, bitte.« Und er hatte schon geschickt das kleine Päckchen in Hermanns Tasche praktiziert. Der mußte lachen. »Hau bloß ab«, sagte er, »ehe ich es mir wieder anders überlege. Ich werde Amélie sagen, du wärst zerknirscht und bätest inständig um ihre geneigte Entschuldigung.«

»Sag, was du willst. Bis übermorgen!« rief Wilhelm, und weg war er, als ob es ein Trabrennen zu gewinnen gäbe. Hermann erledigte seine Geschäfte in höchster Eile. Er konnte es gar nicht abwarten, Amélies Gesicht zu sehen, wenn er ihr das Parfüm übergab.

In der Tat war die Wirkung frappierend. Sein Schwesterchen errötete über und über, drückte das Flakon ans Herz, verdrehte die Augen gen Himmel und benahm sich auf der ganzen Linie wie ein Hollywood-Sternchen bei einer Liebeserklärung.

Nun, wenn man Wilhelm kannte, mußte man zugeben, daß es eine Art Liebeserklärung war. Wenn er es selber wohl auch nicht wußte.

Hermann strich Amélie zärtlich über die dunklen Haare. »Laß Fräulein Wendevogel das gar nicht erst sehen«, riet er. »Du hast dich in Wilhelm verliebt, nicht wahr?«

Sie senkte den Kopf und sagte ganz leise: »Ja. Hermann, es ist schrecklich.«

»Dann müssen wir etwas unternehmen, damit es nicht so schrecklich bleibt ... Laß uns mal beide gut nachdenken. Es paßt doch herrlich, daß Fräulein Wendevogel morgen für ein paar Tage zu ihrer alten Tante reist. Wir sind doch beide schließlich nicht aus Dummsdorf.«

»Aber er macht sich nichts aus Frauen, Hermann.«

Der lachte dröhnend. »Da bin ich aber ganz anderer Meinung, Amélie. Er macht sich zuviel aus ihnen. Angst hat er. Angst davor, daß er untergeht in seinen Gefühlen. Daß er sich selbst verlieren könnte, wenn ein zierlicher Pantoffel in sein Leben tritt.«

In ihren Augen waren Sonne und Regen gleichzeitig. Sie seufzte: »Wenn es doch so wäre! Jetzt wollen wir nachdenken.«

Ihr Plan war abenteuerlich. Doch er versprach Erfolg, weil er genau auf das Wesen Wilhelm v. Pluttkortens zugeschnitten war ...

Es begann damit, daß Hermann Ritter bereits am nächsten Tag auf Pluttkorten einritt, Jupp seinen Fuchs übergab und in Wilhelm v. Pluttkortens Herrenzimmer trat, wo der Herr des Hauses mit finsterer Miene über Papieren und Rechnungen brütete. Er war nun einmal kein Schreibtischmensch.

Er liebte sein Land, sein Vieh, besonders seinen Apfelschimmel Rudolf, die sanfte Sommerluft und den prickelnd frischen Wind, der über die Felder strich. Er liebte seine Freiheit, seine Gemütlichkeit ... und neuerdings war da noch ein Gefühl, das noch viel stärker war, und das doch eigentlich in diese Schublade gehörte. Wenn er an die ›Erste Hilfe‹ dachte, an die zarte Wölbung unter seiner Hand, an den Himbeermund und die strahlenden Augen, an ihren Duft aus Haut und Blüten, an alles, das in dieser Nacht auf sein unvorbereitetes Gemüt eingestürmt war, begann es unter seinen Haaren zu kribbeln. Die Kopfhaut zog sich ihm in wohligen Schauern zusammen. Und er fühlte, daß sein Herz schwer und merkwürdig heiß in der Brust lag. Zu dumm, dachte er. Da laufe ich alter Trottel an den wahren Schönheiten des Lebens vorbei, bis das Schicksal sie mir direkt vor die Nase legt. Ein Engel kreuzt meinen Weg, und ich benehme mich wie ein Teufel. Ach, noch nicht einmal. Ich benehme mich wie die Axt im Walde. Küsse das süße Mädchen und laufe einfach weg. Was soll sie davon halten? Sie kann mich nur verachten.

Amélie! Er ritzte in Gedanken ihren Namen mit der Spitze seines Hirschfängers in die dicke Eichenplatte und war dann erschüttert, daß es sich nicht wieder wegwischen ließ.

Nicht wegwischen. Das war es. Diese Nacht ließ sich nicht einfach wegwischen, wie er so manches einfach aus seinem Gedächtnis löschte, was ihm nicht paßte. Diese Nacht ... dieses Gesicht, diese Stimme. Alles, alles hatte sich in sein Herz hineingefressen, hatte sich in ihm verkapselt, und nun drückte es in seinem Innern, bohrte, süß, schwer, daß seine Gedanken zu wirbeln begannen.

Amélie. Ich kannte sie doch schon immer, als Kind bereits. Mein Gott, sollte ich plötzlich verliebt sein?! Auf einmal, so urgewaltig, daß ich alle vernünftigen Sinne verliere? Kann man, wie nach einem Blitzschlag, einen bekannten Menschen auf einmal so lieben, daß man nicht mehr von ihm loskommt? Nun, Amélie ist Hermanns Schwester. Ich würde mich bis auf die Knochen blamieren, wenn ich ihm meine Verfassung gestünde. Niemand kennt doch besser als er die markigen Sprüche, die ich über »Weiber« abgegeben habe. Seine Ohren wurden rot, als er an den Ausspruch dachte: »Eine edle Rassestute ist mir lieber als die hübscheste Frau«, oder so ähnlich. Himmel, wenn Hermann das ausplauderte! Nicht zu ertragen! Nein, er durfte sich jetzt keine Blöße geben. Schon die Sache mit dem Parfüm war verrückt gewesen. Amélie war überdies auch viel zu jung, zu zart und fein für den groben Klotz, der er nun einmal war.

Die Zeit wird es lindern. Und auf keinen Fall lasse ich mich in der nächsten Zeit bei den Ritters blicken. Am besten verreise ich für eine Woche, wenn ich Waak alles aufgetragen habe, was zu machen ist, hatte Wilhelm gerade gedacht, als Hermann eintrat.

»Was machst du denn hier?« bruddelte Wilhelm entsprechend unfreundlich.

»Ich wollte dir nur kurz berichten, was Amélie zu dem Parfüm gesagt hat.«

»Hättest du das nicht am Telefon tun können? Ich habe zu arbeiten.«

»Dann gehe ich eben wieder.«

»Unsinn. Setz dich schon hin. Was ... nun, was hat sie gesagt?«

Hermann rieb genüßlich die Handflächen aneinander. »Offen gestanden: Sie hat gar nichts gesagt.«

»Na wenn schon!«

»Aber gelächelt hat sie ... tscha, so eine Mischung aus Mona Lisa und Frommer Helene, wenn du dir das vorstellen kannst.«

»Sie hat also gelächelt?« Wilhelm verbiß sich mit Mühe sein eigenes Lächeln, das bestimmt furchtbar töricht ausgefallen wäre. Gut, daß er sich nichts vergeben hatte, denn Hermann fuhr fort: »Dann hat sie ... du kennst doch die Truhe auf der Diele? Dann hat sie die unterste Schublade aufgezogen, dein Päckchen hineingepfeffert und sie wieder zugeknallt.«

»So, so.«

»Dann ist sie abgerauscht.«

»Gesagt hat sie nichts?«

»Nein. Eigentlich nicht.«

»Und uneigentlich?«

»Wilhelm, ich kann mich nicht dafür verbürgen, aber mir war so, als ob sie ›Trottel‹ gemurmelt hätte. Kann jedoch auch ›Lotte‹ geheißen haben.«

»Kennt sie denn eine Lotte?«

»Nicht daß ich wüßte. Aber wer kennt sich schon bei den Frauen aus. Du weißt ja, dir ist eine Rassestute auch lieber als die hübscheste Frau.«

»Jetzt langt es«, schrie Wilhelm. »Komm hier gefälligst nicht wieder reingeschneit, wenn ich mitten in der schönsten Arbeit bin, verstehst du mich?«

Hermanns Blick fiel auf die Schreibtischplatte und blieb an dem Wörtchen »Amélie« hängen. Wilhelm schielte schräg hoch, ob sein Freund wohl etwas gesehen hatte. Schnell deckte er einen Bogen Papier über das verräterische Wort. Hermann war aber schon klirrend auf dem Wege nach draußen.

»Ich komme wieder, wenn du bessere Laune hast«, rief er über die Schulter zurück.

In der Tat hatte sein Besuch nicht in erster Linie seinem Freund Wilhelm persönlich gegolten. Er hatte vielmehr bereits zwei interessante Gespräche geführt. Eins mit dem Musterdiener Karl, und eins mit der Magd Trine. Beide Male hatte ein Geldschein den Besitzer gewechselt. Trine hatte einige Knickse gemacht. Karl hatte das Geld ungerührt weggesteckt, jedoch in Anbetracht der Höhe der Summe seine Mithilfe zugesichert. Der »Plan Wilhelm« konnte anlaufen.

Beinahe wäre noch alles schiefgegangen, weil Amélie kalte Füße bekam. Aber die liebenswürdige brüderliche Frage »Willst du den Pluttkorten nun im eigenen Saft garkochen oder nicht?« hatte sie neu beflügelt.

»Hoffentlich verderben wir nicht alles«, gab sie noch zaghaft zu bedenken.

»Glaube mir, Amélie, ich kenne den Burschen. Der braucht feste Reithilfen, wenn er richtig über den Parcours gehen soll«, grinste ihr lieber Bruder kaltschnäuzig. »Du darfst jetzt nicht kneifen, so kurz vor dem Ziel.« Sie seufzte. »Gut, ich tue es!«

»So ist es recht. Komm her, laß dich noch dreimal anspucken, das bringt Glück. Toi, toi, toi.«

Das Treffen fand im Dorf Pluttkorten statt, in dem Stines Eltern ein nettes Häuschen bewohnten, mit einem kleinen Garten, einem Hühnerhof, Kaninchenställen, Schweinekoben und zwei stinkenden Ziegen, die am Weg angepflockt waren und das Gras dort kreisrund abfraßen.

Die Familie besaß auch einen Acker, und ansonsten bezog sie ihre Nahrungsmittel als »Deputat« vom Gutsherrn, für den alle Mitglieder auch samt und sonders arbeiteten. Stine war die vierte von fünf Töchtern. Ein Junge war Vater Aurich nicht beschieden gewesen.

Mutter Aurich schüttelte wiederholt den Kopf. »Hoffentlich wird unsere Stine nu aber auch nicht rausgeschmissen«, jammerte sie. »Der Herr wird vielleicht sehr wütend werden. Schon sein Vater wurde manchmal furchtbar wütend.«

Amélie selber war sich da auch gar nicht sicher. Doch sie bemühte sich um eine überzeugend gelassene Miene und beruhigte die Frau: »Aber gewiß nicht, Frau Aurich. Es geht ja nur um einen Spaß, den mein Bruder und ich vorhaben, und über den wird der Baron sicher sehr lachen.« Als sie sah, daß die Frau immer noch zweifelte, setzte sie hinzu: »Eine Geburtstagsüberraschung!« Das war zwar nicht ganz wahrheitsliebend, aber schließlich sollte Wilhelm v. Pluttkorten sich danach doch wie neugeboren fühlen.

Plötzlich kriegte jedoch die Hauptperson kalte Füße. »Nee, ich tu's nicht!«, schrie Stine. »Ich hab solche Angst vor dem Herrn Baron!«

Am liebsten hätte Amélie gesagt: »Ich auch. Und ich tu's auch nicht.« Doch alles hatte im Leben seinen Preis. Hier mußte vorher gezahlt werden.

»Sie haben schon Geld angenommen«, sagte sie fest.

»Das gebe ich zurück«, heulte Stine.

»Jawohl, das gibt sie zurück«, fiel Mutter Aurich ein wie ein Mitglied im Chor eines griechischen Dramas.

Amélie überlegte. Das Mädchen hatte wirklich Angst, die Mutter sorgte sich zu Recht um den Arbeitsplatz. Ein Zurück gab es jedoch nicht mehr. Hermann hatte inzwischen per Telefon auch noch den Verwalter Waak eingeweiht. Wußte der Himmel, wie er den rumgekriegt hatte. Jedenfalls war es eine Tatsache, daß Waak am Telefon wundervoll hören konnte. Da brauchte man nicht zu brüllen. Sein Gehörorgan schien geradezu auf Fernsprechmitteilungen programmiert zu sein.

Er hatte zugesagt: »Beide Augen drück ich zu, weil ich weiß, daß sie Herrn Baron nie und nimmer etwas Böses antun würden, Herr Ritter.« Ins Telefon sprach Waak auch mit ganz normaler Lautstärke, während er sonst zu bölken pflegte wie eine Posaune von Jericho.

Amélie besann sich darauf, wie Fräulein Wendevogel sie meistens herumkriegte, wenn sie sich gegen irgend etwas auflehnen wollte. Sie reckte sich ein bißchen, was allerdings nicht viel hergab, denn Stine war größer und breiter als sie. Dann sah sie Stine fest in die Augen und senkte die Stimme ein wenig. Vor allem kam es darauf an, hart und energisch zu reden.

»Stine, jetzt hören Sie mir einmal zu. Und Sie auch, Frau Aurich. Hat der Baron Sie schon einmal angesehen? Der weiß doch gar nicht wirklich, wie Sie ausschauen. Er wird Sie nicht vermissen, glauben Sie mir. Sie sollen mir nur Ihre Kleidung leihen und sich für einen oder höchstens zwei Tage vom Herrenhaus fernhalten. Herr Waak ist damit einverstanden. Auch Herr Franz wird keine Schwierigkeiten machen. Sie geben mir jetzt Rock und Bluse und Schürze und was Sie sonst tragen. Und sagen mir, was ich an Ihrer Stelle zu tun habe.«

Hier grinste Stine entzückt. »Das können Sie gar nicht«, sagte sie.

»Nun, ich werde mir jedenfalls Mühe geben. Damit Ihnen das Opfer ein bißchen versüßt wird, mache ich noch einen Vorschlag. Sie haben doch den Jupp gern!?«

»Hm. Ja. Schon!« Stine wurde der reinste Klatschmohn.

»Und er kann sich nicht so recht entschließen?«

»Er guckt nach anderen.«

»Wenn Sie mitspielen und mich an Ihrer Stelle die Magd sein lassen, bekommen Sie von mir eine ganze Aussteuer.«

»Oooch!«

»Ich werde auch mit Jupp sprechen und ihm ins Gewissen reden. Außerdem hilft eine Aussteuer ein bißchen, dann fällt ihm der Start ins Glück leichter. Und ihr haltet beide den Mund. Sie natürlich auch, Frau Aurich. Weiß Ihr Mann davon?«

»Iwo! Männer sollen alles essen, aber nicht alles wissen. Ein oller Bruddelkopp, wissen Sie?« raunte sie vertraulich.

»Also gut, fangen wir an«, entschied Amélie.

Sie zog Sachen von Stine an. Alles war zu weit, ließ sich jedoch mit Hilfe der Schürze ganz geschickt in Form bringen. Ein wenig lang waren die Sachen für sie. »Treten Sie sich man ja nicht auf die Schlippen, gnädiges Fräulein«, mahnte Mutter Aurich deshalb noch.

Die eigenen Schuhe mußte Amelie anbehalten, denn Stines Treter waren ihr mehrere Nummern zu groß und selbst über dicken Socken schluppten sie bei jedem Schritt wie bei einem Clown. Stine, das Dorfkind, lachte denn auch Tränen, als Amelie ihre vergeblichen Gehversuche darin machte.

Schließlich war Amélie echt herausgeputzt. Was sie nicht wußte, weil es im Hause Aurich keinen großen Spiegel gab: Sie sah allerliebst in Stines Sachen aus.

Sie ließ sich noch ein dickes, gehäkeltes Tuch mitgeben gegen die Kühle der Abende, und radelte zum Gutshof. Als erstes mußte sie in einer Art großem Bullerofen die Schweinekartoffeln kochen und sie danach mitsamt den Schalen mit einem riesigen Stampfer zerkleinern. Ihr war klar, daß sie einen schrecklichen Muskelkater bekommen würde. Aber Opfer müssen gebracht werden, sagte sie sich. Das Ziel ist lohnend.

In der Satteltasche vom Fahrrad hatte sie ihr »Quelques Fleurs« mitgebracht. Es spielte in ihrem Plan eine wesentliche Rolle. Wilhelm war, wie viele Menschen auf dem Lande, die noch unverbildeter reagierten als Stadtbewohner, ein ausgesprochenes »Nasentier«. Tabak und Leder waren »männlich«, Petroleumgestank »heimelig«, Pferde rochen »warm«, Schweine und selbst Misthaufen stanken »gesund«. Mit Gerüchen hingen jeweils Gefühle zusammen. Hermann und Amélie bauten darauf, daß sich auch mit diesem Parfüm bei Wilhelm schon eine gewisse Stimmung auslösen ließ. Also versprengte das mutige Mädchen ihren Duft, wo es ging und stand. Auch Franz war sich nicht zu schade, in Wilhelms Herrenzimmer ein duftgetränktes Taschentuch zu plazieren. Als die neue »Stine« Grünzeug aus dem Garten in die Küche bringen mußte, versäumte sie nicht, neben dem Duft von Dill, Liebstöckel und Petersilie auch einen kräftigen Schuß »Houbigant«-Parfüm zurückzulassen.

Einmal kam Wilhelm an den Ställen in ihrer Nähe vorbei. Ihr Herz schlug wie ein Hammer. Am liebsten wäre sie fortgelaufen, doch das hätte wohl alles verraten. So verharrte sie still, während er in einiger Entfernung vorüberstapfte, ohne nach links und rechts zu sehen. Doch täuschte sie sich? Oder stimmte es? Schnüffelte er nicht so komisch? Krauste die Nase, runzelte die Stirn und schnüffelte? Oder bildete sie sich das nur ein? Die Entfernung war ja noch erheblich.

So oder so - am Abend mußte sie die Stätte erfolglos verlassen. Sie radelte heim. Jeder Knochen tat ihr weh. Wenn man an Landarbeit nicht gewöhnt war, strengte sie teuflisch an. Obwohl Amélie, wie alle Kinder, früher durchaus zum Spaß bei der Ernte und im Stall geholfen hatte und im allgemeinen wußte, was zu tun war.

Sie nahm ein Bad, hüllte sich in ihren seidenen Hausmantel und sank in ihren Lieblingssessel. »Ich gehe morgen nicht wieder hin. Das ist der beste Mann nicht wert«, stöhnte sie.

Hermann sagte: »Das fehlte noch. Nein, Amélie, jetzt wird die Flinte nicht ins Korn geworfen. Wenn du nicht gehst, ziehe ich Stines Sachen an. Ehrenwort.«

Amélie lachte laut auf. »Paß bloß auf, daß er sich dann nicht in dich verliebt!«

»Na, siehst du! Du machst doch weiter, Püppi, ja?«

Wenn er »Püppi« sagte, wollte er ihr stets etwas abschmeicheln. Das war schon bei dem Knaben Hermann so gewesen.

»Natürlich mache ich weiter. Du, manchmal glaube ich, daß du mich loswerden willst. Dann bist du der Verantwortung ledig.«

»Mit Zwanzig sollte eine junge Dame unter der Haube sein. Verantwortung hin und her. Außerdem kenne ich Wilhelm Pluttkorten und weiß, daß er im Grunde ein feiner Kerl ist. Du wirst ihn dir schon mit weiblicher List zurechtbiegen. Ein bißchen Anleitung aus fester Hand könnte dir übrigens auch gar nicht schaden, Schwesterherz.«

Sie lehnte den Kopf anmutig an die hohe Lehne des tiefen Sessels. »Ihr Männer seid schon eine Bagage. Doch eine alte Jungfer möchte ich wirklich nicht werden. Morgen wird auf Pluttkorten Kartoffelmehl gemacht. Nachmittags kommen auch Frauen aus dem Dorf zum Helfen. Das kann ja gut werden.«

»Ein Grund mehr, sich ranzuhalten, Amélie«, erklärte Hermann so richtig männlich und stieß aus seiner Havanna eine Rauchwolke wie ein mittlerer Vesuv.

Am nächsten Morgen mußte sie zuerst mit einem großen Reisigbesen die Gänge in den Stallungen ausfegen. Und da geschah es schon. Sie war gerade an Rudolf herangetreten und legte ihm die Hand weich über das Maul. Der Apfelschimmel sah sie aus sanften Augen an. Eigentlich war er ziemlich bissig, doch diese Person gefiel ihm. Sie konnte mit schwierigen Pferden umgehen. Er bewegte den Kopf, daß es aussah, als nicke er beifällig.

Die Knechte waren schon bei der Kartoffelernte auf dem Felde. Als sie Schritte hörte, wußte sie sofort: Das war er! Wilhelm v. Pluttkorten. Ihr Herz raste los, viel schlimmer als auf der Kleewiese. »Nanu, Stine, seit wann traust du dich denn an Rudolf heran?« fragte der Mann, und Amélie zitterte, als sie seine Stimme hörte. Sie wandte sich schnell ab und murmelte etwas, das ein wohlwollender Mensch als »Morg'n« auslegen konnte.

Wilhelm war in keiner besonders guten Verfassung. Es ließ sich nicht leugnen: Der Parfümgeruch verschwand nicht auf Pluttkorten. Er wurde heimlich erneuert, das war klar. Und Franz behauptete steif und fest, er suche verzweifelt nach dem »Attentäter«, doch er könne keinen entdecken. Auch Jupp habe erfolglos Wache gestanden. An diesem Morgen war Wilhelm fluchend aus dem Bett gesprungen. Er hatte geträumt, die Knechte zögen statt mit Jauchewagen mit Riesenflaschen voller Parfüm über die Felder. Er zog sich an, trat in die frische, kühle Morgenluft hinaus und reckte sich gegen den wundervoll reinen Wind, der vom noch schlafenden Wald herüberwehte.

Es war sehr kühl, aber er liebte diese klaren Tage im Herbst, von denen jetzt einer heraufzog. Die Hände in den Taschen, stapfte er zu den im Dämmern liegenden Ställen hinüber. Er wollte eigentlich im Kuhstall kontrollieren, ob die Hütejungen auf dem Posten waren. Sie schliefen in einer Kammer gleich nebenan. Das heißt, dort sollten sie schlafen, aber Wilhelm wußte, daß sie es mit der nächtlichen Aufsichtspflicht nicht allzu genau nahmen.

Da hörte er auf der anderen Seite ein Rascheln. Machte sich jemand an seine Pferde heran? Jemand war im Stall! Leise und vorsichtig auftretend ging er in die Richtung, aus der das Geräusch gekommen war. Er verhielt den Schritt und drückte sich in eine dunkle Ecke. Zur gleichen Zeit wehte ein überaus dichter Parfümgeruch zu ihm hin. Keine Frage, es war der Duft, der ihm so sonderbar zusetzte. Und dann sah er Stine, die seinem Hengst, der sich von niemandem außer von ihm und Jupp anfassen ließ, die Hand aufs Maul legte. Ich träume ja wohl, dachte er. Dies kann nur die Fortsetzung der Geschichte mit den Jauchewagen sein, die gar keine waren. Und Stine wirkt doch auch anders als sonst. Natürlich. Niemals ist das Stine.

Jetzt drehte sich das Mädchen so, daß durch das kleine, hohe Fenster ein wenig Morgenlicht auf sein Gesicht fiel. Wilhelm griff automatisch hinter sich an die Wand, um sich abzustützen.

Das war doch ... nein, ich träume nicht! Das ist Amélie Ritter. Wie auch immer sie hierherkommen mag. Sie ist es.

Er schlich ein paar Schritte zurück und näherte sich noch einmal recht vernehmlich.

»Nanu, Stine«, rief er, »seit wann traust du dich denn an Rudolf heran?«

Sie zuckte zusammen. Er lächelte grimmig. Als sie irgend etwas murmelte, das wohl »Guten Morgen« heißen sollte, rief er streng: »Stine, komm mal her zu mir!«

Sie schlurfte zögernd näher.

»Sag mal, bist du das, die hier so gräßlich stinkt wie ein ganzer Blumenladen?« fragte er drohend.

Sie nickte stumm.

»Von wem hast du es denn? Das Zeug ist doch bestimmt teuer. Hat Jupp dir das etwa geschenkt?«

Sie nickte wieder.

»Kannst du nicht reden?«

»Doch.«

»Na also. Weißt du auch, daß Jupp mit den Mädels ein Schlawiner ist? Hm?«

»Ja, Herr Baron.«

»Und dir ist das egal, wie? Du bist doch hoffentlich kein loses Frauenzimmer?«

»Nein, Herr Baron.«

»Soll ich vielleicht mal ein Wort für dich bei ihm einlegen? Du siehst doch nett aus, worauf wartet der Dummkopf noch?« Er hob mit der rechten Hand ihr Gesichtchen an, das nun völlig ratlos wirkte. Am liebsten hätte er laut herausgelacht. Er fühlte sich so sieghaft, gar nicht schüchtern, nein, einfach herrlich.

Sie wollte zurückzucken, doch mit dem linken Arm umschlang er sie leicht und zog sie noch näher an sich. Dann beugte er sein Gesicht zu ihrem glühenden Gesicht hinunter. Er konnte ein leichtes Stöhnen nicht unterdrücken. Da war er wieder, der süße Himbeermund, den er neulich schon gekostet hatte.

»In der Tat, recht hübsch«, murmelte er. »Ich wußte ja gar nicht, welchen Schatz ich hier auf dem Hof beschäftige. Du bist eine richtige Schönheit, weißt du das? Da sieht man es wieder: Morgenstunde hat Gold im Munde. Wäre ich jetzt nicht so früh aufgestanden, hätte ich dich vielleicht nie entdeckt, nicht diese ängstlichen Blicke aus Sternenaugen, und nicht diesen Himbeermund. Jupp ist zu beneiden.«

Mit einer kraftvollen Bewegung zog er Amélie ganz eng an sich. Sie hing wie ohnmächtig in seinen Armen. Und jetzt schloß sie sogar die Augen. Er preßte seine Lippen fest auf ihren Mund. Und diesmal hörte er nicht gleich auf, kostete und genoß und kostete wieder, bis auch ihre Lippen nachgaben.

Als er sie endlich losließ, gab er ihr einen kleinen Klaps und sagte: »So, Stine, jetzt aber an die Arbeit! Wir können nicht den ganzen Morgen vertrödeln. Sei morgen ungefähr um dieselbe Zeit wieder hier.« Das letzte mußte er schon rufen. Sie, lief, als werde sie von Furien gejagt. Wilhelm schmunzelte in sich hinein, obwohl er nicht leugnen konnte, daß sein Puls raste wie nach einem Geländelauf mit vollem Gepäck.

Amélie war einfach in den Park gerannt. Jetzt kam es darauf auch schon nicht mehr an. Sie preßte die Stirn an einen Eichenstamm und schluchzte ratlos. War sie nun glücklich? Oh nein! Er hatte sie geküßt. Aber er hatte sie gar nicht erkannt! War das denn möglich? Gewiß, Kleider machten Leute. Doch war's in höchstem Maße unwahrscheinlich, daß auf diese Entfernung - und hier überrieselte es sie schon wieder heiß - jemand ein bekanntes Gesicht nicht erkennen sollte. Selbst wenn man zugestand, daß es noch nicht ganz hell gewesen war.

Das ließ eigentlich nur einen Schluß zu. Sie alle hatten sich in Wilhelm v. Pluttkorten getäuscht: Er war gar kein Einzelgänger. Nein, er war ein Wüstling! Jawohl! Er küßte immer gleich drauflos, guckte sich die Frauen gar nicht richtig an, hatte wahrscheinlich einen ganzen Harem und nahm jede Gelegenheit wahr, die sich ihm bot. Hatte er ihr nicht neulich heuchlerisch die Hand in den Ausschnitt ... oh, daran durfte sie gar nicht denken! Er hatte so getan, als leiste er »Erste Hilfe«. Und ich Schaf habe es geglaubt. Habe mich heute nicht gewehrt, als ich merkte, daß es schief lief. Denn eigentlich sollte er bis dahin durch meine Parfümversprengerei so weichgekocht sein, daß er mir auf der Stelle einen Heiratsantrag gemacht hätte. Ja, Pustekuchen!

Alles hätte ich für möglich gehalten. Daß er weggelaufen wäre, hätte mich nicht gewundert, sinnierte sie. Aber er ist ja ein Draufgänger! Und ich habe mich als Stine von ihm küssen lassen. Ist das zu fassen?!

Wie sollte sie Stine überhaupt wieder in die Augen sehen? Die würde sich schön wundern, wenn der Herr Baron sie plötzlich in die Arme riß. Der merkt gewiß gar keinen Unterschied, dachte Amélie ungerecht. Vielleicht geht dann auch noch die Sache zwischen Stine und Jupp schief. Und ich habe schuld daran, weil ich Schicksal spielen wollte. Hermann hat auch eine Menge Schuld. Der hat es mir doch eingeschnackt. Ach, ich bin traurig. Unglücklich. Wütend. Ich werde nach Hause radeln und nie, nie wieder einen Fuß auf Pluttkorten setzen.

Hermann wiegte das Haupt, als seine Schwester ihm andeutungsweise von dem Fiasko berichtete. Sie ließ den delikaten Kuß nicht ganz weg, machte aber ein flüchtiges Küßchen daraus. Unmöglich konnte sie gestehen, daß sie als Stine zurückgeküßt hatte. Das schickte sich nun wirklich nicht.

»Ich werde mal bei ihm anrufen und die Lage sondieren«, versprach Hermann. »Weißt du, Schwesterherz, irgend was stimmt da nicht. Ich würde ja sagen, Wilhelm hätte sich verstellt, um uns für unsere List zu bestrafen. Aber so raffiniert ist der alte Knabe einfach nicht.« Und so beharrte er auf seinem Vorurteil und wußte gar nicht, wie dicht an der Wahrheit er soeben gewesen war.

Sein Anruf erbrachte jedoch gar nichts. Franz meldete sich und erklärte vornehm durch die Nase, der Herr Baron sei fortgefahren. Er komme erst morgen wieder zurück.

»Wohin ist er denn?« fragte Hermann, und erwartete nach dem ordentlichen Bestechungsgeld eine gewisse Kumpanei. Aber Franz säuselte nur: »Leider kann ich keine weitere Auskunft geben, dieweil ich selber gar nichts weiß.«

Ein mieser Bursche. Hermann war sauer. Das würde er dem Franz noch heimzahlen. Es gab keinen Diener, der nicht alles wußte. Und Franz im besonderen, der wußte noch mehr als alles. Der hörte das Gras wachsen.

»Er ist fortgefahren«, meldete Hermann seiner Schwester.

»Mir ist das egal. Vielleicht besucht er seine Freundinnen in der Stadt. Ich sehe ihn ohnehin nie wieder«, sagte sie und unterdrückte ein Schluchzen, mit dem sie andauernd zu kämpfen hatte. Vermasselt! Alles vermasselt! Warum hatte sie nicht züchtig gewartet, wie es sich gehörte für eine junge Dame? Im Internat war ihnen das immer wieder gepredigt worden: Ein wohlerzogenes Mädchen tut nie den ersten Schritt, auch nicht den zweiten oder dritten. Sie tut überhaupt nichts äußer: süß aussehen und hilflos wirken. Nun hatte sie die Quittung. Das Ei wollte klüger sein als die Henne.

Hermann tätschelte ihr kurz die Hand. »Du willst ihn also nie wiedersehen? Aha! Hör mal, Amélie, mitten im Fluß wechselt man nicht die Pferde, und mitten in einer Aktion gibt man nicht auf, verändert die Taktik auch nicht grundsätzlich, paßt sie höchstens den Gegebenheiten etwas besser an. Uff. Ich habe jetzt wirklich zu tun. Dein Wilhelm kostet mich einfach zuviel Zeit.«

»Mein Wilhelm! Das ist ja der reinste Hohn!«

»Gar nicht: Du gehst natürlich morgen wieder hin. Er hatte dich doch bestellt.«

»Er hatte Stine bestellt.«

»Richtig. Und als Stine gehst du auch zum Rendezvous.«

»Ich denke nicht daran.«

»Selbstverständlich gehst du.«

»Ich gehe nicht. Auf keinen Fall. Ich wette mit dir um mein Briefmarkenalbum.«

»Behalt es lieber, Amélie. Ich weiß, daß du hingehen wirst.«

»Nie, nie, nie! Hörst du!«

In dieser Nacht lagen beide Geschwister Ritter lange wach. Ihre Gedanken kreisten um dasselbe Thema.

Hermann dachte: Etwas ist faul an der Geschichte. Selbstverständlich hat Wilhelm Amélie erkannt. Er mag schüchtern sein den Frauen gegenüber, auch hilflos und ängstlich, weil sie für ihn gefährliche Nixen sind, die einem Mann den Sinn verwirren und den Verstand rauben. Aber Wilhelm ist kein

Trottel. Und er kann auch in der Dämmerung sehr gut sehen. Also muß ich davon ausgehen, daß Wilhelm weiß, wer da in seinem Stall in Stines Rolle mit einer Duftwolke unterwegs war. Ich habe gesagt, er sei nicht raffiniert und könne sich nicht verstellen. Aber in jedem Mann steckt auch noch der Knabe, der wilde Spiele liebt. In gewisser Weise hatte ich ihm ein Spiel angeboten. Amélie war der Einsatz. Ein Spiel unter Freunden. Wollte Wilhelm mir zu verstehen geben, daß er nicht daran dachte, den Einsatz anzunehmen?

Ja, so konnte es gewesen sein. Wilhelm, der seinen Freund Hermann doch genau kannte, hatte gleich gewußt, was hier gespielt werden sollte. Es wäre ja nicht der erste Streich gewesen, den sie einander gespielt hatten. Überrumpelungstaktik, kleine Manöver, Zug und Gegenzug. Und schließlich die Siegesfeier bei einer Flasche Klarem. Herzliches Auf-die-Schulter-Klopfen und rauhes Gelächter. Diesmal wollte Wilhelm eben nicht mitmachen. Sein Preis war ihm zu hoch. Lebenslang.

So hatte er dem Freund zu verstehen gegeben, daß er zwar niemanden kränken wollte, aber bei dem scherzhaften Angebot von seiner Rückzugsmöglichkeit Gebrauch machte. Er zeigte dieser »Stine« wohl, daß sie ihm grundsätzlich gefiel. Doch er mied die Konsequenzen und stellte sich dumm.

Hermann gab nicht gern auf. Gut, Wilhelm hatte sich verleugnen lassen am Telefon. Oder war wirklich weggefahren? Doch es gab ein Sätzchen, an das Hermann Hoffnungen knüpfte. »Komm morgen wieder«, hatte Wilhelm zu Amélie gesagt. Und der wackere Pluttkorten war nicht der Mann, so etwas einfach in den Wind zu reden. Für ihn galt stets: Ein Mann, ein Wort. Es war also möglich, daß er die beiden Ritters nur ein bißchen ärgern wollte. Ich muß dafür sorgen, daß Amélie das Spiel zu Ende spielt, nahm Hermann sich vor. Dann schlief er wie ein Murmeltier.

Amélie dachte: Wilhelm Pluttkorten muß mich erkannt haben! Ich war nur zu verwirrt, es mir gleich klarzumachen. Natürlich sind Männer ganz, ganz anders als Frauen, fremde Wesen, die dunkle Stimmen und vielleicht auch dunkle Gedanken haben, die sich für rauhe, wilde Sachen begeistern und so stark sind, daß eine zarte Frau ihnen nur mit Hingabe und List begegnen kann.

Als er sie heiß geküßt hatte, war ihr das Kopftuch in den Nacken gerutscht. Und sein Gesicht, seine hellen Augen waren ja so dicht vor ihr gewesen. Es überrieselte sie wieder. Eine süße Schwäche breitete sich in ihrem Körper aus.

Doch dann dachte sie daran, wie er ihr lässig einen Klaps gegeben und sie weggeschickt hatte. Sie hielt es nicht mehr aus im Bett. Das Kopfkissen schien aus Feuer zu sein. So sprang sie auf und trat ans Fenster. Der Himmel war ganz klar. Eine Mondsichel schimmerte mild, Millionen Sterne funkelten. Ihr Blick ging auf den Hof hinaus, über den gerade eine getigerte Katze schlich. Dahinter wiegten sich die Obstbäume des großen Gartens im Wind. Ihr Herz wurde weit. Wenn ich ihn nur nicht so lieben würde, dachte sie, dann wäre alles halb so schlimm. Sie nagte an den Ecken ihres Taschentuches und drückte den heißen Kopf an die kühle Fensterscheibe. Ich kann ihm doch nicht sagen, wie lieb ich ihn habe. Er würde mich auslachen. »Wilhelm«, flüsterte sie. »Warum hast du das gemacht: mich einfach wegzuschicken. Wie eine dumme Göre. Als ob es mir so leichtgefallen wäre, die Rolle von Stine zu spielen. Ich bin ja vor Angst beinahe gestorben, als du in den Stall kamst!«

Allmählich überwog ihre Wut die Sehnsucht. Ha, er hatte sie erkannt, aber mit dem Kuß wollte er ihren Vorwitz bestrafen. Ha, wie er mich behandelt hat! Wie ein Stück Dreck! Wie Abfall, den man die Gosse entlang fegt! Er hat mich geküßt, mit einer wilden, bebenden Leidenschaft, aber nicht mich als

Amélie Ritter, sondern als irgendeine, die er haben will. Das wollte er mir zu verstehen geben. Sie zerriß das Taschentuch und warf die Fetzen ins Zimmer.

»Wilhelm Pluttkorten«, sagte sie laut, »entweder ich knacke deinen Dickschädel, oder ich renne mir meinen ein. Das ist jetzt nicht mehr die Sache zwischen Hermann und dir. Nein, jetzt geht es ganz nach meinem Kopf ... Und wenn ich dir bis ans Ende der Welt folgen muß, ich will wissen, warum du mich so behandelst.« Sie warf den Kopf in den Nacken, daß die dunklen Locken flogen.

Sie würde morgen pünktlich im Stall sein. Wie bestellt, dachte sie. Aber nicht in dieser albernen Verkleidung. Darauf konnte eigentlich auch nur ein Mann kommen. Nein, als Amélie Ritter werde ich dort sein, dann kann er sich nicht herausreden.

Wo hatte sie das nur gelesen? »Haß ist die beste Liebe.« Jawohl. Eine Sternschnuppe fiel. Sie schloß die Augen, um sich schnell etwas zu wünschen.

»Hab mich lieb«, flüsterte sie, »hab mich lieb, Wilhelm. Bitte!!«

Auch der so von ferne Angeflehte fand keineswegs den ihm sonst so sicheren Schlaf. In seinen Schläfen hämmerte es. Er stellte sich die Szene im Stall zum hundertsten Male vor. Die nackten Beine, die unter dem gestreiften Rock hervorguckten. Schmale, rehhafte Fesseln und kleine Füße in derben Holzpantinen. Der schlanke, biegsame Körper mit den schönen Schultern. Wie sie gezittert hatte, als er sie im Arm hielt. Die braunen Haare, der zarte Teint, die braunen Augen und dieser Mund, der alles vergessen ließ. Ein Eisberg würde schmelzen in ihrer Nähe. Ein Engel in Holzpantinen!

Wilhelm war gar nicht erst ins Bett gegangen. Du lieber Himmel, ein neues Leben hatte sich für ihn eröffnet. Wer wollte da an Schlafen denken. Das konnte man immer noch.

Er schlug mit der flachen Hand auf den derben Schreibtisch und goß sich noch einen kräftigen Schluck Feuerwasser ein.

Vielleicht hatten Amélie und sein lieber Freund Hermann ihn auf die Rolle schieben wollen? Vielleicht wollten die beiden Racker einmal testen, was Wilhelm v. Pluttkorten an Widerstandskraft in seinem riesigen Körper hatte?

Gut möglich, daß es gar nicht ernst gemeint gewesen war. Doch jetzt hatte es ihn gepackt. Jetzt würde er kämpfen, wenn es nötig sein sollte. Die würden sich wundern!

Er lachte laut auf und feixte glücklich vor sich hin. Tscha, man sollte einen Pluttkorten nicht unterschätzen. Sie hatten ihn herausgefordert. Er hatte angenommen.

Sein Blick fiel auf die Stelle, an der er das Wörtchen »Amélie« mit seinem Hirschfänger eingeritzt hatte. Das Zauberwort. Den schönsten Namen der Welt. Der zum schönsten Mädchen der Welt gehörte. Oh, alle Aufregungen der Jagd waren doch gar nichts gegen dieses einmalige Erdbeben im Gemüt, das nun ja wohl, da machte er sich nichts vor, eindeutig Liebe war.

Probeweise murmelte er leise: »Amélie ...« Wie das Klang. »Amélie«, sagte er lauter. Und dann rief, brüllte, dröhnte er, daß es in dem riesigen Raum widerhallte: »Amélie!!!« Es war ungefähr der Augenblick, als Amélie Ritter ihre Wünsche der Sternschnuppe anvertraute.

Am Morgen erhob sie sich und kleidete sich sorgfältig an. In dem Pepitajackett über der weißen Seidenbluse zu grauen Reitbreeches sah sie aus wie ein hübscher Knabe. Man mußte mit dem Herzen denken, nicht nur mit dem Verstand, und das tat sie jetzt.

Sie ließ ihren Schecken satteln. Dann ritt sie aus dem Tor, den sandigen Weg durch die Felder entlang, wo sie jeden Zentimeter Boden kannte. Die Luft roch schon nach Herbst, ein wenig moderig, doch auch erdhaft kräftig. Vom Stoppelfeld gesellte sich der strenge Strohgeruch dazu. Und was stand dort am Rande der Wiese, über der noch der Morgennebel wie weißer Dampf wogte? Wahrhaftig: ein verspäteter Storch! Er machte einige gravitätische Schritte und flog davon, als sich Tier und Mensch in ihrer harmonischen Bewegung ihm näherten.

Trotz aller Aufregung mußte Amélie lachen. Ein Adebar! Hatte das nun eine Vorbedeutung? Wenn ja, dann ... nun, sie errötete schon bei dem Gedanken.

Jetzt tauchten Roß und Reiterin in den Wald ein. Sie waren bereits auf Pluttkortenschem Gebiet. Und dann tauchte die breite Auffahrt zum Herrenhaus vor ihnen auf. Amélies Augen wurden riesengroß. Was war denn das?!

Das Herrenhaus war beflaggt. Das Geländer der breiten Freitreppe hoch, über den weiten Türbogen hinweg hingen dicke Girlanden aus Tannengrün und allen Blumen, die um diese Zeit in den Gärten blühten: Rosen, Winterastern, Dahlien, Strohblumen und Judastaler.

Hinter allen Fenstern flackerten Kerzen, und unter ihnen bildeten kleine Girlanden anmutige Bögen.

Jetzt konnte Amélie auch erkennen, was auf dem Schild über dem Portal stand in großen, roten Lettern: »Willkommen!«

Auf dem gepflasterten, sorgfältig gefegten Hof war die Drei-Mann-Feuerwehrkapelle aufmarschiert und tutete tapfer:

»Kein Feuer, keine Kohle kann brennen so heiß, wie heimliche Liebe, von der niemand was weiß ...« Außerdem schienen sämtliche Pluttkortener versammelt zu sein, alle feingemacht, mit Sträußen und Fähnchen in den Händen. Etwas verlegen standen sie herum und taten, als könnten sie Amélie Ritter nicht sehen.

Nur Jupp trat zu ihr hin und reichte ihr die Hand, um ihr beim Absitzen zu helfen.

»Wollen Sie auch jratulieren?« fragte er, so richtig kernig rheinische Frohnatur.

»W ... wieso denn gratulieren?« stotterte Amélie.

»Wir heiraten doch!« strahlte Jupp.

»Sie und Stine?«

»Möglich. Aber der Herr Baron heiratet. Heute kommt dat Fräulein Braut an.«

Amélies Atem stockte. »Lassen Sie nur«, sagte sie, als Jupp ihren Schecken fortführen wollte. Die Dorfleute beobachteten die Szene ohne ein Zeichen von Anteilnahme. Amélie wollte sich gerade in den Sattel schwingen, da tauchte auf der Freitreppe Wilhelm von Pluttkorten auf. Wie gebannt verharrte sie, halb schwebend zwischen Erdboden und Pferderücken. Die Verzweiflung schwappte über ihr zusammen. Sie hatte ihn verspielt. Den Schuft! Den geliebten, geliebten Schuft!

Wilhelm v. Pluttkorten trug seinen Jagdanzug. Die Flinte hatte er locker in der Hand.

In der halben Nacht hatte auf Pluttkorten bereits eine fieberhafte Tätigkeit eingesetzt. Die Knechte mußten aus den Betten, ob sie auch fluchten und protestierten. Sie mußten den Hof blitzblank fegen, daß ja kein Schnipselchen mehr herumlag. Sie mußten eigens - und das war vor allem Jupps Arbeit, der wie ein Berserker fluchte - den Park durchholzen und alle krüppeligen Sträucher abhacken. Sogar in den Bäumen der Auffahrt mußten sie Girlanden anbringen, quer über die Zufahrt, von Baum zu Baum. Dann kam das Haus selbst dran, und überall war Wilhelm v. Pluttkorten selbst dabei, tauchte hier und da auf, feuerte an, gab Anweisungen, half selbst mit, wo es nötig war, kletterte höchstpersönlich auf die Bäume, um Girlanden zu spannen, erklomm gar die Vorderfront des Hauses und nagelte die Verzierungen an, während Franz sich vornehm mit dem Verbandskasten bereithielt. Für ihn war dieser Frühmorgen der Zusammenbruch einer Welt.

Der Welt, in der er sich so gemütlich bewegt hatte. Er kannte seinen Herrn und wußte stets, was er gleich tun und was er auf jeden Fall lassen würde. Diesmal wußte er jedoch gar nichts mehr. »Wir bekommen eine Herrin auf Pluttkorten«, hatte sein Herr gesagt. Und das war kein Scherz gewesen! Theater war schon dabei, und nicht zu knapp. Doch im Kern mußte es stimmen. Diese grimmig entzückte Miene hatte er noch nie an seinem Brotgeber gesehen. Ja, dann war es aus mit der Herrlichkeit.

Jupp hieb mit verbissener Wut auf trockene Sträucher ein. Sein Herr hatte ihn vorhin bei einem Schlückchen Korn erwischt, der, zugegebenermaßen, seinen Stammplatz dort gehabt hatte, wo eigentlich der Herr seinen Branntwein aufbewahrte. Da konnte er von Glück sagen, daß er nicht entlassen worden war, sondern nur einen Tritt an die Stelle bekommen hatte, auf der er eben noch so gemütlich sitzen konnte. Das machte Jupp plötzlich zum flottesten Arbeiter, den man sich nur denken konnte. Und auch seine unverwüstlich gute Laune stellte sich wieder ein. Zuletzt sang er bereits einmal mehr sein Lieblingslied: »Warum ist es am Rhein so schön?!«

Wilhelm v. Pluttkorten hatte zum Schluß das Werk noch gründlich begutachtet. Er war zufrieden. Alles lag förmlich unter Blumen. Der Hof, das Haus, die Zufahrt leuchteten in satten Farben.

»Meinen Jagdanzug«, sagte er zu Franz. Der hatte ihn schon über dem Arm. Noch wußte er, was seinem Herrn frommte.

Er half ihm beim Ankleiden, und es wurde ihm ausgesprochen düster zumute. Bald würde eine andere Hand behilflich sein, eine schmale, kleine, weiße zärtliche Hand.

Er schnupfte auf.

»Nanu, was ist los, Franz?«

»Ich freue mich so mit dem Herrn Baron«, schniefte der Musterdiener mit brüchiger Stimme und blickte zur Seite.

»Das ist schön. Sie wissen ja, daß Sie hier unentbehrlich sind. Künftig noch mehr als jetzt«, brummte der Riese in einem seltenen Anflug taktvoller Rührseligkeit. »Ist was, Franz?!«

»Mir ist etwas ins Auge geflogen.«

Wilhelm Pluttkorten grinste. »Kein Wunder. Ist ja auch so windig im Zimmer.«

Franz marschierte anschließend schnurstracks ins Herrenzimmer und genehmigte sich einen Schluck von seinem Lieblingscognac, acht Jahre alt, sowie eine Havanna mit kakaodunklem Deckblatt, die er sich abends zu Gemüte führen würde.

Als der Morgen heraufzog, versammelten sich die Leute auf dem Hof, um das Ungewöhnliche, das sich hier anbahnte, ja nicht zu verpassen. Jupp hatte außerdem umsichtig dafür gesorgt, daß die Freiwillige Feuerwehr ihre Kapelle in Marsch setzte. Ganz freiwillig war sie allerdings nicht gekommen, aber Jupp, der sich auskannte, hatte den Musikanten Freibier in Aussicht gestellt. Wer konnte da widerstehen, wo es doch immer mal wieder Schläuche zu spülen galt?

Die Sonne brach gerade mit den ersten Strahlen durch die Bäume. Ein liebliches Rosa breitete sich über den Horizont hinaus. Girlanden und Blumen glänzten wie Gold. Die Vögel jubilierten in den Morgen. Die Erde erwachte mit ihrem Duft. Die blanken Knöpfe an Wilhelms Jagdrock blinkten, als er heraustrat. Und auch der Lauf seines Drillings schimmerte wie Silber.

»Das Fräulein Ritter kommt!« hatte Franz gemeldet, und Wilhelm war hochgesprungen wie von der Tarantel gestochen.

»Wie sieht sie aus?«

»Ich vermute, daß sie hübsch aussieht.«

»Mensch, was hat sie an?!«

»Normale Jagdkleidung natürlich«, sagte Franz, der nun selber gespannt war, wie es nach der Komödie, in die er schließlich eingeweiht gewesen war, heute weiterging.

Sein Herr hatte etwas wie »Juhu!« gebrüllt, eine Rose ergriffen, das Gewehr gepackt und war hinausgeschossen.

Mit wenigen Sätzen sprang Wilhelm nun die Treppe hinunter, hin zu der gänzlich versteinerten Amélie. Auch die Mannen der Kapelle erstarrten wie weiland das Personal in Dornröschens Schloß. Wilhelm hob seinen Drilling, zielte auf die süße, ratlose Reiterin und sagte markig: »Geld - oder Leben!«

»Ich ... ich habe kein Geld bei mir«, flüsterte Amélie. Die Stimme versagte ihr einfach. Jetzt wurden ihr auch noch die Knie weich. Jupp stand schon auffangbereit. Da fing sie sich, stellte sich fest auf ihre zitternden Beine und sagte, nachdem sie sich energisch geräuspert hatte: »Wollen Sie schon wieder auf mich schießen?«

»Ich drohe ja nur«, sagte Wilhelm. Er machte noch einen Schritt auf sie zu und flüsterte: »Geld ... oder Liebe!«

»Sie verspotten mich. Wie grausam. Ich sehe selbst, daß hier alles zum Empfang einer Frau gerüstet ist. Und ich wünsche Ihnen viel Glück«, quetschte sie hervor. »Adieu.«

Er ließ das Gewehr einfach fallen und hielt ihr die Rose hin. »Einen Augenblick«, sagte er leise. »Ist hier nicht wieder dieser Duft in der Luft, den ich gestern so intensiv geschnuppert habe? Wieso bist du nicht im Stall, Stine? Ich hatte dich doch für heute hinbestellt? Die ganze Zeit habe ich mich schon darauf gefreut.«

Amélie senkte den Kopf. Blutrot war sie geworden, das spürte sie deutlich.

»Hattest du wirklich geglaubt, ich sei so ein Tölpel, daß ich dich nicht erkannt hätte?« lächelte er. »Und glaubst du auch nur eine Sekunde lang, irgendeine Frau könnte mich dazu veranlassen, einen solchen Aufstand zu machen, wie du ihn hier mit deinen eigenen Augen vor dir siehst – außer einer gewissen Amélie Ritter, die sehr bald schon Amélie Pluttkorten heißen wird? So wahr ich ein Mann und Herr auf Pluttkorten bin!«

Er griff einfach zu, legte der jungen Frau einen Arm unter den Nacken und einen unter die Knie und trug sie mühelos die Treppe hinauf. Ihr rechter Arm schlang sich um seinen Nacken, der linke baumelte herunter, die Rose hielt sie fest in der Hand.

»Hooch! Hooch! Hooch!« riefen die Leute. Die Kapelle intonierte: »Wir winden dir den Jungfernkranz aus veilchenblauer Seide«, etwas falsch, aber mit Liebe.

Stine, die wirkliche Stine, war aus dem Stall hervorgetreten, in dem sie sich so lange hatte versteckt halten müssen. Sie stand nun Hand in Hand mit Jupp. Der hatte entschieden, daß er das, was sein Herr konnte, auch konnte: heiraten nämlich. Und so sang er laut mit, und einige Leute stimmten auch ein: »Wir führen dich zu Spiel und Tanz im hellen Hochzeitskleide«. Oder so ähnlich ...

Wilhelm trug seine leichte Beute über die Schwelle und ließ sie erst im Herrenzimmer zärtlich auf den Boden gleiten.

»Gucken Sie doch mal sofort nach dem Fisch«, befahl er Franz, der mit erleuchteter Miene herumlungerte. Das war wenigstens eine Herrin, der ein Diener auch gern diente. So eilte er davon. Und Wilhelm nahm sie in die Arme. Es war beinah wie am Tage vorher, und doch anders, ganz anders.

»Ihr habt euren Schabernack mit mir getrieben, Hermann und du«, sagte er zwischen zwei Küssen. »Aber es war wohl nötig, daß man mich auf Trab brachte. Auf einen groben

Klotz gehört ein grober Keil. So ist das nun einmal. Womit ich natürlich nicht sagen will, daß du ein grober Keil bist. Du bezauberndes Mädchen. Ich muß mich eben erst daran gewöhnen, so zart mit dir zu reden und umzugehen, wie es sich gehört. Aber eins sollst du wissen: Ich ... ich weiß nicht, wie ich ohne dich auskommen soll.«

»Du sollst so sein, wie du bist«, sagte Amélie glücklich. Wilhelm sah sie an. Er hatte sich nie verzettelt. Nun richtete er all seine Sehnsucht und sein Verlangen auf diese zierliche, anmutige Person. Er war ganz ernst. Er konnte ihr nicht alles sagen, was er fühlte. Zu tief wühlten die Gefühle, die so lange fest geschlummert hatten. Doch sein heller Blick floß über von Liebe, war so stark, daß Amélie einen Moment lang die Augen schließen mußte.

Es klopfte leise. Franz trat feierlich ein und hielt in den Händen eine Schüssel mit Salz und Brot.

»Ja, Franz«, sagte Wilhelm mit vor Bewegung brüchiger Stimme, »Gut Pluttkorten hat eine Herrin«.

Gemessen brach er ein Stück von dem Laib und tauchte es in Salz. Er reichte es Amélie, die es ernst aß. Ihre Augen füllten sich mit Tränen des Glücks. Als Spiel hatte es begonnen. Jetzt war etwas Gewichtiges daraus geworden. Zwei Menschen hatten den größten Entschluß ihres Lebens gefaßt. Sie würden immer füreinander da sein. Allen Stürmen würden sie gemeinsam trotzen. Alles Glück sollte fortan verdoppelt werden.

Wilhelm legte Franz die Hand auf die Schulter. »Jetzt haben Sie zwei zu betreuen. Passen Sie mir gut auf diese Frau auf, die bald meine Frau sein wird. Sie ist das einzige Glück, das ich besitze.«

Vom Hof her ertönten nun helle Hörner. Sie schmetterten und jubelten in den Morgen.

Wilhelm lächelte. »Die Jäger«, sagte er, »das Halali. Komm hinaus, Amélie, sie wollen dich sehen.«

Sie traten noch einmal auf das Treppenpodest. Die Leute warfen die Mützen in die Luft und jubelten. Und da kam auch Hermann Ritter auf seinem Fuchs angaloppiert. Musterdiener Franz hatte trotz allem den Überblick behalten und bei Hermann angerufen. Der vertrat schließlich Vaterstelle bei der zukünftigen gnädigen Frau. Und so gehörte es sich.

Hermann strahlte. »Kommt wieder rein, ich muß einen Schluck trinken«, rief er, »so trocken wie jetzt war meine Kehle noch nie. Das macht die Aufregung. Ich trinke auf das junge Paar!«

»Danke, Hermann«, sagte Wilhelm und meinte damit alles, was ihn mit dem Freund verband und was ihn bald noch enger verbinden würde.

»Du warst ein harter Brocken, Wilhelm«, schmunzelte Hermann. Und zu seiner Schwester sagte er: »Wo bewahrst du eigentlich dein Briefmarkenalbum auf, Amélie? Das hast du ja nun an mich verloren.«

Amélie aber entgegnete: »Du irrst dich, lieber Bruder. Wir hatten gar nicht gewettet. Du wolltest nicht.«

»Worum geht's denn?« fragte Wilhelm und war bereit, für seine Liebste den ersten Kampf von vielen Kämpfen auszufechten. Doch die Geschwister Ritter schüttelten beide freundlich den Kopf. Und Hermann sagte: »Ganz unerheblich. Wir erzählen es dir gelegentlich mal, nicht wahr, Amélie?«

»Ja«, sagte sie, »nicht jetzt. Nicht hier - im siebten Himmel.«

Da konnte Wilhelm sich nicht zurückhalten. Sollten Hermann und Franz es sehen. Sollte doch die ganze Welt es sehen! Er breitete die Arme aus. Amélie flog an seine breite Brust.

3

Und ich beugte mich hinab und küßte meine süße Braut. Die Frau, die Sie hier sehen, mit der ich all die Jahre in Freud und Leid gelebt und allen Stürmen getrotzt habe«, sagte Wilhelm v. Pluttkorten. Und wahrhaftig, dem alten Herrn waren die Augen feucht geworden bei diesen Erinnerungen.

Die zierliche alte Dame reichte ihm die Hand, die er an die Lippen zog. »Wir haben es nie bereut«, lächelte Amélie. »Ja, das war unsere Liebesgeschichte. Hoffentlich haben wir keine Langeweile damit verbreitet!«

Laura und Mike Kringel und auch Enkelin Renate applaudierten und versicherten, das sei eine herrliche und spannende Geschichte gewesen. Noch dazu eine wahre Geschichte!

»Es geht doch nichts über das wirkliche Leben«, meinte Mike Kringel und sah Renate tief in die Augen. Das hatte er wiederholt getan, besonders an den zärtlichen Stellen der Erzählung. Als erfahrener Frauenkenner kam er zu dem Schluß, daß er bei diesem Fräulein v. Sorppen – vielleicht nannte sie sich auch »Frau« v. Sorppen, das taten emanzipierte Damen ja heutzutage, ohne verheiratet zu sein – nun, daß er da offene Türen einrennen würde.

Renate dagegen amüsierte sich prächtig. Lauras Bruder war bestimmt ein toller Mann, aber wenn er glaubte, er könne die große Verführernummer abziehen, da hatte er sich getäuscht. Sie war sehr selbständig. Zwangsläufig selbständig geworden. Ihre Mutter, die mittlere der drei Pluttkorten-Töchter, hatte Frido von Sorppen geheiratet. Renate war noch sehr klein gewesen, als ihre Eltern beim Skilaufen von einer Lawine verschüttet worden waren. So hatte die kleine Waise bei den Großeltern gelebt. Doch als sie größer wurde, zog es sie nach München. Sie wollte Anwältin werden. Weil ihr Vater dort eine Anwaltspraxis gehabt hatte. Sie war das einzige Kind, das Vermächtnis einer Liebe. Und sie fühlte sich berufen, ihren toten Eltern Ehre zu machen und die Ziele ihres Vaters zu verfolgen.

Ihre Großeltern waren immer voller Verständnis gewesen. Die beiden anderen Töchter hatten ebenfalls Männer geheiratet, die sich nicht für Landwirtschaft interessierten. So hatten sie das Land an ihren ehemaligen Verwalter verpachtet. Er wohnte auf Sichtweite mit seiner Familie in dem schmucken Verwalterhaus. Sie verstanden sich gut. Er war höflich und aufmerksam ihnen gegenüber: Doch in Wilhelm v. Pluttkortens Hinterkopf saß immer noch ein Körnchen Hoffnung. War es denn so unmöglich, daß seine Lieblingsenkelin einen Mann fand, der nach Pluttkorten paßte?

Nun, die Hauptsache war, das Kind wurde glücklich. Im geheimen verstand er ja die jungen Frauen von heute nicht, die unbedingt auf eigenen Beinen stehen wollten. Sie brachten sich doch um so vieles im Leben: Huldigungen, Heldentaten, einen Mann, der jederzeit für sie durchs Feuer ging oder ihnen auf Wunsch die Sterne vom Himmel holte. Doch davon ließ Wilhelm v. Pluttkorten sich nichts anmerken. Man mußte mit der Zeit gehen. Amélie war da viel elastischer als er.

Mike Kringel sagte: »Ich bin wirklich gerührt. Die Frage ist nur, was wir aus Ihrer Story lernen können. Was meinst du, Laura?«

Sie lehnte sich in ihrem schweren Sessel zurück. Die blonden Haare breiteten sich an der Lehne aus. Sehr elegant wirkte sie. Elegant und verführerisch mit ihrem zart bräunlichen Teint, den schimmernd blauen Augen, dem zart geschwungenen Mund. Eine weiße Spitzenbluse zum weiten, weißen Rock brachte ihre grazile Figur vortrefflich zur Geltung. Ja, sie war reizvoll, das sah man auch als Bruder.

Laura lächelte. »Eins will ich mir zu Herzen nehmen: Eine Frau ist eine Frau und sollte auch mit weiblichen Waffen kämpfen.«

»Und Sie sind sehr gut bewaffnet, wenn ich mir die Bemerkung als alter Mann erlauben darf«, sagte Wilhelm galant.

»Danke! Nun, dann sollte ich es vielleicht versuchen. Es muß Spaß machen, einmal ganz groß als Eva herauszukommen. Es soll ja ein Spiel sein und verpflichtet letztlich weder Eberhardt Bercken noch mich zu irgend etwas. Wenn er ein wenig aus seiner Höhle hervortritt, hat es schon etwas Gutes bewirkt, nicht wahr?«

Mike wiegte den dunklen Kopf. »Vergiß aber nicht, Laura, daß du die Hauptrolle übernehmen mußt, falls wir uns etwas ausdenken. Du mußt schließlich der Köder sein für den menschenscheuen und frauenfeindlichen Kerl.«

»Fantastisch. Vor acht Tagen noch war mein Leben ziemlich hoffnungslos und düster. Ich stak voller Traurigkeit. Oh, ich war so enttäuscht. Der Mann, dem ich vertraut hatte, ließ mich im Stich. Das ist wunderbar, daß man im Leben immer noch einmal anfangen kann. Wir werden gemeinsam den Löwen aus seiner Höhle locken!«

»Nein, mein Kind. Sie werden in die Höhle des Löwen gehen«, sagte Amélie v. Pluttkorten sanft.

Alle riefen durcheinander. »Wie?!« »In die Höhle ...« »Laura zu Eberhardt?!«

»Natürlich. Einen Köder muß man so auslegen, daß er vom ›Opfer‹ auch erreicht werden kann, also in der Nähe, nicht wahr?«

»So wie Sie es gemacht haben, als Sie mit Stine tauschten?«

»In der Art. Selbstverständlich müssen wir das in der Praxis modernisieren ...«

»Aber wie?« fragten Renate und Mike gleichzeitig.

Sie grübelten, schlugen vor und verwarfen es wieder.

Laura sagte nachdenklich: »Vielleicht sollte ich als Vertreterin für Landmaschinen oder so etwas hingehen?«

»Nein, das wäre völlig unwahrscheinlich ...«, überlegte Amelie Pluttkorten.

Plötzlich schrie Mike Kringel: »Ich hab's! Laura, deine Idee mit dem Landmaschinenvertreter hat mich auf einen Gedanken gebracht. Also, mein Plan ist folgender ...«

So lauschten sie, feilten den Plan weiter aus, kalkulierten Unwägbares möglichst mit ein, kamen immer mehr in Stimmung und waren, als alles besprochen war, richtig übermütig.

Renate sprang auf und wirbelte durchs Zimmer. »Spitze! Große Klasse!«, rief sie. »Nein, macht das Spaß! In München ist ja nicht halb so viel los wie hier auf der Kukbläke!«

»Na, erlaube mal, liebes Kind«, sagte ihr Großvater gekränkt, »nur, weil man den Wald hinter der Tür hat, muß man noch lange kein Hinterwäldler sein.«

Renate setzte sich sittsam. »Ich wollte euch doch nicht kränken«, sagte sie. »Es macht mir nur soviel Spaß. Wo gibt‘s das heute noch? Eine Liebesverschwörung!«

Laura warf etwas verlegen ein: »Nun, es ist doch eher als Rettungsaktion für einen einsamen Menschen gedacht, nicht wahr?«

»Aber wenn dabei noch eine Hochzeit abfallen sollte, hätten wir wohl nichts dagegen, oder?« grinste Mike seiner Schwester an.

»Ich war ein Teeny, als ich in ihn verliebt war«, gab Laura zu bedenken. »Vielleicht gefällt er mir gar nicht mehr?«

»Er hat ein Herz wie Gold«, nahm Mike seinen Freund in Schutz, »braucht noch ein bißchen Schliff, sieht aber, soweit ich als Mann das beurteilen kann, recht passabel aus. Von Frauen verstehe ich allerdings mehr. Ich gehe meilenweit für eine schöne Frau.« Dazu schmiß er Renate wieder einen glühenden Blick zu. »Er tut immer sehr markig, ist aber ungeheuer gutmütig. Nur wenn man ›Ebi‹ zu ihm sagt, wird er fuchsteufelswild ... Also, ich würde ihm ohne Bedenken meine Schwester anvertrauen«, fügte er noch hinzu.

Laura lachte auf. »Soweit sind wir ja noch nicht. Jetzt müssen wir das ganze erst einmal fein einfädeln.«

Sie erhoben sich. Laura stellte fest: »Meine Güte, ich habe einen kleinen Schwips!«

»Wenn man große Pläne macht, darf man gar nicht gänzlich nüchtern sein«, sagte Amélie Pluttkorten weise. Renate brachte die Geschwister Ritter noch zu deren Wagen. Beim Abschied hielt Mike Renates Hand wieder sehr lange. Er sagte: »Um mit Humphrey Bogart in dem schönen Film ›Casablanca‹ zu reden: ›Ich glaube, dies ist der Beginn einer schönen Freundschaft‹!«

»Sagt er das? Ich kann mich gar nicht erinnern«, lächelte Renate.

»Sie können den Film bei mir jederzeit besichtigen. Ich habe alle, oder jedenfalls fast alle Klassiker auf Video. Ein Hobby von mir. Ja, kommen Sie doch. Rufen Sie einfach an, und wenn ich nicht gerade einer Kuh beim Kalben helfen oder einem Zirkuslöwen einen Zahn ziehen muß, dann sehen wir uns zusammen ›Casablanca‹ an. Abgemacht?«

»Ein verlockendes Angebot, das ich dankend annehme«, flötete Renate und dachte sich, daß sein Hobby in diesem Fall wohl eher war, mit ihr allein zu sein. Er war der typische Aufreißer. Sehr attraktiv, das ließ sich nicht leugnen. Sehr charmant - und furchtbar eingebildet, was seine Wirkung auf

Frauen anbelangte. Er brauchte mal eine Lektion. Wir haben ein Komplott für diesen Eberhardt v. Bercken geschmiedet, dachte sie. Doch Renate Sorppen wird noch ganz allein einen zweiten Plan in die Tat umsetzen. Dieser Mike Kringel denkt, es gehe nur seinem Freund liebevoll an den Kragen. Der wird sich noch umgucken! Diesem Don Juan werden wir mal in seiner eigenen Hölle kräftig einheizen.

Die Freundinnen umarmten sich. »Telefonieren ist ganz nett, aber so in natura ist es doch schöner«, sagte Laura. »Wir müssen noch mal ganz in Ruhe miteinander quatschen«, stimmte Renate zu.

Mike legte einen quietschenden Kavaliersstart hin, und Renate winkte dem Auto nach. Das Schicksal konnte seinen Lauf nehmen.

4

Es war noch warm, aber der Herbst trat schon seine bunte Herrschaft an. Die ersten Blätter hatten sich verfärbt: Einige sanken wie federleichte Golddukaten zur Erde nieder.

Eberhardt Bercken gab »Dannyboy« die Zügel frei. Der schwarze Irländer galoppierte über die Lichtung. Ein kleiner Bach kam in Sicht, und Roß und Reiter hielten darauf zu. Dannyboy warf feurig den Kopf zurück, federte ab. Fliegen. Innerlicher Jubel. Das oft zitierte Glück auf dem Rücken der Pferde. Das Geheimnis, das im Vertrauen zwischen dem Menschen und dem leistungswilligen Pferd lag. Ein Jubel, über dem man niemals die Kontrolle über sein Tun vergaß. Der Mensch plante sorgfältig Absprung und Landung. Das edle Tier fügte sich willig ein. So war der Idealfall.

Dannyboy landete weich auf dem trockenen Boden. Während Eberhardt ihn sanft auf die breite Schneise hinlenkte, jaulte »Arco« hinter ihnen vorwurfsvoll auf. Er konnte stundenlang - vergeblich - hinter einem Hasen herlaufen. Er liebte Ausritte seines Herrn leidenschaftlich, weil er dann so richtig nach Hundeherzenslust toben und tollen konnte. Aber er war schließlich kein Hürdenläufer! Extravaganzen wie diese, den Sprung über einen Bach, liebte er gar nicht. Wenn Herrchen unbedingt über einen Holzstoß fliegen wollte, bitteschön. Dann machte ein kluger Hund eben einen kleinen Bogen. Aber Bäche, wie Arco wußte, ließen sich kaum umrunden. Also: Anlauf, Mut - und rüber. Laut kläffend holte er sein menschliches Leittier wieder ein, den Mittelpunkt seines Lebens, der ihm Futter und Zuwendung gab, alles, was ein Hund eben so brauchte.

Sein Herr spielte merkwürdige Spiele mit ihm. Er ließ ihn Sachen holen und abliefern. Manchmal mußte er an einem Gegenstand schnuppern, der nachher irgendwo auszubuddeln war. Er hatte an einem Platz, langgestreckt liegend, gehorsam auszuharren, bis sein Herr ihn durch einen bestimmten Pfiff erlöste. Danach wurde man gelobt und anerkennend geklopft und ließ erhitzt die Zunge baumeln und schlackerte mit den Ohren.

Doch geboren war Arco im Grunde für die Jagd. Sie saß dem Cockerspaniel im Blut wie einem Zugvogel die Reise in den Süden. Wenn er jedoch einmal auf eigenen Einfall hin in fremden Revieren stöberte, war sein Herr danach stets sehr böse. Deshalb tat er es nur noch selten.

Jetzt hatte er aufgeholt und rannte neben dem Reiter her, wobei er extra laut hechelte und schief nach oben guckte. »Ja, braver Hund!« lobte Eberhardt, und Arco setzte sich zum Endspurt in Bewegung.

Eberhardt atmete tief ein, als das langgestreckte Herrenhaus in Sicht kam. In einem weiten Viereck schlossen sich Stallungen und Verwaltungsgebäude, Scheunen und Wohnungen an.

Manchmal, an Wochenenden und besonders im Sommer, kamen Leute aus der Stadt als Touristen und schauten sich um, spazierten überall hin, riefen: »Wo sind denn die Pferde?« Es war rührend und lästig zugleich. Im Winter hatte man seine Ruhe. Manchmal auch zuviel Ruhe.

Ein Mann, sein Pferd und sein Hund. War das nicht ein Glück? Ja, ich will nicht undankbar sein, beschloß Eberhardt zum hundertsten Male. Bald ist Erntedankfest. Die Tiere sind eine Pracht. Ich habe einen guten Freund in Mike. Für die langen Abende gibt's Bücher und Fernsehen. Und Weihnachten geh ich einfach wieder gleich nach der Kirche ins Bett. Mit einem ordentlichen Whisky. Er saß ab. Ein Azubi führte Dannyboy in den Stall, um ihn abzureiben. Carmencita wieherte. Arco verwickelte sich in eins seiner endlosen Scharmützel mit der schwarz-weißen Katze, aus denen er stets als ungebrochener Verlierer hervorzugehen pflegte. Bis zum nächstenmal!

Eberhardt ging ins Haus, wandte sich von der riesigen Halle aus nach rechts und betrat sein Arbeitszimmer, von dem hohe Bogenfenster den Blick auf die Rückseite des Parks freigaben: weite, sanft hügelige Rasenflächen, ein Bach, der in Stufen zu winzigen Wasserfällen aufgestaut war, Blumenrabatten, die in herbstlich frischen Farben prangten.

Die beiden Schwäne, die hier freiwillig ihr Domizil bezogen hatten, leuchteten weiß in dem Grün.

Der Raum war fast unverändert so, wie ihn Generationen von Berckenmännern bewohnt hatten: Keine Spur von »Moderner Wohnkultur« oder »italienischem Styling«. Schwarze, wuchtige Eichenmöbel, weiße Wände, ein etwas verblichener Perserteppich, schwarzlederne Sessel und ein riesiges Ledersofa. Die Portieren waren aus schwerem, dunkelrotem Samt. Der Bücherschrank quoll schier über, manche Buchrücken zeigten mit Goldprägung, in schweren Leder- oder schönen Leineneinbänden ihr Alter an. Aber auch Taschenbücher häuften sich bereits. Und in der Luft hing ein über die Jahrzehnte erzeugtes Konglomerat aus Tabakrauch und Mann: Nirgendwo sonst fühlte Eberhardt sich seinen Vorfahren so verbunden wie in diesem Raum, dessen Atmosphäre die einzelnen Persönlichkeiten bewahrt zu haben schien. So wie in einer Kirche, in der so viele Menschen gebetet haben, Frömmigkeit sich leichter empfinden läßt.

Eberhardt zog sein kariertes Jackett aus und warf es – schwupp – neben einen Sessel. Er trug nun ein weißes, weiches Hemd und enge Reithosen. Mit seinen kräftigen Schultern und den schmalen Hüften, hochgewachsen und nervig, kam er figürlich dem Typ amerikanischer Filmstars nahe, die Westernhelden oder Polizisten einer Spezialeinheit spielen.

Er guckte die Post durch. Die Hälfte wanderte, wie immer, gleich in den Papierkorb. Da wurden billige Kredite und ganze Meter Lexika angeboten, Luxusreisen, Lotteriegewinne, Heiratschancen per Computer, Abonnements, heute das für eine Zeitschrift »Kapital und Anlage«. Ein Prospekt mit Damenmoden und ein Katalog, in dem das angezeigt wurde, was Eberhardt »ein Mützlein für das Zwerglein« zu nennen pflegte, also lauter überflüssiger Kleinkram, vervollständigten den Reigen der Briefkastenverstopfer.

Doch es waren auch zwei Briefe dabei, die Eberhardt höchlichst interessierten. Er schlitzte mit dem Brieföffner, der eigentlich ein Hirschfänger war, die Umschläge auf. Einer war mit der Maschine, der andere in einer recht sympathischen Handschrift geschrieben.

Es war leider so, daß Meerkamp, der alte Verwalter, endlich auch ein bißchen Feierabend im Leben verdient hatte. Er tat immer noch eine Menge, und solange er konnte und wollte, würde er auf Berckenhof die erste Geige spielen. Doch eins war Eberhardt klar geworden. Eine junge Kraft mußte her. Und so hatte er sich vor kurzem entschlossen, danach zu inserieren. Er hatte sich sorgfältig überlegt, was er nun wirklich brauchte. Einen zweiten Meerkamp gab es sicher nicht. Auch mit seinem Freund Mike Kringel hatte er sich ausführlich beraten, und dann war die Anzeige vorgestern erschienen. Ein Anruf war gekommen von einem Vater mit vier Kindern, der eigentlich ein Buch schreiben wollte in »naturnaher Atmosphäre«, wie er sich ausgedrückt hatte. Eberhardt konnte nur den Kopf schütteln. Offenbar glaubten manche Menschen, das bißchen Landarbeit erledige sich von selbst.

In dem maschinengeschriebenen Brief empfahl sich ein arbeitsloser Lehrer, der selbst vom Lande stammte. Er war dreißig Jahre alt, Germanist und, wie er betonte, sehr muskulös. Das klang nicht schlecht. Auch ein ganzer ideologischer Sermon war in dem Schrieb enthalten, in dem das Wörtchen »alternativ« mehrmals auftauchte. Im ganzen nicht so übel, fand Eberhardt Bercken, doch eigentlich nicht dem entsprechend, was er suchte und doch wohl auch zum Ausdruck gebracht hatte.

Er brauchte einen Mann, der Pferdeverstand einerseits und Ahnung von Buchführung und Steuerkram andererseits hatte, damit der Herr des Hauses sich wieder mehr seinen landwirtschaftlichen Aufgaben zuwenden konnte. »Ich sitze mir ja Schwielen an den Hintern«, hatte er Meerkamp sein Leid geklagt. Und ein Steuerprüfer ersetzte niemals die sorgfältige eigene Arbeit.

Arco war mit hineingeschlüpft und lag auf seinem Lieblingsplatz unter dem Schreibtisch. Dort war er zwar schon mehrmals getreten worden, doch er mochte den Höhlencharakter so gern und verließ sich im großen und ganzen auf die Vorsicht seines Herrchens.

Eberhardt betrachtete den zweiten Brief und runzelte die Stirn. Die Schrift war sehr sympathisch, aber wirkte sie nicht ein wenig zu schwungvoll? Irgendwie weich? Nun, keine Vorurteile, ermahnte er sich.

Er vertiefte sich in das Schreiben. Seine Miene erhellte sich. Je weiter er las und prüfte, desto häufiger nickte er. Zum Schluß nickte er mehrmals vor sich hin. In der Tat, das war eine Bewerbung, die sich geradezu verblüffend mit seinen Vorstellungen deckte. Ja, wie eine Auster in ihre Schale, so paßte dieses Angebot zu seiner Nachfrage. Diesen Bewerber mußte er sich unbedingt angucken. Er schien perfekt zu sein, wenn er nicht den Mund zu voll genommen hatte. Das würde man ja sehen. Außerdem war der Winter eigens dafür gedacht, ihn einzuarbeiten.

Flüchtig beschlich Eberhardt eine sonderbare Vorahnung, die er jedoch gleich wieder beiseite wischte.

»R. v. Sorppen« stand da als Briefkopf. Die Unterschrift las sich irgendwie als »Ron« oder »Ren«, wahrscheinlich so ein modischer Name. Studium in München und Berlin. Tätigkeit auf Berliner Reiterhof. Volontariat auf Pluttkorten. Post bitte an Pluttkortensche Adresse. Auf Wunsch gern telefonische Beurteilung durch Herrn v. Pluttkorten.

Hörte sich alles recht ordentlich an. Aber Papier war schließlich geduldig. Sorppen ... der Name kam ihm irgendwie bekannt vor. Aber da irrte man sich ja oft.

Eberhardt hätte die Sache gern mit seinem Freund Mike beredet. Doch der schien etwas zu grollen, weil »Ebi« bei den Pluttkortens nicht die Tanzmaus machen wollte. Es war nicht zu fassen, ja, es widersprach aller männlichen Solidarität. Aber Mike wollte ihm offenbar seine Schwester Laura unterjubeln. Hoffentlich reiste sie bald wieder ab! Er hatte, was er brauchte. Kein Bedarf an weinerlichen, streitsüchtigen, komplizierten, entnervend anspruchsvollen, langhaarigen Wesen auf Berckenhof!

Einmal und nie wieder. Wozu brauchte man die? »Wir brauchen hier keine Weiber, was Arco?« fragte er. Der Hund erhob sich sofort in dem irrigen Glauben, nun ginge gleich ein fideles Spiel mit Flaschenkorken über die Bühne. Er legte seinem Herrn dabei einen vor die Füße, und der stieß ihn mit dem Schuh über den Teppich. Arco flitzte jaulend hinterher, schnappte sich das Ding und fegte damit an den Ausgangspunkt zurück. Ein wundervoller, hochinteressanter Zeitvertreib für lustige Hunde und gutgelaunte Herrchen.

Eberhardt jedoch nahm von Arco nicht weiter Notiz. Er grübelte. Natürlich könnte er einfach auf Pluttkorten anrufen, doch das wollte er nicht. Sie würden ihn auf die geplante Einladung ansprechen. Dann mußte er die Geschichte von der landwirtschaftlichen Ausstellung anbringen, deretwegen er angeblich nicht kommen könne. Und das war alles im höchsten Grade ungemütlich. Außerdem kam es auf sein eigenes Urteil an.

Und wenn er Mike einfach anriefe? Dann würde sich vielleicht wieder die Laura melden und nach Frauenart auf ihn einschwatzen, ihn einladen, fragen, wann er denn endlich mal Zeit hätte, so in der Art.

»Machen wir nicht, Arco, was?« Der Hund, der die Hoffnung nie aufgab, näherte sich sofort wieder mit seinem Kronenkorken. Und diesmal spielte sein Herr mit.

So wurde doch der Post ein kurzer Brief übergeben, in dem Eberhardt v. Bercken Herrn R. v. Sorppen ersuchte, sich am Donnerstag bitte vorzustellen.

Abends faßte er sich doch ein Herz und ließ es bei Mike klingeln. Der kaum auch sofort an den Apparat. Er war sehr freundlich. »Ich würde mich wirklich für dich freuen, wenn es klappte mit einem tüchtigen landwirtschaftlichen Assistenten«, sagte er. »Verdient habt ihr es beide. Du und dein alter Fritz Meerkamp.«

»Wie geht es deiner Schwester?« rang Eberhardt sich daraufhin ab.

Schließlich wußte man, was sich gehörte. Und wenn Mike so nett war ...

»Oooch, die bringe ich morgen zum Flughafen. Sie muß früher zurück als geplant. Mit ihrem Besuch bei Pluttkortens wird es nun nichts. Hat mir leid getan. Aber Pflicht ist Pflicht. Und Schnaps ist Schnaps. Apropos: Heute habe ich eine Verabredung. Morgen auch. Wie wär's übermorgen mit einer netten, kleinen Skatrunde? Meerkamp, du und ich?«

»Ach, weißt du, ich habe den Kopf zur Zeit so voll ...«

»Das verstehe ich, Eberhardt«, sagte Mike heuchlerisch. »Sag mal, du warst doch schon auf Pluttkorten. Ist dir da eventuell ein junger Mann aufgefallen? ...«

»Ach, weißt du, Eberhardt, sie nehmen ja den Meier als Viehdoktor. Ich war nur ein- oder zweimal als ›Aushilfe‹ da. Kenne dort eigentlich niemanden. Kann aber sein, daß ich ihn gesehen habe. Wer merkt sich schon all die neuen Gesichter!«

»Da hast du recht. Also, bis zum nächstenmal, alter Junge. Ich werde dir berichten.«

Oho! Gefahr im Verzuge! Die Dame Kringel reiste ab. Na, wunderbar!

Eberhardt war so erleichtert, daß er sich allen Ernstes überlegte, ob er ihr nicht eine Orchidee aus seinem Gewächshaus schicken sollte, mit dem heuchlerischen Satz: »Schade, daß wir uns diesmal verpaßt haben.«

Doch dann ließ er es lieber. Gib einer Frau den kleinen Finger, und sie reißt dir den Arm ab, dachte er. Und das Herz aus dem Leib. Nee, laß es lieber, Eberhardt. Nur Esel, denen es zu wohl wird, gehen aufs Eis tanzen.

Um seine Stelle bewarb sich noch ein Jungfilmer, der zugleich einen Film ohne Spielhandlung über das Leben auf einem feudalen Herrensitz drehen wollte. »Streng dokumentarisch und absolut objektiv«, wie er betonte. Ein verbitterter Landwirt mittleren Alters, der pleite gemacht hatte, bewarb sich ebenfalls. Der junge Sorppen war nach wie vor der Favorit.

Donnerstag. Vierzehn Uhr fünfundfünfzig ... Eberhardt Bercken hatte mit Meerkamp zusammen eine Stute begutachtet, die einen kranken Eindruck machte. Vielleicht hatte sie irgend etwas Ungutes gefressen. Möglich, daß man Mike Kringel als Tierarzt wurde zuziehen müssen. Aber noch wollten sie abwarten.

»Ich halte Stallwache«, versprach Meerkamp, als er mit Eberhardt vor die Stalltür trat.

»Um drei Uhr soll der Bewerber kommen. Hoffentlich ist er pünktlich. Unpünktlichkeit kann ich nicht leiden. Ich möchte, daß Sie ihn sich nachher auch ansehen, wenn er überhaupt diskutabel ist, Meerkamp«, sagte Eberhardt gerade, da fuhr ein roter Sportflitzer auf dem Hof ein, zog eine schnittige Kurve und kam genau längsseits vor dem Herrenhaus zum Stehen.

»Das isser«, vermutete Meerkamp.

Eine schmale Gestalt stieg aus. Cordhose und Jackett aus Tweed mit breit ausgearbeiteten Schultern ... Die Autotür fiel mit einem satten »Plopp« ins Schloß. Eberhardt näherte sich dem Bewerber mit großen Schritten ...

Der Mensch drehte sich um, und Herr v. Bercken erstarrte. Für eine Sekunde schlugen in ihm alle Alarmglocken an, ein Feuerwerk von Warnlämpchen blinkte, wie bei einem Spielautomaten, in seinem Innern, es klingelte und rasselte, und dann war plötzlich Stille. Eben wie beim »Einarmigen Banditen«, wenn das Spiel abgelaufen war.

Eberhardt ordnete schnell seine Züge, schloß vor allem den Mund wieder. Eine Frau! Das durfte ja wohl nicht wahr sein!

»Sie wünschen?« fragte er so wohlerzogen wie möglich. Immerhin war sie wirklich sehr hübsch. Und nicht so penetrant zurechtgemacht wie eine Hure aus Babylon. Heutzutage sahen die meisten Frauen ja aus wie früher nur gewisse Damen ausgesehen hatten.

Diese trug die blonden Haare ganz straff zurückgekämmt, war überhaupt nicht geschminkt und sehr korrekt angezogen. Einen Moment lang hatte sie ihn vage an Laura Kringel erinnert, aber das war nun dieser Frau gegenüber wirklich ungerecht. Mikes Schwester war eine niedliche Krabbe gewesen, aber eine Schönheit war die bestimmt nicht geworden, mit ihrem drollig um den Kopf abstehenden blonden Drahthaar, der kleinen, roten Nase und dem reichlich unsauberen Teint.

Diese war eine Schönheit. Eberhardt wurde verlegen. Sie sah ihn ernst aus sehr dunkelblauen Augen an. Eine leichte Röte flog über ihr Gesicht. »Ich möchte mich bei Ihnen vorstellen. Bitte, könnten Sie mich nicht vielleicht hineinbitten?« sagte sie. Ihre Stimme klang sanft und voll. Man konnte sich eigentlich nicht vorstellen, daß sie sich zu schrillem Diskant steigern könnte. Eine Tonlage, die Eberhardt von seiner geschiedenen Frau noch immer schaurig in den Ohren klang.

»Natürlich, bitte, treten Sie ein«, sagte er artig.

Lauras Herz bummerte. Es trommelte so wild in ihrer Brust, daß sie fürchtete, das Jackett müsse im Rhythmus ihres Herzschlags mitbeben. Nun, er hatte sie hineingebeten. Die erste Hürde war also genommen.

Während er ihr die schwere Tür aufhielt und sie an ihm vorbeischlüpfte und ihn den kleinen strammen Zopf sehen ließ, den sie am Hinterkopf festgesteckt hatte, sah Eberhardt aus den Augenwinkeln den alten Meerkamp noch immer an derselben Stelle stehen, an der er ihn verlassen hatte. Wenn Eberhardt nicht alles täuschte, hatte er den Mund weit offen.

»Rauchen Sie?« fragte der Herr auf Berckenhof, als sie sich im Herrenzimmer gegenübersaßen.

»Nein, danke. Ich heiße Renate v. Sorppen.«

»Und was wünschen Sie nun?«

»Ich bewerbe mich um die Stellung als landwirtschaftlicher Assistent. Sie haben meine Bewerbung gesehen, Herr v. Bercken. Natürlich kann ich auch Referenzen beibringen, wenn Sie es wünschen. Ich wollte nur nicht unnötig Zeit verstreichen lassen. Denn mir ist klar, daß es für einen so attraktiven Posten sicher viele Bewerber gibt. Ich möchte jedoch betonen, daß ich von meiner Qualifikation absolut überzeugt bin.«

Uff, das hatte sie doch ganz gut hingekriegt. Noch war er platt. Der Überraschungseffekt mußte genutzt werden, das sah ihr Plan vor. Sie betrachtete den Mann im schwarzen Sessel möglichst neutral und zurückhaltend. Sonne sickerte durch die hohen Bogenfenster. Auf seinem dunklen Haar lag ein Reflex, der es einen kleinen Ton ins Rötliche spielen ließ. Kastanienfarbe. Als Kind hatte sie gar nicht genug von den rotbraunen Früchten bekommen können, um daraus Körbchen und Gesichter zu schnitzen, und nach ein paar Tagen war die Pracht vertrocknet, geschrumpft und unansehnlich geworden.

Laura, nimm deine Gedanken zusammen, ermahnte sie sich selber.

Eberhardt sah sie an. Er wußte nicht, ob er lachen oder wütend werden sollte. Im Grunde war er eher ärgerlich. Doch sie sah wirklich sehr hübsch aus, wie sie da im Sessel lehnte. Haare, die in der Sonne schimmerten wie zehn Jahre alter Whisky. Verdammt blaue Augen. Mund wie Greta Garbo. Nicht aufdringlich. Kein Typ, der einem mit Busen und Hüften sozusagen ins Gesicht sprang. Und doch sehr feminin. Trotzdem war es eine Frechheit, hier aufzukreuzen und so zu tun, als sei es völlig normal, daß eine Frau landwirtschaftlicher Assistent sein wollte. Noch dazu auf Berckenhofl!

Sie streckte die Hand seitlich aus, und Arco, der sich von Anfang an benommen hatte, als sei hier die Königin von Saba angereist, wedelte sofort heran und ließ sich streicheln. Als höchsten Ausdruck seiner Wertschätzung leckte er ihr sodann die Finger ab. Und die schrie nicht »Huch!« oder sonst was Weibliches, sondern gab Arco einen leichten Klaps und zog ruhig die Hand zurück.

»Ich bezweifle nicht, daß Sie qualifiziert sind. Doch für die Stelle, die ich zu vergeben habe, wird ein kräftiger Mann gebraucht«, erklärte Eberhardt v. Bercken fest.

»Ich bin kräftiger, als ich aussehe.«

Eberhardt runzelte die Stirn. »Mein Assistent darf nicht in Ohnmacht fallen, wenn eine Stute eine schwierige und blutige Geburt hat.«

»Aber ich falle nicht in Ohnmacht. In Berlin habe ich ein eigenes Pferd!« rief Laura aus. »Gehabt«, setzte sie hinzu, und ihre Augen wurden feucht. Nein, sie hatte »Luxor« noch nicht verkauft. Sie hatte sich einfach nicht völlig von ihm trennen können. Er war bei »ihrem« Bauern in Lübars gut aufgehoben. Vielleicht kam der Tag, an dem sie ihn zu sich holen konnte. Jetzt jedoch mußte sie aber wirklich höllisch aufpassen, daß sie sich nicht verplapperte. Hier war sie Renate v. Sorppen. Zuerst hatten sie irgendeinen Namen erfinden wollen, doch Frau v. Pluttkorten hatte gemeint, man müsse immer so dicht wie möglich an der Wirklichkeit bleiben. Rückfragen ließen sich dann leichter abwimmeln, und man brauche auch seinen Erfindungsgeist nicht so anzustrengen.

Sie hatte sogar überlegt, ob Laura sich nicht direkt als junger Mann ausgeben sollte. Schließlich gab es Vorlagen dafür auf dem Theater. Shakespeare mit seiner »Komödie der Irrungen« oder Goldoni in »Diener zweier Herren« hatten diesen Effekt genutzt. Und andere auch.

Heutzutage sahen Mädchen auf den ersten Blick häufig wie Jungen aus. Und umgekehrt entpuppte sich manch nettes »Girl« bei näherem Hinsehen als jemand, der sich täglich rasierte und den Stimmbruch längst hinter sich hatte. Ja, die Stimme verriet einen. Und so weltfremd konnte kein Mann sein, daß man ihn in dieser Hinsicht täuschen konnte. Das war Theaterdonner. Aber in anderer Hinsicht konnte es klappen. Wenn man aufpaßte!

»Fragen Sie mich bitte alles, was Sie wissen wollen. Sie werden sehen, daß ich Ahnung habe«, bat Laura alias Renate Sorppen.

Eberhardt schüttelte eigensinnig den Kopf.

»Zwecklos. Ich stelle keine Frau ein.«

»Entschuldigen Sie bitte. Aber sind Sie ein Frauenfeind?«

»Nein, wieso denn!?«

Sie beugte sich vor und sah ihm fest in die Augen. »Lassen Sie mich eine Probezeit machen, bitte!! Sie riskieren doch nicht viel. Es sei denn, Sie hätten einen besseren Bewerber als mich.«

In Eberhardts Brust ging etwas Sonderbares vor. Ein eisernes Band, das hier gedrückt und eingeengt hatte, schien sich zu lösen. Die Aussicht, diese schöne und beherrschte Person täglich zu sehen und um sich zu haben, erschien ihm auf einmal sehr verlockend.

»Eine Probezeit«, sagte er nachdenklich. »Vielleicht einen Monat? Ja, darauf könnten wir uns vielleicht einigen. Wir müßten uns natürlich erst über die Bedingungen klar werden.«

»Ich bin mit allem einverstanden, Herr v. Bercken«, sagte sie schnell. »Und bitte, nennen Sie mich einfach ›Ren‹. So werde ich von meinen Freunden genannt. Eigentlich heiße ich ja Renate.«

»In der Bewerbung hießen Sie nur R.«, sagte er und lächelte zum erstenmal. Noch lag ein Schleier von Traurigkeit in seinen dunklen Augen. Aber seine Miene hatte sich erhellt. ›Ren‹ fand, daß er toll aussah und daß es jede Mühe lohne, auch diese Augen klar und strahlend zu sehen.

»Ich zeige Ihnen den Hof«, schlug Eberhardt vor. »Wollen wir vorher noch auf unser Übereinkommen anstoßen?« Er zögerte. »Sie trinken wahrscheinlich einen Likör?«

»Wenn es Ihnen keine Mühe macht, nehme ich lieber einen Whisky. Ohne Eis und Wasser. Einfach pur.«

»Wunderbar. So mag ich ihn auch am liebsten!«

›Ren‹ schmunzelte in sich hinein. Klar. Durch Mike war sie über Eberhardts Vorlieben genau unterrichtet. Sie wußte besser als irgend jemand anderer, was man zu tun und zu lassen hatte, um dem Herrn vom Berckenhof zu gefallen.

Er zeigte ihr seinen Besitz. Ihr Herz schlug höher. Noch war alles ein Spiel. Doch sein Eifer und sein Stolz nahmen sie darüber hinaus für diesen herben Mann ein.

Der alte Meerkamp wurde mit ihr bekannt gemacht.

»Sorppen?« fragte er, »sind Sie vielleicht mit den Pluttkortens verwandt?«

»Ich bin die Enkelin«, log ›Ren‹ laut Plan der Verschwörer.

»Ja, warum haben Sie mir das nicht gesagt?« staunte Eberhardt.

»Soso«, murmelte der Alte und kniff so komisch die Augen zusammen.

»Ich wollte keine Protektion. Ich will es aus eigener Kraft schaffen.«

Na bitte! Sie war zwar etwas rot geworden, doch im ganzen hatte sie das doch recht ordentlich hinbekommen.

Eberhardt führte sie herum. Er streckte und reckte sich und warf sich in die Brust. Man merkte, daß er sehr stolz darauf war und daß er das alles sehr liebte.

Auf der Koppel mit den Pferden standen sie nebeneinander. Laura hätte sich gern dichter an ihn herangeschoben, doch sie wollte ihn nicht gleich wieder verprellen. So ließ sie sich von ihm lediglich ein paar Stückchen Zucker reichen, die sie den Tieren auf der flachen Hand hinhielt. Sie nahmen sie mit weichem Maul ganz vorsichtig herunter.

»Das ist Carmencita, mein Liebling«, erläuterte Eberhardt. Sie fand, daß es gut klang, wenn er »mein Liebling« sagte. Ob seine Stimme auch irgendwann mir gegenüber diesen zärtlichen Tonfall annehmen wird? dachte sie. Bis jetzt könnte ich ja glatt daran zweifeln, eine reizvolle Person zu sein. Aber, wie Frau v. Pluttkorten so richtig sagte: Alles braucht seine Zeit.

Aus dem Hintergrund der Koppel kam nun ein rassiger Schwarzer lässig angetrabt. Laura hatte noch ein Stück Zukker und ging schnell ein Stück beiseite, um es ihm ungestört geben zu können. Sie streckte die Hand aus. »Dannyboy« beäugte sie und senkte mehrmals heftig den Kopf. Eberhardt beobachtete die Szene interessiert. »Dannyboy« war scheu und schwierig mit Fremden.

»Vorsicht«, warnte er leise, »er ist ein Racker.« Aber da holte sich der irische Schwarze schon lammfromm sein Leckerli ...

Die Neue legte ihm fest die Hand auf die weiße Blesse an der Stirn. Er prustete selig. Mit Pferden konnte sie offenbar wirklich umgehen. Sie ist eben ein ganz kameradschaftlicher Typ, sagte sich Eberhardt. Ganz modern und kühl. Nicht so 'ne weinerliche Zicke wie Gabriele. Sauber, klar und zuverlässig. Und gar nicht fähig, einen Mann zu hintergehen.

Zum Abschied drückte er Laura so fest die Hand, daß sie beinahe aufgeschrien hätte. Im letzten Moment zauberte sie ein gemessenes Lächeln hervor.

»Auf Wiedersehen. Wann können Sie anfangen?« fragte er.

»Morgen früh, wenn es Ihnen recht ist. Ich möchte die Probezeit möglichst schnell hinter mich bringen.«

»Sehr schön.«

Sie nickte und stieg in ihren Flitzer. Wenn du ahntest, dachte sie, daß ich die Probe bin, die du probieren sollst! Sie gab Gas. Er winkte noch einmal kurz. Dann stapfte er leicht benommen in sein Herrenzimmer. Was war bloß mit ihm losgewesen?

Eine Frau einzustellen! Wie hatte das geschehen können? Es war doch gegen seine Prinzipien. Meerkamp hatte schon so sonderbar gepliert. Mike Kringel würde sich bestimmt ins Fäustchen lachen. Frauen bringen Unordnung und Verwirrung ins Leben. Wie oft hatte er das nicht im Brustton der Überzeugung vorgebracht, seit seine Frau ihn verlassen hatte?

Damals hatte Eifersucht auf den Nebenbuhler in ihm rumort, seinen Stolz und seine Widerstandskraft ruiniert, ihn wie eine leere Hülse zurückgelassen. Zum erstenmal danach kratzte und pochte es wieder in seiner Brust. Es war fast ein Schmerz. Ja, und es hatte Ähnlichkeit mit den Erschütterungen von damals. Doch zugleich war es auch ganz anders. Eberhardt warf sich in den Ohrensessel und streckte die Beine in den Stiefeln weit von sich. »Ren«, ein sonderbarer Name. Wie »Rentier«. Gar nicht abwegig. Sie hatte etwas Graziles. Ein paarmal hatte sie auch plötzlich gewirkt, als ob sie Scheu vor ihm hätte. Angst vor mir, dachte Eberhardt. Lächerlich! Wo ich doch Angst vor den Frauen habe. Vor dieser nicht. Das wäre ja auch noch schöner. Schließlich bin ich ihr Dienstherr und Brötchengeber. Ich lasse hier keine Unordnung in mein Leben bringen, basta!

Er lehnte den Kopf zurück. Stimmte seine Lieblingsschlager an: »Fremde in der Nacht, die sind so einsam ...« Erst nach einer Weile merkte er richtig, daß er da saß und laut sang. Er, Eberhardt v. Bercken. Das hatte er ja seit Jahren nicht getan. Nun, das Gefühl war nicht unangenehm.

Nach einer Weile hielt es ihn nicht länger drinnen. Er suchte Meerkamp auf und fragte: »Na, wie finden Sie unseren neuen Gehilfen, Meerkamp?«

»Macht nen tüchtigen Eindruck«, mümmelte der wortkarg.

»Ist das alles?«

»Was soll denn sonst noch sein?«

»Mir machen Sie nichts vor. Irgendeine Laus ist Ihnen über die Leber gelaufen.«

»Nööö, gewiß nicht.« Meerkamp hatte sich den Fall bereits überlegt. Er hatte die kleine Pluttkorten-Enkelin früher gesehen. Die war aber gar nicht blond gewesen. Nun konnten die Frauen heutzutage ihre Haare färben, aber ob sie auch noch nach der Konfirmation beliebig wachsen konnten, das war ja wohl zu bezweifeln. Und die Kleine von Pluttkortens war eben viel kleiner gewesen als dieses Fräulein. Und soviel Meerkamp wußte, hatten sie von der Tochter, die den Sorppen geheiratet hatte und verunglückt war, nur diese eine Enkelin.

Etwas stimmte also nicht. Doch andererseits sah sein Herr so gelöst aus. Richtig vergnügt. Weibsbilder hatten oft eine magische Wirkung. Auch er war mal jung gewesen. Bloß mit dem Heiraten hatte es nie geklappt.

Meerkamp hatte beschlossen, erst einmal gar nichts zu sagen, aber die Augen offen zu halten.

Auf den ersten und auch den zweiten Blick erwies sich die Dame als Segen für den Berckenhof. Sie hatte sich stöhnend über die ziemlich verwahrlosten Bücher hergemacht und brachte System in die Buchführung.

Es ließ sich auch nicht übersehen, daß sie neuen Schwung in den Haushalt brachte, was eigentlich ja gar nicht von ihr verlangt wurde. Die gute Frau Paulsen, die schon lange die Wirtschaft führte, hatte sie zuerst argwöhnisch beäugt. Doch nach ein paar Tagen wandte sie sich bereits um Rat und Unterstützung an »dat gnä' Fräulein«, das, wie sie sich erhoffte, die faulen beiden Mädchen, die man nicht mehr Dienstmädchen nennen durfte, »mal Moses lernen« würde.

Da Eberhardt nun einmal behauptet hatte, er müsse zum fraglichen Party-Termin zur landwirtschaftlichen Messe in Hannover, fuhr er tatsächlich weg. Laura nutzte die Zeit, das Haus saubermachen zu lassen, wobei sie auch selber tüchtig mit zupackte. Nur Frau Paulsen machte nicht mit. Sie drückte die Hand auf den Bauch, zog ein weinerliches Gesicht und behauptete: »Der ganze Darmtraktor tut mir weh. Ich glaub, ich krieg die Schieteritis.«

»Meinen Sie denn, daß Sie vielleicht kräftig genug sind, ein bißchen Staub zu wischen?« fragte Laura listig.

Frau Paulsen überlegte und prüfte dann, ob sie einen Staublappen heben konnte ... »Na schön, ich will's versuchen. Staubt aber doch wieder ein. Dem gnädigen Herrn isses egal. Sie sind 'n ganz konservierter Mensch, nich?« zog sie die Bilanz.

»Nicht direkt konservativ. Aber fürs Staubwischen bin ich schon«, gab Laura zu.

Als das Haus in der unteren Etage blitzte, pflückte Laura noch einige dicke Blumensträuße und verteilte sie überall in den Vasen. Und für seinen Schreibtisch ließ sie sich im Gewächshaus eine wunderschöne, schneeweiße, zartlila gesprenkelte Orchidee schneiden. In einer schmalen Kristallvase sah sie bezaubernd aus. Begeistert beguckte Laura ihr Werk.

Eberhardt Bercken würde staunen!

Das tat er auch. Doch die Wirkung war nicht so erfreulich, wie sie gehofft hatte.

Zuerst schnupperte er und fragte argwöhnisch: »Riecht es hier nicht nach Bohnerwachs?« Und dann rückte er richtig affig an Büchern und Gegenständen herum, die sich, das wollte sie nicht leugnen, durch das Staubwischen und Möbelrücken vielleicht ein wenig verschoben haben mochten.

Das Schlimmste jedoch passierte, als er die Vase mit Inhalt auf seinem Schreibtisch erblickte. Laura hatte sich erwartungsvoll in Positur gestellt. Sie erwartete zu hören, das werde er in Zukunft immer so halten. Doch er holte tief Luft und quetschte hervor: »Wie kommt denn die Orchidee da hin?!«

Eine nicht übermäßig intelligente Frage, fand Laura, weshalb sie auch kurz antwortete: »Nicht zu Fuß.« Sie hatte sich natürlich schon ein bißchen über seine vorherigen, undankbaren Bemerkungen geärgert.

»Und wer hat sie getragen?« stieß er hervor.

Jetzt wurde sie doch unsicher. »Ich war es«, gab sie zu. Er lief ganz bräunlichrot an und blökte plötzlich los: »Ich verbitte mir, daß irgend jemand an meine Orchideen geht! Der Gärtner hat nur von mir Anweisungen entgegenzunehmen! So eine Verschwendung! Eine Barbarei ist das!«

Laura blickte ihn fassungslos an. Ja, war das denn der freundliche, liebenswerte Mensch, für den sie ihn gehalten hatte?

Hatte sie das nötig, sich hier ausschimpfen zu lassen wie ein blödes Gör? Nur, weil sie seinen Schreibtisch verschönt hatte!?

Sie fühlte, wie die Tränen in ihr hochstiegen. Bloß nicht weinen! Ihr Sportsgeist erwachte. Das wäre Wasser auf seine Mühlen, wenn sie jetzt losheulte. Sie warf den Kopf in den Nacken und sagte möglichst kühl: »Es war das letztemal, verlassen Sie sich darauf. Es war eine Probezeit, Herr v. Bercken. Und ich muß Ihnen leider sagen: Sie haben sie nicht bestanden!«

Dann rauschte sie ab, nach oben, in ihr schönes Appartement mit den hellen Möbeln und dem hübschen, nilgrünen Kachelbad. Ihre Hochstimmung sackte zusammen. Sie hatte sich gehenlassen. »Blöder Affe«, murmelte sie vor sich hin, während sie Sachen in den Koffer stopfte und die Schranktüren ordentlich knallen ließ vor Wut. Mies! Widerlich! Eingebildet! Ein Streitmacher!

Bei jedem Wort knallte sie eine Schublade oder eine Schranktür zu.

Aaah! Sie sah rot. Abgerackert hatte sie sich, und dann kam dieser meckernde, geliebte ... geliebte? geliebte! Mann. Oh, was war das? War aus dem heiteren Spiel wirklich Ernst geworden? Wie hieß das Sprichwort? »Wer sich in Gefahr begibt, kommt darin um!« Das ist jetzt bestimmt nicht der günstigste Augenblick, sagte sie sich, aber es wird Zeit, daß ich es mir eingestehe: Ich bin in ihn verliebt. Ganz von Sinnen bin ich.

Und ich will und kann nicht mehr klug und berechnend sein. Er wird mir den Betrug sowieso nie verzeihen. Ich will weg. Ganz weit weg. Ich gehe nach Berlin zurück. Oder nach New York!

Sie warf sich auf das Bett und ließ den Tränen ihren Lauf. Der Plan war vielleicht gut gewesen. Doch er hatte ihr Herz nicht mit einbezogen, ihr törichtes Herz, das sie empfindsam und verletzlich machte.

Laura schluchzte ihren ganzen Kummer heraus. Auch die verlorenen Jahre mit Frank in Berlin, diese furchtbare Erstarrung, als er sie wegen einer anderen verlassen hatte, und nun die Enttäuschung über Eberhardt Bercken strömten zusammen und ließen sich doch nicht ganz hinausspülen.

Schließlich erhob sie sich, ging ins Bad und goß sich das eiskalte Wasser aus dem Hahn übers Gesicht. Dabei schluchzte sie ab und zu noch auf wie ein Kind, das sehr geweint hat. Dann kämmte sie energisch ihre duftigen Haare durch, zog die

Lederjacke über, nahm den Koffer und verließ die Räume, in die sie mit so vielen Hoffnungen eingezogen war.

Schleppend stieg sie die Treppe hinunter. Ihr Koffer war schwer. Doch schwerer wog ihr Herz.

Am Fuß der Treppe stand Eberhardt Bercken. Sie wollte trotzig an ihm vorbeischlüpfen, aber da war ihr das Gepäck doch erheblich im Wege. Er faßte einfach nach dem Koffer und stellte ihn ab. Dabei hielt er sie am Ellenbogen fest. Es war ein Griff, aus dem sie sich gewiß nicht selber befreien konnte.

Als er verheiratet war, hatte er in seiner übergroßen Verliebtheit seiner jungen Frau täglich eine dieser weißen Orchideen zu ihrem Frühstücksgedeck stellen lassen. Gerade diese weiße, zartlila gesprenkelte Sorte gehörte immer noch in seiner Erinnerung zu Gabriele und damit zu dem Verrat und dem Schmerz, den sie ihm zugefügt hatte. Das konnte dieses Mädchen ja nicht wissen. Sie hatte ihm eine Freude machen wollen. Und er mußte sie vor den Kopf stoßen! Ja, wie ein übler Kerl hatte er sich benommen. Er hätte ihr gern gesagt, weshalb ihm die Sicherung durchgebrannt war. Doch sie ließ nicht mit sich reden. Und nun mußte er auch noch Gewalt anwenden!

Zum erstenmal sah er sie mit gelöstem Haar. Wie schön das aussah!

Er zog sie am Ellenbogen zu sich herum und flehte: »Ren, schauen Sie mich an. Ich hab's nicht so gemeint. Wollen wir uns wieder vertragen?«

Sie hatte geweint! Ihre blauen Augen waren noch ganz umflort. Sie hob die Lider und sah ihn unglücklich an. Er konnte nicht anders: Er beugte sich hinunter und küßte sie auf die Stirn, auf die Wangen, wohin er eben traf mit seinen Lippen, und dann erwischte er ihren Mund.

Aber sie preßte die Lippen aufeinander.

»Nein, nein, es ist alles verfahren. Kaputt. Schief gelaufen«, murmelte sie unglücklich. Er hatte sie losgelassen. Ratlos stand er da. Kenne sich einer in den Frauen aus! Jetzt nahm dieses entzückende Exemplar den Koffer und verließ das Haus.

Eberhardt konnte nur noch halbwegs geistesgegenwärtig wieder den Gepäckträger spielen. Er öffnete ihr sogar die Tür zu ihrem kleinen roten Flitzer. Sie stieg ein, startete und trat gleich den Gashebel durch. Eberhardt stand in einer kleinen Staubwolke da, als sie sein Leben verließ.

Wie ein großer Bär, den ein Geschoß getroffen hat und der spürt, daß irgend etwas mit ihm nicht mehr stimmt, brummte Eberhardt leise vor sich hin, schüttelte den Kopf, stand wie erstarrt und schlurfte schließlich ins Haus zurück.

Im Herrenzimmer ließ er sich schwer auf den breiten Schreibtischstuhl plumpsen. Er starrte die Orchidee an. Sie schimmerte unschuldig schön in ihrer Kristallvase. Was bin ich für ein Narr!, dachte Eberhardt. Nun habe ich noch einmal meine Chance im Leben gehabt. Und habe sie vertan.

In dieser Nacht leerte er das große Whiskyglas mehrmals. Er schlief gleich auf dem Ledersofa. Arco ließ sich platt auf das Fell daneben sinken. Sein Herr stöhnte furchtbar im Schlaf. Er hatte nicht mit Kronenkorken spielen wollen und war überhaupt eine echte Lusche gewesen. Da konnte ein netter Hund nur den neuen Tag abwarten.

In aller Herrgottsfrühe stapfte und polterte der Herr vom Berckenhof bereits umher. Aber selbst bei seinen Pferden, die ihm sonst immer Kraft und Ruhe gaben, fand er heute keine Entspannung.

»Was ist denn los? Is was?« erkundigte sich Fritz Meerkamp.

»Was soll denn los sein? Nun ja, unsere Gehilfin ist gestern abend abgereist. Im Sturm. Ich war der Dame wohl nicht zart und fein genug.«

Meerkamp betrachtete seinen Herrn prüfend. Donnerwetter, der hatte ganz schön zu kauen an der Sache. Er würde von seinem Verdacht lieber nichts erzählen. Einen kleinen Wink konnte er aber immerhin geben.

»Sie könnten doch noch mal mit ihr reden. Ist ja eigentlich schade. Vielleicht rufen Sie einfach bei den Pluttkortens an? Die müssen doch Bescheid wissen«, schlug er listig vor.

So, wenn da etwas nicht stimmte, und es stimmte etwas nicht!, dann würde der Herr das ganz allein herauskriegen.

»Keine üble Idee«, gab Eberhardt zu. Seine Stimmung hob sich wie ein Drachen im Herbstwind.

Natürlich, er war doch ein Mann der Tat. Also würde er etwas gegen diesen lastenden Kummer unternehmen.

Als erstes ließ er im Gewächshaus sämtliche weißen, zartlila gesprenkelten Orchideen schneiden. Die wickelte er in Seidenpapier und fragte Frau Paulsen, die sich gerade ihre erste Tasse Kaffee an diesem Tag zu Gemüte führte: »Hier sind zwanzig Mark. Kann Ihr Sohn wohl mal schnell mit seinem Motorrad nach Pluttkorten fahren und die Blumen abgeben? Für die Damen des Hauses. Oder warten Sie, ich schreib das noch auf ein Kärtchen ...«

Frau Paulsen war voll im Bilde. »Soll wohl als ›Postellon Amor‹ gehen, mein Sohn, was?«

»Einen ›Postillon d'amour‹ stelle ich mir anders vor, Frau Paulsen«, sagte Eberhardt und errötete leicht. »Ist überhaupt Unfug.«

Ungeduldig wartete Eberhardt bis elf Uhr, das war eine schickliche Zeit für einen Anruf.

»Pluttkorten«, meldete sich eine angenehme Frauenstimme.

»Hier Bercken. Entschuldigen Sie bitte, gnädige Frau, aber ich mache mir Sorgen. Ihre Enkelin, Fräulein v. Sorppen, hat Berckenhof gestern abend in ... nun, in ziemlicher aufgeregter Verfassung verlassen. Ich wollte mich nur erkundigen, ob alles in Ordnung ist?«

»Das ist sehr aufmerksam, Herr v. Bercken. In der Tat, die junge Dame war sehr aufgebracht. Nun, tausend Dank für die wunderschönen Blumen! Sie sind ja ganz entzückend. Auch meine Enkelin läßt sich bedanken.«

»Kann ich ... kann ich das Fräulein Ren ... äh ... Sorppen bitte kurz sprechen?«

»Tut mir leid. Sie ist nicht im Hause. Sie hatte noch etwas zu erledigen. Ich glaube, sie hat etwas von ›Reisebüro‹ gesagt, kann mich aber täuschen«, legte Amélie Pluttkorten listig eine Mine. Nun, gelogen hatte sie nicht direkt. Gestern abend hatte die kleine Laura Kringel höchst aufgeregt bei ihr angerufen. Sie war in Engenstedt angekommen und hatte ihren lieben Bruder mit einer seiner Freundinnen angetroffen. Sie hatten dann lange telefoniert, und Amélie hatte Laura geraten, auf keinen Fall aufzugeben. »Wir müssen unser Konzept etwas ändern, das ist alles. Es sei denn, Sie haben gar kein Interesse mehr an dem Plan, liebes Kind.«

»Ich ... oh ... ich habe sehr großes Interesse«, hatte Laura versichert. Amélie Pluttkorten hatte in sich hineingeschmunzelt. In jeder Frau steckt eine kleine Kupplerin. Doch dann jammerte Laura: »Es ist doch alles sinnlos. Wenn er die Wahrheit erfährt, wird er tödlich gekränkt sein. Nein, ich reise ab. Danke für alles, gnädige Frau!« Die echte Renate v. Sorppen hatte aus dem Bericht, den ihre Großmutter ihr gab, auch eigene Schlüsse gezogen. Dieser Mike Kringel hatte also schon wieder eine Freundin im Haus gehabt. Ein richtiger Wüstling! Der mußte wirklich mal einen Denkzettel kriegen. Und Renate Sorppen war genau die richtige, ihn zu verpassen.

5

Für Mike Kringel kamen schwere Zeiten. Er hatte sich als Zuschauer so recht behaglich gefühlt. Und auf einmal saß er selber in der Patsche. Das wußte er natürlich noch nicht, als er mit Lauras rotem Sportwagen nach Engenstedt fuhr.

Sein Auto war plötzlich nicht angesprungen. Da war es am besten, sich persönlich zur Reparaturwerkstatt zu bemühen und ein bißchen Dampf dahinter zu machen. Außerdem wollte er mal wieder einen kleinen Abstecher nach Gran Canaria machen und zu diesem Zweck das Reisebüro aufsuchen. Wenn die Leute inzwischen zu seinem Kollegen abwanderten mit ihrem Tierpatienten - die kamen schon wieder zurück. Spätestens, wenn der seinen Urlaub machte.

»Na, Doktorchen, mal wieder ein bißchen Sonne buchen im trüben Herbst?« fragte die Verkäuferin all der Hochglanzträume hinter dem Tresen im Reisebüro.

»Tach, Schätzchen. So ist es«, sprach Mike. Die beiden hatten sich nach einer kurzen, aber stürmischen Affäre auf diesen freundlich vertraulichen Ton geeinigt.

»Eine Person, für den Anfang?«

»Na klar.«

»Und wieder Maspalomas mit Sonnengarantie und all den Minikinis?«

»Möglichst mein Appartement, Schätzchen, deshalb komme ich ja jetzt schon.«

Während sie den Computer befragte, war draußen Eberhardt Bercken vorbeigerauscht. Als er den roten Flitzer mit der Berliner Nummer sah, durchfuhr es ihn wie ein Feuerstoß.

Rens Auto! Vor dem Reisebüro! Jetzt würde er noch einmal in aller Ruhe mit ihr reden.

Kein Platz mehr zum Parken. So ein Mist. Also: flink den nächsten Parkplatz ansteuern. Zu Fuß zurückspurten. Weg! Das Auto war weg.

Eberhardt trat ein. Natürlich war auch keine Ren mehr da. »Entschuldigen Sie bitte«, fragte er die junge Angestellte, »ich meinte hier vorhin eine Bekannte gesehen zu haben. Sie müßte gerade weggegangen sein.«

»Wie sollte sie aussehen?«

»Oh, jung und hübsch. Blond.«

»Nein, so eine junge Frau war überhaupt nicht hier. Ich habe vorhin lediglich einen Herrn bedient. Herrn Dr. Kringel, den werden Sie ja wahrscheinlich auch kennen?«

»Ja, wir sind befreundet«, sagte Eberhardt geistesgegenwärtig. »Hat er zufällig gesagt, wohin er wollte? Ich hätte ihn ganz gern gesprochen.«

»Nö. Das heißt, doch. Er sagte, er muß noch zur Reparaturwerkstatt. Sein Auto ist schon wieder mal nicht angesprungen, und er hat sich den Wagen von seiner Schwester ausgeborgt. Was die sich in der Werkstatt aber auch zurechtpfuschen. Meins war vorige Woche ...«

»Verzeihung!« rief Eberhardt und ließ sich die Beschreibung der Unbill entgehen, »ich hab's furchtbar eilig!«

Draußen mußte er sich jedoch eine Sekunde lang an die Schaufensterscheibe lehnen. »Buchen Sie das Abenteuer«, stand auf dem Plakat dahinter. Nun, Abenteuer konnte man auch gleich in Engenstedt haben. Offenbar war er, Eberhardt v. Bercken, gerade mittendrin.

In seinem Kopf fand ein komplettes Feuerwerk statt. Gedanken schossen wie Raketen durch seinen Kopf, dann ging plötzlich blendend hell ein Flammenrad auf. Wieso fuhr Mike

Kringel, der Ortscasanova, in dem roten Flitzer einer gewissen Ren v. Sorppen?!

Das ließ verschiedene Schlüsse zu. Erstens: Er hatte sich bereits hinterrücks an die Lady herangepirscht, vielleicht gar schon zu der Zeit, als sie noch Volontärin bei ihrem Opa auf Pluttkorten war. Möglich, daß der durchtriebene Bursche ihr sogar den Rat gegeben hatte, sich zu bewerben beim dummen Bercken. Er fuhr ihr Auto. Man mußte also recht gut bekannt sein.

Zweitens: Mike hatte Eberhardts Lobtiraden gelauscht, sich mit der Hübschen in Verbindung gesetzt und nun, da sie von Eberhardt weg war, sofort seine Chance wahrgenommen. Fragte sich nur, weshalb er hier in ihrem Auto rumgon-delte.

Drittens ... da ging das Flammenrad auf! Eberhardt hatte sich schon in Bewegung gesetzt. Jetzt stockte er und schloß wie geblendet die Augen.

»Herr v. Bercken, ist ihnen nicht gut?« fragte ihn die Frau vom Drogisten.

»Doch, vielen Dank für die Nachfrage, Frau Schmidt, es war nur eine ganz flüchtige Kreislaufschwäche, glaub ich.« So war das in kleinen Städten. Jeder kannte jeden. Wahrscheinlich war er längst zum Gespött geworden mit seiner Assistentin, die mit Mike Kringel kramte. Mit diesem Filou, diesem miesen Freund ... was war das eben gewesen? Drittens ...

»Ich Trottel!« sagte er laut. Natürlich. Mikes Schwester Laura lebt in Berlin. Viele Leute leben dort, das ist klar. Doch dieser »Zufall« hätte mir gleich auffallen müssen. Wäre ich nicht so verunsichert gewesen durch diese süße Person, hätte ich mich nicht so hereinlegen lassen. Denn ich bin geleimt worden. Nach Strich und Faden. Und das hat natürlich Michael Kringel, genannt Mike, auf dem Gewissen.

Oh, dieser Schlawiner. Dieser Verräter. Das werde ich ihm heimzahlen! Und ihr auch! Dieses kleine Luder! Ich habe natürlich gleich gemerkt, daß es mit ihrer landwirtschaftlichen Ausbildung nicht weit her ist. Mit Pferden kann sie umgehen. Sie hat ein eigenes Pferd, da ist das kein Wunder. Und von Buchführung versteht sie wirklich etwas. Hat Mikes Schwester nicht Volkswirtschaft studiert? War sie nicht irgend etwas mit Steuer ... Steuerberaterin. Ja, das war's!

Wie sie wohl über mich gelacht haben! Ihm brach der Schweiß aus bei dem Gedanken: die Geschwister, die sich köstlich amüsierten. Ren - ach was, von wegen Ren, Laura hieß sie! Laura, die genaue Berichte über den Frauenfeind gab und sich vor Lachen wälzte. Und Frau v. Pluttkorten? Sie mußte ja eingeweiht sein, sonst hätte sie am Telefon nicht so reagieren können. Unglaublich! Mike mußte die alte, ehrbare Dame herumgekriegt haben.

Nach und nach gingen noch mehrere Lichtlein an. Das letzte steckte der alte Meerkamp ihm auf.

»Tscha, ich hab mir wohl gedacht, daß die Neue nicht die Enkelin von Pluttkortens sein könnte. Ich glaubte, ehrlich gesagt, daß sie Herrn Dr. Kringels Schwester ist.«

Eberhardt hätte am liebsten gebrüllt und mit den Füßen gestampft. Doch er nahm sich zusammen und fragte ganz leise:

»Und warum haben Sie mir das nicht verraten, Meerkamp?«

Der Alte schniefte ein paarmal. Donnerwetter, der Herr war aber mächtig wütend. Wenn er so leise sprach, dann mußte man sich bei ihm vorsehen.

»Tscha, ich dachte, sie würde Ihnen vielleicht guttun, Herr Baron«, verkündete er sehr formell. »Niedlich ist sie ja. Ich meine, eigentlich ist sie große Klasse. Das sieht auch ein alter Mann.«

Wider Willen mußte Eberhardt lächeln. »Niedlich ist sie in der Tat, Meerkamp. Jetzt passen Sie mal auf. Was auch passiert, Sie halten jetzt auch den Mund, nachdem sie ihn bereits zu lange gehalten haben. Ich habe nämlich einen Plan.«

»Ich schweige wie ein Grab«, versprach Meerkamp und drückte vor Erleichterung feierlich die Hand aufs Herz. Alles hätte er versprochen. Hauptsache, der große Eberhardt, der für ihn auch immer noch ein bißchen der kleine Eberhardt von früher geblieben war, zürnte ihm nicht mehr.

Not macht erfinderisch, heißt es. Aber Liebe macht vielleicht noch erfinderischer. Natürlich gab Eberhardt Bercken nicht einmal sich selber zu, daß er in Laura Kringel, die sich bei ihm als »Ren« Sorppen ausgegeben hatte, unsterblich verliebt war.

Er dachte an ihre umflorten Veilchenaugen, als sie mit dem schweren Koffer die Treppe hinuntergekommen war. Sie hatte geweint! Also war sie gar nicht so kühl, wie sie sich sonst gegeben hatte. Er mochte zwar keine mauzenden, weinerlichen Frauenzimmer, aber wenn eine wie diese Laura seinetwegen weinte, war das selbstverständlich etwas ganz anderes.

Ihr Haar! Wer hätte gedacht, daß dieser stramme Zopf, den sie im Nacken aufgesteckt getragen hatte, eine solche goldene Fülle ergab, wenn man ihn auflöste. Eine Woge aus Gold und reifem Korn.

Jetzt kam auch der Moment, in dem er sich nicht länger um die Erkenntnis herumdrücken konnte, daß er sie auf die Augen, auf die Stirn, die Wangen geküßt hatte - und auf den Mund!

Ich habe mich hinreißen lassen, dachte er, und es war angenehm. Nein, es war herrlich. Es war überwältigend! Sie hat nicht zurückgeküßt. Aber etwas sagt mir, daß sie nicht so kühl ist, wie sie tut. Mike hat sie zu diesem Versteckspiel angestiftet. Im Grunde sind wir also beide Opfer, sie und ich.

Ein kleiner Denkzettel für sie ist aber angebracht. Und Mike ... na, dem werde ich jetzt mal eins überbraten. Wenn er denkt, er habe die List für sich gepachtet, dann irrt er sich gewaltig.

So wurde Frau Paulsen erneut gefragt, ob ihr Sohn wohl noch einmal, nach der Arbeit, mit dem Motorrad nach Pluttkorten knattern könne, um einen sehr eiligen Brief abzugeben.

Frau Paulsen griente wie Kommissar Derrick und sagte: »Aha! Sie wollen wohl bei dat gnä' Fräulein die Inizitive ergreifen?«

Eberhardt lächelte in sich hinein. Frau Paulsen hatte nun mal diese unselige Schwäche für Fremdwörter, die sie sich nicht richtig merken konnte. Trotzdem traf sie ja den Nagel auf den Kopf, wenn sie vermutete, Herr v. Bercken würde jetzt die Initiative ergreifen. So war es geplant.

Der Brief war ein Meisterwerk.

»Liebes Fräulein v. Sorppen, liebe Ren«, stand da, »zuerst entschuldige ich mich, daß ich mich so als wilder Mann aufgeführt habe. Mit dieser Sorte Orchideen hingen für mich sehr schmerzliche Erinnerungen zusammen, doch jetzt habe ich sie mit Ihrer Hilfe überwunden. Ich hoffe also sehr, daß Sie Ihren Entschluß rückgängig machen und wieder nach Berckenhof zurückkehren. Meiner Bitte schließen sich Arco, Dannyboy und Carmencita herzlich an. In allem Ernst ist es so, daß ich Ihre Arbeitskraft sehr schwer entbehren kann.

Sie haben sich in die Bücher so vorzüglich eingearbeitet. Sie haben frischen Wind in das ganze Haus gebracht. Ich würde mich freuen, wenn Sie einfach und ohne große Umstände wieder ihre Räume bezögen! Erwarte Sie stündlich. Es grüßen herzlich Frau Paulsen und Fritz Meerkamp und Ihr sehr ergebener Eberhardt Bercken.«

Arco hatte sie zuerst bemerkt. Er war gerade in ein besonders heftiges Gefecht mit der schwarz-weißen Katze verwikkelt. Die hatte ihm wieder eins hinter die Ohren gegeben, um sich danach auf den Nußbaum zu retten, aber sie mußte ja wieder runterkommen, dann würde er sie wegjagen. Er warf einen drohenden Blick nach oben und knurrte wahrhaft furchterregend. Seine Erzfeindin fauchte wie ein Tiger. Da lenkte Arco ein Geräusch ab, das er kannte, dann kam schon der liebliche Duft in seine Nase. Arco wetzte los und winselte entzückt. Wie ein Kreisel sprang er um die wundervolle Person herum, die gerade aus dem roten Flitzer stieg.

»Arco, ja, braver Hund«, schmeichelte Laura und hockte sich nieder, um ihn zu umarmen. »Hoffentlich freut sich dein Herrchen auch so sehr«, sagte sie.

»Tut er. Aufrichtig«, sagte Eberhardt. Laura erhob sich und errötete sanft. Sie hatte wieder ihren strengen, strammen Zopf, die kleine Heuchlerin. Sie wußte naturlich nicht, was er schon wußte. Dachte, er hielte sie immer noch für Fräulein Renate v. Sorppen. Von wegen! Am liebsten hätte er sie wieder geküßt, doch er nahm beherrscht ihren Koffer und trug ihn zurück ins Haus.

»Ich möchte noch etwas mit Ihnen besprechen«, sagte er. »Nehmen Sie wieder einen Whisky pur?« Er schmunzelte. Seit er wußte, daß Mike Kringel hinter der Intrige steckte, war ihm auch klar, weshalb die junge Dame beim Genuß ihres angeblichen Lieblingsgetränks immer so angewidert den Mund verzog. Sie mochte gar keinen Whisky. Mike hatte ihr nur verraten, daß dies das Lieblingsgetränk vom dummen Bercken war, den man leimen wollte.

Aber eine kleine Strafe mußte sein. Er schenkte ihr einen tüchtigen Streifen ins Glas. Sie nahm tapfer den ersten Schluck.

»Fräulein v. Sorppen«, sagte Eberhardt und amüsierte sich köstlich, »Sie sind doch sicher auch dafür, daß wir vollkommen ehrlich zueinander sind?«

Sie nickte verlegen.

Eberhardt fuhr fort: »Deshalb muß ich Ihnen noch etwas erzählen. Ich war neulich in Engenstedt und sah zufällig Mike Kringel in Ihrem Wagen. Also konnte ich mir leicht zusammenreimen, daß Sie und Herr Kringel befreundet sind. Ja, ich vermute jetzt sogar, daß er Ihnen den Tip gegeben hat, sich bei mir zu bewerben. Was Sie nicht wissen konnten, ist dies: Eigentlich wollte ich keinesfalls eine Frau einstellen. Inzwischen bin ich da anderer Meinung. Aber für seine Hinterlist möchte ich dem Kerl noch einen kleinen Streich als Strafe spielen. Ich nehme doch an, oder bin vielmehr sicher, daß Mike in Sie verliebt ist?!« Laura senkte den Kopf.

»Natürlich ist er das. Würden Sie mitspielen, wenn ich ihm erklärte, daß wir beide ... nun, daß wir zu heiraten gedenken? Nur, um ihm ein bißchen einzuheizen? Denn das kann einem Schwerenöter wie Mike gewiß nicht schaden! Was meinen Sie, Ren?«

Sie sah sehr verwirrt aus. Und sehr süß, fand Eberhardt. Jetzt wußte sie natürlich nicht, was sie machen sollte. Zugeben, daß sie Mikes Schwester Laura war und somit riskieren alles zu verderben, was gerade so gut lief? Oder weitermachen wie bisher und abwarten, was daraus wurde?

Sie atmete tief ein und sagte fest: »Ich mache mit!«

»Wunderbar. Dann werde ich ihn mal gleich anrufen. Ich lade ihn für heute abend ein. Ist Ihnen das recht?«

»Ja.«

Eberhardt war klar, daß Laura sich, sobald er das Haus verlassen hatte, mit ihrem Bruder Mike und vielleicht sogar mit Madame Pluttkorten in Verbindung setzen würde, um den weiteren Schlachtplan zu besprechen. Aber auch er hatte seine Strategie fertig.

Er guckte noch schnell in die Küche. »Frau Paulsen, heute abend kommt Herr Kringel zum Essen. Also bitte ein Gedeck mehr«, ordnete er freundlich an.

Frau Paulsen starrte ihn fragend an. Irgend etwas war hier im Busch. Sie hörte immer das Gras wachsen.

»Ich mache Schampeljongs und Biffsteck und hinterher Ommlett zur Prise«, gab sie bekannt.

»Sehr schön, Frau Paulsen«. Eberhardt wußte längt, daß es sich hier um Beefsteak mit Champignons und Omelette surprise als Nachtisch handelte. Es war nämlich Frau Paulsens Lieblingsmenü für kleinere Gelegenheiten. Sie kochte es meistens.

Eberhardt stapfte in die Stallungen. Es war schön, zu wissen, daß diese angenehme Person wieder hinter dem Schreibtisch saß. Aber er durfte jetzt keine Fehler machen. Er durfte sich nicht hereinlegen lassen. Das war er sich selber schuldig.

Mike lacht sich ins Fäustchen, wenn ich hier um seine Schwester herumbalze. Die Pluttkortens werden die Geschichte überall zum besten geben. Zum Beispiel bei ihren Abendgesellschaften. Und Laura wird mich für einen Trottel halten, den man einfach nicht für voll nehmen kann. Selbst wenn sie mich mag, wird in ihrem tiefsten Herzen die Erinnerung an einen netten, aber dämlichen Kerl festhaken.

»Nein, nein, kommt nicht in Frage«, sagte er laut.

»Was kommt nicht in Frage?« fragte der alte Meerkamp, den Eberhardt gar nicht bemerkt hatte, weil er so in Gedanken war.

»Gott, Meerkamp, Sie können einem aber wirklich einen Schrecken einjagen!«

»Na, sonst sind Sie nicht so schreckhaft, Herr Baron.«

»Nun sparen Sie sich mal Ihre Anspielungen. Sie ist wieder da. Und ich weiß schon, was ich tue.«

Meerkamp sah ihn ruhig an – und wiegte den Kopf. »Wenn ne Frau im Spiel ist, wissen die klügsten Männer manchmal nicht mehr, was sie tun, wenn ich mir die Bemerkung gestatten darf.«

Eberhardt lachte laut auf. »Sie dürfen, Meerkamp, Sie dürfen. Sie sollten einen Bercken jedoch nicht unterschätzen.«

»Wo steckt denn der Arco eigentlich?« fragte Meerkamp. »Sonst fällt man doch beinahe über ihn, wenn Sie in der Nähe sind.«

»Arco liegt unter dem Schreibtisch. Er geht unserer Assistentin nicht von der Pelle. Ist außer Rand und Band.«

Meerkamp feixte grimmig. »Genau das wollte ich ausdrükken, Herr Baron! Insofern sind Hunde auch Menschen!«

Eberhardt gestand sich ein, daß er höchst nervös war. Ja, er befand sich in einer Verfassung, die geregeltes Arbeiten fast unmöglich machte. Was tat ein richtiger Mann in solchen Situationen? Er ging der Gefahr entgegen!

Beim Mittagessen - es gab Frau Paulsens brillantes »Zusammengekochtes« - zeigten sich Laura und Eberhardt in feinster gesellschaftlicher Form. Sie plauderten über dies und das und waren sehr höflich und ziemlich kühl zueinander.

Dann sagte Eberhardt: »Ich muß nachher zum Förster. Es wäre vielleicht ganz gut, wenn Sie mich begleiten, Fräulein Sorppen. Danach können Sie dann auch selbständig mit ihm die nötigen Maßnahmen besprechen.«

»Wann fahren wir, Herr Bercken?«

»Wir fahren nicht. Wir reiten. In einer halben Stunde?«

»In Ordnung.«

Es war ein kühler, sonniger Tag. Das Laub glänzte rotgolden und goldgelb, als sie in den Wald einritten. Eine große schwarze Krähe meldete mit lautem Krächzen den Waldtieren, daß hier Eindringlinge kamen, und andere Vögel nahmen die Warnung auf und gaben sie weiter.

Bei jedem Windhauch lösten sich Sterntaler von den Bäumen, fielen schmeichelnd auf Reiter und Rosse, lagen auf den Mähnen der Tiere, und auch in Lauras blondem Haar hatte sich ein Blatt verankert, wie eine Agraffe, die eine Fee mit leichter Hand gespendet hatte.

Laura ritt Dannyboy. Sie hatte darum gebeten.

»Er erinnert mich an meinen ›Luxor‹«, hatte sie gesagt und ihre Augen hatten eine Sekunde lang verräterisch geschimmert.

»Aber er ist sehr eigenwillig.«

»Ich glaube, er mag mich.«

Ja, er mochte sie ganz offensichtlich. Eberhardt beobachtete, wie der schwarze Ire willig und geschmeidig unter ihr ging. Wie sie sich hinabbeugte, wenn ein Zweig ihn streifte und er auf seine wilde Art zusammenzuckte, um ihm den Hals leicht zu klopfen. Und wie er dann gesammelt den Kopf anhob und ruhig weiterging.

Die Schneise wurde breiter, und sie ritten jetzt nebeneinander. Carmencita suchte Dannyboys Nähe. Eberhardt sah das Mädchen an seiner Seite an. Arco wetzte übermütig ein Stück vor und wieder zurück. Ein Mann, ein Pferd, ein Hund, ja, das war Eberhardt v. Bercken als Glück erschienen. Erst jetzt wußte er wieder, wieviel zum Glück noch gefehlt hatte.

Diese Frau neben ihm, im gleichen Rhythmus bewegt, der Kreatur und der Natur so hautnah verbunden, ihr Atem, der als leichtes Wölkchen in der Luft stand.

Jetzt ihr Lächeln. Wie ihre Augen blitzten, sie waren viel heller als sonst. Und auf ihren Wangen lag ein frisches Rot, das nicht aus dem Tiegel stammte. Und nun ließ sich auf dem Kragen ihrer Pepitajacke ein Sonnenkäfer nieder.

Als sie beide im selben Augenblick antrabten, wußte Eberhardt, daß dies einer der unvergeßlichen Augenblicke im Leben war, die nachher die Erinnerung ausmachen, ein Besitz, den einem niemand wieder nehmen kann.

Bei dem Gespräch mit dem Förster, das sich um Hege und Pflege von Wild und Baumbestand drehte, stellte Laura sich sehr verständig an. Sie tranken den dünnen Kaffee, den die Försterfrau ihnen anbot, wie das köstlichste Getränk. Und zurück legten sie auf freiem Feld einen Galopp vor, gaben die Pferde frei, flogen dahin, herrlich gelöst, ihre Herzen schlugen leicht und unbeschwert.

Eberhardt spürte, daß Laura genau wie er empfand. Mit einer Frau so reiten zu können, das bedeutete schon etwas.

»Brav, Dannyboy, brav!«, rief Laura.

Dann kamen sie an den Bach. Flüchtig kam Eberhardt der Gedanke, daß er gar nicht wußte, ob Laura geübt im Springen war.

Doch da hatte sie schon den Absprang gefunden. Mit gestrecktem Hals und gewölbtem Rücken federte der Schwarze über das Hindernis, setzte sicher auf, und im selben Augenblick flog auch Carmencita, die Leichtfüßige, mit ihrem ganzen Temperament und fast spielerischer Kraft hinüber.

Arco warf einen leidenden Blick zum Hundehimmel empor. Das Bubenstück kannte er schon, mit der Nummer wurde er immer wieder hereingelegt. War er ein Springhund? Leider ja.

Da war es das mindeste, daß er sich nach dem Sprung mit lautem Gekläff um ein Lob bewarb. Nun, damit knauserten sie wirklich nicht. Und was tat ein Hund nicht alles, um Herrchen und Frauchen zufriedenzustellen!

Als Laura und Eberhardt in vorzüglicher Stimmung auf Berckenhof einritten, stand Meerkamp vor der Tür zu den Pferdestallungen.

»Nixi hat Schwierigkeiten mit dem Fohlen«, sagte er. »Ist auch keine gute Zeit dafür.«

Nixi litt in langen Wehen. Sie zitterte und sah die vertrauten Menschen mit einem Blick an, der zu fragen schien: »Warum helft ihr mir denn nicht?«

Flockiger Schweiß bedeckte ihr Fell.

»Wir müssen sofort den Doktor benachrichtigen«, ordnete Eberhardt an.

»Ist schon geschehen«, sagte Meerkamp nur knapp.

»Und? Kommt er?«

»Er müßte unterwegs sein.«

So kam es, daß Mike Kringel sich sein Beefsteak mit Champignons erst noch angestrengt verdienen mußte. Endlich war dann ein nasses Bündelchen auf der Welt.

»Eine junge Dame«, sagte Mike, »und ganz die Mama!« Nixi war eine Isabelle, gelbes Fell mit weißer Mähne, ein zierliches Prachtwesen, dem man es kaum zutrauen konnte, daß es ein Füllen austrug. Man sah, daß sie stolz und erleichtert war. Und nun erhob sich das neue Wesen und stakste auf dünnen, zittrigen Beinchen zu seiner Mutter. Mit schlafwandlerischer Sicherheit fand es die Quelle, die nur für sein Weiterleben sprudelte. Da brauchte es nicht lange zu überlegen, stupste das Mäulchen dagegen und trank genüßlich.

Gerührt sahen die Geburtshelfer dieser Szene zu. Wie oft hatten sie das schon gesehen? Und doch war es wieder bewegend, mitzuerleben, wie ein Geschöpf sich auf den Lebensweg machte.

Elf Monate hatte Nixi ihr Kind getragen, nun stand sie ruhig und verantwortungsbewußt still, verleugnete ihr quirliges Temperament, damit ihr Füllen es bequem hatte.

Ein wenig von der Harmonie dieses Anblicks malte sich auch auf den Gesichern der Zuschauer.

»Kommt ins Haus«, sagte Eberhardt Bercken. Seine Stimme war rauh vor Rührung. »Sie auch, Meerkamp.«

»Ich komme nach«, versprach der alte Mann, der schon ganzen Schwadronen auf die Welt geholfen hatte. Es gab keine Routine, wenn es um seine geliebten Pferde ging. Eberhardt hatte beobachtet, wie sich Laura und Mike fest in die Augen sahen. Bestimmt hatten sie ihr weiteres Verhalten schon am

Telefon abgesprochen. Nur ich bin der große Unbekannte, dachte Eberhardt und schmunzelte in sich hinein.

»Wir feiern mit Champagner. Heute habe ich die Spendierhosen an«, meldete er.

Er selber holte den »Dom Perignon« und ließ den Korken mit sanftem Plopp frei.

»Es gibt in der Tat einiges zu feiern«, erklärte er, nachdem er eingeschenkt hatte. »Einmal haben wir also Nixis Fohlen, und es verspricht eine Schönheit zu werden. Vielleicht wird es Rennen gewinnen. Ich meine, es ist einen Schluck wert, dieses freudige Ereignis im Pferdestall.«

Laura, die vorher recht ängstlich geguckt hatte, trank sichtlich erleichtert. Doch da fuhr Eberhardt schon fort: »Bevor wir uns Frau Paulsens köstlicher Küche widmen, gibt es noch ein zweites Ereignis zu begießen.«

Er hätte am liebsten laut heraus gelacht. Wie bänglich jetzt der Blick des Fräulein Laura Kringel wurde, das immer noch glaubte, er hielte es für Fräulein Sorppen, Pluttkortens Enkelin!

»Mike, du erfährst es natürlich zuerst. Fräulein Sorppen hat sich entschlossen, die Probezeit in ein festes Engagement umzuwandeln.«

»Na, da gratuliere ich aber!«

Der Heuchler!

»Ja, und noch etwas. Wir verraten es ihm, nicht wahr, Ren? Wir haben vor, uns in aller Form zu verloben. Das Engagement ist nämlich nicht beruflicher, sondern sehr persönlicher Natur!«

»Herzlichen Glückwunsch«, quetschte Mike hervor. Haha, jetzt saß er in der Klemme. Sie hatte ihm gewiß mitgeteilt, daß die »Verlobung« nicht ernst gemeint war. Andererseits hoffte er vielleicht dennoch, daß sich zwischen Freund und Schwesterlein etwas so Überwältigendes anbahnte, daß der

Freund ihm und ihr schließlich verzeihen würde, daß sie sich eigentlich nur einen Jux mit ihm hatten machen wollen.

»Komm zu mir, Liebling«, sagte Eberhardt weich. Sie trat an seine Seite, und er legte ihr den Arm um die Schulter. Laura errötete wie Götterspeise und wurde noch roter, als sie das bemerkte.

Er stieß sein Glas gegen ihr Glas. Es gab einen ganz hellen, schwingenden Klang. Dann drehte er sie leicht zu sich herum und beugte sich zu ihr und küßte sie auf den Mund.

Lauras Knie wurden weich. Sie wollte sagen: Schluß damit. Es ist doch alles gar nicht wahr. Aber seine Nähe, sein Mund auf ihrem Mund, die zärtliche Art, in der er »Liebling« gesagt hatte ... das war es doch, was sie wünschte und träumte, seit sie zum erstenmal als erwachsene Frau in seine Augen geschaut hatte.

Mike Kringel atmete tief ein und nahm dann erst einmal einen tüchtigen Schluck Schampus. Er verstand die Welt nicht mehr. Nichts war so, wie es schien. Alle benahmen sich anders, als ihre Rollen im Leben es ihnen eigentlich vorschrieben. Er blickte einfach nicht mehr durch.

Da schmuste Eberhardt, dieser spröde Mann, der sonst keine Frau mehr in seine Nähe ließ, mit Laura, die er für eine andere hielt. Denn daß Eberhardt in der Lage war sich zu verstellen, konnte man getrost ausschließen. Nun ja, er verstellte sich ja schon.

Was Mike aber so ganz besonders verwirrte, war dies: Eberhardts Getue mit »komm zu mir, Liebling« und Lauras offensichtliche Verwirrung schienen ihm nur die Fortsetzung einer Erfahrung zu sein, die Mike am Nachmittag gemacht hatte. Da war sein Weltbild total ins Wanken geraten.

Ich war doch immer ein Spezialist für »Liebe am Nachmittag«, dachte Mike trübe. Und ausgerechnet mir mußte das passieren! Mir läuft es ja immer noch heiß und kalt über den

Rücken. Noch ein solches Erlebnis, und Dr. med. vet. Kringel ist reif für den Seelendoktor.

6

Mike Kringel war gerade mit seiner Sprechstunde fertig, als seine Hilfe ihm den Telefonhörer hinhielt.

»Ein dringender Fall auf Pluttkorten, Herr Doktor«, sagte sie. Bei dem Wort »Pluttkorten« läuteten neuerdings bei Mike alle Glocken. Genau gesagt, seit er Renate v. Sorppen tief in die Augen gesehen hatte.

»Kringel.«

»Sorppen.«

Sie war dran!

»Ich höre, daß es einen dringenden Fall gibt?« legte er denn auch gleich mit dem Flirt los. »Ist es etwas Persönliches?«

»Etwas sehr Persönliches«, flötete Renate. »Ich fühle mich hier auf dem Lande ziemlich einsam ...«

»Dann treffen wir uns doch. Oder Sie kommen her und sehen sich meine Video-Sammlung an ...«

»Ich hatte eine andere Idee: Ich lade Sie ein zu mir. Meine Großeltern haben heute ihren Bridgetag bei Freunden. Ich bin ganz allein ...«

Mike überlief ein wohliger Schauer. Donnerwetter, das konnte doch wohl nur eins bedeuten. Etwas Unmißverständliches.

»Ich bin berühmt für mein Talent, ländliche Einsamkeit zu zerstreuen«, balzte er.

»Kommen Sie bitte gleich. Ich warte ungeduldig«, schnulzte sie so richtig vampig durch die Leitung.

»Ich eile!!!«

Die Sprechstundenhilfe, Frau Müller, gestählt im jahrelangen Umgang mit diesem Schwerenöter, für den sie selber zum Glück zu alt, zu unscheinbar und zu glücklich verheiratet war, seufzte nur resigniert. Wieder ein Opfer! Die Frauen waren zu dämlich. Er brauchte ja wirklich nur abzukassieren. Gab es denn gar keine Zurückhaltung mehr?

Mike fochten solche Überlegungen verständlicherweise nicht an. Laut pfeifend, gelegentlich auch »Chachacha!« rufend, zog er sich sein neues, gestreiftes Hemd, die neuen, passenden Socken, die neuen, schicken Boxershorts und die neue Nappalederjacke an, rollte noch etwas Deo über die Brust und versprühte dezent sein »Armani«. Dann hüpfte er in sein Auto, schickte einen Stoßseufzer gen Himmel, daß es anspringen möge und wurde erhört.

Es war herrliches Wetter. Erobererwetter!

»Chachacha!« schrie Mike und dachte an die dunklen Augen, die süßen Kurven, das Lockenköpfchen, die ganze, entzückende Person. Er war Kenner. Sie würde ihn nicht enttäuschen.

Auf dem Pluttkortenschen Anwesen parkte er seinen Wagen dezent seitwärts. Erstens brauchte der Verwalter ihn nicht zu sehen. Zweitens war es besser, heimlich, still und leise zu sein, denn schließlich wollte man eine Dame nicht ins Gerede bringen.

Kaum hatte er das gedacht und, nach allen Seiten sichernd, den Hof betreten, da brach es wie Wotans Wilde Jagd herein. Eine riesige Gänseherde, angeführt von einem furchterregenden Ganter, brauste flügelschlagend mit einem Affenzahn und schier höllischem Gebölke auf ihn zu. Mike wußte natürlich, daß wütende Gänse im Angriff nicht zu unterdrücken waren. Er versuchte den Ganter am Hals zu packen. »Du Mistvieh!« schrie er und rupfte seine neue Lederjacke aus dessen Schnabel.

Der Verwalter kam angetrabt, und gemeinsam, mit vielem »Schschsch!« und »Wollt ihr wohl!« trieben sie die Tiere, deren Vorfahren immerhin mit ihrem Lärm schon einmal das Capitol gerettet hatten, dorthin zurück, woher sie gekommen waren: hinter einen Drahtzaun. Neben der Pforte aber stand Renate v. Sorppen, machte ein schuldbewußtes Gesicht, hatte sogar den Finger in den Mund gesteckt wie ein kleines Mädchen. Ihre Augen blitzten keck.

»Tut mir leid!« rief sie. »Ich habe aus Versehen das Gitter offengelassen. Ach du Schreck, lieber Doktor, ist etwas kaputtgegangen!?«

Mike keuchte zwar noch heftig. Und mit der Geheimhaltung war's ja jetzt auch vorbei. Doch er benahm sich wie ein echter Kavalier.

»Keine Affäre«, versicherte er weltmännisch. »Alles in Ordnung. Das kleine Loch in der Jacke macht der Schneider mir heil. Und die Hose ... nun ja. Die auch.«

»Sicher wollten Sie meine Großeltern besuchen«, sagte sie heuchlerisch, während der Verwalter sich kopfschüttelnd um die Pforte und die Tiere kümmerte. »Sie sind leider nicht da. Kommen Sie doch trotzdem auf einen Sprung mit hinein. So, wie Sie aussehen, brauchen Sie einen Cognac.«

Sie führte ihn durch die Halle, die breite Treppe hinauf, einen langen, verwinkelten Gang entlang, und dann in einen Raum, der, nun ja, der ganz eindeutig ein Wohn-Schlafzimmer war. Mikes Stimmung hob sich, sein Herz schlug sofort in dem erwartungsvollen Rhythmus von vorhin.

»Ja, hier wohne ich«, sagte Renate. »Ich hoffe, daß es wirklich der Beginn einer schönen Freundschaft zwischen uns wird, wie Sie neulich sagten, Mike. Ich irre mich doch wohl nicht in der Annahme, daß Sie die Absicht haben, mich zu verführen?«

»Wie bitte?!«

Mike sah sie an. Er war völlig perplex. So etwas sagte eine Dame doch nicht! Es gibt doch gewisse Spielregeln. Und da war stets der Mann der Eroberer, die Frau tat bis zuletzt möglichst so, als wisse sie gar nicht, um was es ging.

Sie sah aus wie ein übermütiger Kobold. Hinter ihren vollen, roten Lippen schimmerten sehr weiße Zähne, ihre Augen strahlten. »Nein, nein, nein, nein, Mike, Sie dürfen sich nicht so zieren«, sagte dieses bildhübsche Geschöpf jetzt auch noch, »ich fühle doch, daß Sie es auch wollen. Sträuben Sie sich nicht. Komm, sagen wir doch Du zueinander, ja?«

»Was soll denn das?!« protestierte Mike.

»Aber das weißt du doch, Liebster. Laß mich nur machen. Du bist etwas schüchtern, gell? Warte, ich helfe dir.«

Sie trat zu ihm und begann energisch seine Jacke zu öffnen und sein neues, gestreiftes Hemd aufzuknöpfen.

Na gut. Dann würde er eben mitspielen. Aber das richtige war‘s nicht. Er umarmte sie ungelenk. Doch gleich entzog sie sich ihm.

»Ich habe eine, Idee«, sagte sie. »Bleib hier stehen und rühr dich bitte nicht.«

Sie ging zu den Fenstern und zog die Rollos herunter. Dann schaltete sie die Nachttischlampe ein, breitete ein rotes Tuch über den Schirm. Aus der Schublade zauberte sie ein Flacon hervor und versprühte überall im Zimmer ein widerlich süßlich riechendes Parfüm, indem sie kokett hin- und herging.

»Ich hüpfe nur eben ins Bad, um mir etwas Leichtes anzuziehen«, wisperte sie affektiert. »Aber vorher vielleicht noch etwas Musik?«

Sie legte eine Uralt-Kassette mit dem schluchzenden Bing Crosby auf, lächelte falsch und verschwand im Bad.

Mike stand da wie vom Donner gerührt. So was! Die benahm sich ja wie ein Hollywood-Vamp von 1930. Wie Mae West. Und dabei stammte sie doch einwandfrei aus gutem

Hause. Die Emanzen heutzutage – also, die schreckten vor nichts zurück.

Da war sie schon wieder. Mike rüstete sich innerlich auf. Er mußte jetzt seine männliche Überlegenheit beweisen, darauf kam es an. Er trat mit ausgebreiteten Armen auf sie zu, um das Ritual, das er schon so oft und mit so vielen verschiedenen Frauen vollzogen hatte, auszuführen. Allerdings hatte er es immer lieber gesehen, wenn er eine gewisse Anlauf- und Werbezeit bei ihnen hatte. Hier ging es ja wie beim Automaten, Geldstück rein und Ware raus. Diese Emanzen hatten keine Ahnung, um was sie sich brachten.

»Renate. Meine Süße«, säuselte er, da wehrte sie ab.

»Mike, ich habe eine wundervolle Idee. Wir sollten erst noch gemeinsam ein Kapitel aus dem ›Kamasutra‹ lesen, die Indische Liebeslehre, was meinst du, wie uns das einstimmen wird.«

Sein Gesicht wurde lang. Ja es bekam sogar einen etwas schafigen Ausdruck.

»Indische Liebeslehre? Wozu soll denn das gut sein!?«

»Für die Technik, Lieber. Erzähl mir nicht, daß du Erfahrung hättest.«

Jetzt wurde er ernstlich wütend. Wie hatte er sich gefreut vorhin. Und dann die Gänse! Und nun dies. Diese Gans! Jawohl!

Er riß sie in die Arme. Sie juchzte auf. »Vorsicht, denk an das Vorspiel«, mahnte sie sachlich.

Mike bemühte sich nach Kräften. Das konnte doch nicht wahr sein. Nein! Das war ihm doch noch nie passiert! Dieses Biest hatte ihn mit ihrer Masche völlig aus der Stimmung gebracht. Und nun sagte Renate auch noch heuchlerisch: »Aber das macht doch nichts, Lieber. Jedem Mann kann das zustoßen. Und du hast eben keine großen Erfahrungen, gell?«

Er schlich wie ein geprügelter Hund zu seinem Wagen. Als Sieger hatte er hineinspringen wollen, chachacha! Und nun? Waterloo!

Ein Mann war für den Angriff gemacht. Ein Stürmer war er. Sturm aus der anderen Richtung vertrug er nicht. Du hast dich blamiert, Mike, sagte er sich. Das erstemal in deinem Leben hast du dich blamiert. Sie hat dich aus dem Konzept gebracht. Das läßt sich nicht mehr mit Wasser abwaschen. Und er beschloß, komme, was da wolle, diese Renate Sorppen eines Tages in den Armen zu halten und ihr zu zeigen, wer Mike Kringel wirklich war.

»Ich will, daß du mich liebst«, sagte er laut, und dann erschrak er. Nanu? Auf die Liebe der Frauen hatte er doch sonst nicht gerade Wert gelegt. Sie war so hinderlich in der Stunde des Abschieds. Aber diesmal ... diesmal war es anders. Er lächelte plötzlich und murmelte: »Ich habe eine ebenbürtige Gegnerin gefunden. Die Schlacht ist noch nicht entschieden.«

Renate schlich mit wankenden Knien die Treppe hinunter und schenkte sich den Cognac ein, den sie Mike versprochen hatte. Es hatte geklappt! Aber: War es auch richtig? Hatte sie ihn etwa endgültig vergrault? Oder hatte er den Denkzettel jetzt tief in seinem Innern? Den Denkzettel an eine Frau, die er nicht ex und hopp vernaschen konnte? Er war hinreißend gewesen in seiner Ratlosigkeit. Der verführte Verführer. Bring einen Routinier aus dem Konzept, und er steht da wie der Ochse vor dem Tor. Ein sehr, sehr lieber Ochse, dachte Renate. Einer, der mir sehr gefallen könnte.

Sie räkelte sich in dem schweren Sessel, dessen Ausmaße sie besonders zierlich erscheinen ließen. Die dunklen Haare bauschten sich widerspenstig wie eh und je. Mit ihrem lebhaften Gesichtchen, dem vollen, roten Mund, dem bräunlichen Teint und der zierlichen Nase hätte sie ein Hirtenknabe sein können, von Meister Murillo für die Ewigkeit gemalt. Aber ihr Figürchen ließ keinen Zweifel daran, daß es sich hier nicht um einen Knaben handelte. Die zartgrüne Seide des Negliges, in dem sie vorhin Mike Kringel außer Fassung gebracht hatte, rundete sich sanft über dem Busen und floß dann, nach Empire-Art, weich bis zu den nackten Füßen mit den rotlackierten Nägeln. Sie zog jetzt die Beine hoch und überlegte. Der nächste Schritt mußte nun von Mike Kringel ausgehen. Und er würde ihn tun, da war sie ziemlich sicher.

Lieber Himmel, dachte sie, in der Stadt wäre das alles unmöglich. Man hastet, man kommt gar nicht zur Besinnung. Es fehlen die Muße und der Luxus der Gefühle. So etwas gedeiht nur, wenn man bis zum Horizont gucken kann. Man fühlt sich dem Leben näher. Das muß an der Landluft liegen!

Mike betrat seine Wohnung in gänzlich anderer Stimmung. Zum Glück war die Müllerin schon weg. Er sah sein Bild im großen Spiegel auf der Diele und guckte schnell wieder weg. Der Landstreicher mit den zerrissenen Klamotten und dem belämmerten Gesicht - das konnte eben doch wohl nicht der gepflegte, tolle Dr. Kringel, der sieghafte Liebling der Frauen gewesen sein?!

Seine Sprechstundenhilfe wußte zwar mehr über ihn als alle anderen Frauen, aber so hätte er sich nicht einmal ihr gern präsentiert.

Ob Renate Sorppen die Gänse extra rausgelassen hatte, um ihn zu erschrecken? Zuzutrauen war's ihr. Ja, und wenn ihr das zuzutrauen war, dann konnte sie auch die merkwürdige Szene im Schlafzimmer veranstaltet haben, um ihn ... Natürlich! Das raffinierte Biest hatte ihm eins auswischen wollen, das würde alles erklären. Nur nicht meine Trotteligkeit, dachte Mike wütend. Da brauen wir Pläne für Eberhardt zusammen, halb Spiel, halb Ernst. Und dann geht der erfahrene Kringel gleich auf den nächsten Leim. Jawohl, die Dame hat mich geleimt. In jeder Illustrierten kann man nachlesen, daß Männer sich gar nicht so unschwer aus der Fassung bringen lassen, wenn man ihnen ihre eingeübte Rolle nimmt.

Mike hing halb in seinem weißen Lieblingsledersessel und wirkte, als hätte ein Tippelbruder sich in eine Möbelausstellung verirrt. Die schöne, neue Montur war ein Opfer der Gänse geworden. Na wartet, dachte Mike, der nächste Gänsebraten wird mir besonders gut schmecken! Und du, Miss Renate Sorppen wirst auch noch kriegen, was dir zusteht: Das ist mir glatt mehrere Lederjacken wert!

Als das Telefon klingelte, dachte er flüchtig, sie riefe an, um ihn zu trösten. Vielleicht sogar noch einmal einzuladen?

Aber der Anruf kam vom Berckenhof. Eine schwere Geburt, der Doktor mußte kommen. So zog er sich hastig um. Nicht einmal zum Duschen war noch Zeit. Was für ein gräßlicher Nachmittag!

Beim fünften Versuch sprang sein Wagen wirklich an. Nun ja, er war auch gerade in der Werkstatt gewesen. Mike fuhr in schlechtester Laune den Weg nach Berckenhof. Die Dämmerung sank. Der goldene Sonnenball verschwand in einer Orgie von Rot, Lila und Orange am Ende der Welt. Ein Eichhörnchen machte am Straßenrand Männchen. Die Baumwipfel erstarben in Purpur.

Dann stach die kleine Turmspitze des Herrenhauses aus dem Wäldchen hervor. Und oben auf dem Dach flatterte die alte Wappenfahne der v. Bercken. Mike atmete tief ein. Sein Herz wurde weit. Er liebte Schönheit so sehr. Wie schön war seine Heimat. Die Natur ließ einen nie im Stich. Sie lachte einen Mann nicht aus. Sie spielte ihm keine Streiche.

Später, als sie die Geburt von Nixis Fohlen und die »Verlobung« von Laura und Eberhardt feierten, war Mike eher in einem Zustand dumpfer Bedrückung. Er liebte seine Schwester und mochte es gar nicht mit ansehen, wie sein Freund sie beschmuste und befummelte, während sie sich das wie ein hypnotisiertes Kaninchen gefallen ließ.

Gern hätte er reinen Tisch gemacht, doch er wollte natürlich seiner Schwester nicht in den Rücken fallen.

Nach Tisch saßen Laura und Eberhardt dicht nebeneinander auf dem Sofa. Er legte ihr den Arm um die Schulter, zuweilen die Hand aufs Knie, lehnte seine Schläfe an ihre blonden Haare und schien sehr glücklich zu sein. Er würde ganz schön wütend werden, wenn er merkte, daß seine Auserwählte gar nicht Fräulein Ren v. Sorppen, sondern Mikes Schwester Laura war. Hoffentlich wollte er sich dann nicht mit Mike duellieren. Er war manchmal schrecklich altmodisch!

Eberhardt war wirklich glücklich. Endlich hatte er einmal die Fäden in der Hand. Die süße Person neben ihm zitterte wie Espenlaub. Und Mike - na, der guckte wie eine Kuh, wenn's donnert. Eberhardt brachte sein ganzes schauspielerisches Temperament ein, um die beiden über seinen Wissensstand zu täuschen. Es war mehr, als er je für möglich gehalten hatte.

Jetzt lehnte er sich gemessen zurück und sprach:

»Lieber Mike, ich hätte eigentlich erwartet, daß du mehr strahlen würdest, wenn ich mich zu einer neuen Bindung entschließe. Du siehst so sauertöpfisch aus. Ist was?« Und er zwinkerte Laura recht auffällig zu. »Sag mal, Mike, wir drei können doch offen reden. Bist du etwa auch verliebt in Ren?«

»So ein Blödsinn!« rief Mike spontan, um sich dann zu verbessern: »Ich meine, natürlich ist Ren bezaubernd, aber wir kennen uns ja kaum ...«

Bis auf die Tatsache, daß sie deine Schwester ist, dachte Eberhardt grimmig. Na, warte!

Kaum war Mike gegangen, da wurde Eberhardt Bercken wieder ganz kühl und offiziell. »Ich glaube, das genügt. Er hat sich geärgert, nicht wahr? Danke, daß Sie mitgespielt haben, Fräulein v. Sorppen. Er ist nämlich ein Casanova. Ja, allen Ernstes. Ich weiß auch nicht, was die Frauen an ihm finden. Vielleicht spüren sie, daß unter seinem albernen Gebalze ein wirklich netter Kerl steckt. Nun darf ich mich verabschieden. Ich habe noch zu arbeiten. Schlafen Sie gut. Gute Nacht.«

»Gute Nacht«, stotterte Laura. Sie war so aufgewühlt und erhitzt von seinen Liebkosungen. Und nun ließ er sie einfach im Stich. Tat so, als sei sie ein Gegenstand. Nicht reizvoller als Frau Paulsen. Arco blickte ratlos von seinem Herrn zu seinem neuen Liebling. Wem sollte sich ein unparteiischer Hund nun anschließen? Dann wählte er den Herrn. Er warf Laura noch einen liebevollen Hundeblick von unten herauf zu, bevor er neben Eberhardt aus der Tür schlüpfte.

Der ließ sich im Herrenzimmer auf seinen Schreibtischsessel fallen und stützte den Kopf in die Hände. In ihm brodelten Gewalten, denen er sich ganz ausgeliefert fühlte. Ihre Nähe! Das duftende, weiche Haar an seiner Schläfe! Ihre angstvollen, meerblauen Augen! Diese zarte Haut, das bezaubernde Erröten, die warmen, vollen Lippen, die gezittert hatten, als er seinen Mund darauf drückte. Aus einem Spiel war Ernst geworden. Lange konnte er die Verstellung nicht mehr durchhalten.

Er wußte: Ich muß die Karten auf den Tisch legen. Was aber, wenn die Frau, die ich liebe, sich gekränkt abwendet? Wenn sie nicht versteht, daß ich nicht der tumbe Tor sein will und kann. Daß ich sie erobern muß und nicht als Opfer einer lustigen Verschwörung in einem fein geknüpften Netz zapple? Ich bin ein Mann, ein Bercken! Kein Piesepampel, Himmel noch mal!

Aufstöhnend hob er den Kopf. Anstelle der sanften Orchidee prangte nun ein knalliger Busch pinkfarbener und sonnengelber Winterastern in einer blauen Vase.

Dann dachte er an Mike Kringel und lächelte grimmig. Dieser Bursche! Weil es mit gutem Zureden nicht geklappt hatte, wollte er seinen besten Freund ins Garn locken. Mit wildfremden Leuten machte er ein Komplott. Scheute nicht einmal davor zurück, seine Schwester als Preis auszusetzen. Er verdiente einen Denkzettel, und nicht zu knapp.

Eberhardt erhob sich und stellte das Radio an.

»Wir bringen nun Blues um Mitternacht, liebe Hörer und Hörerinnen«, raunte eine dunkle Frauenstimme. Und dann setzte wie ein Schock die unvergängliche Musik von Duke Ellington ein. Wehmut und Jubel zugleich, ein Klang, der die Menschen schützend und tröstend umfing wie zärtliche Arme.

Eberhardts Züge wurden weich.

Arco, der sich ausnahmsweise auf dem Fell neben dem Sofa niedergelassen hatte, setzte sich auf und reckte ein bißchen den Hals.

»Fang bloß nicht an zu singen«, warnte Eberhardt. »Kusch, braver Hund!«

Es gab nämlich bestimmte Melodien und Instrumente, die Arco aus dem Stand in einen fulminanten Sänger verwandelten. Dann reckte er die Schnauze gen Himmel, verdrehte die Augen und jaulte in höchsten Tönen mit. Klavierspiel etwa regte ihn zu Höchstleistungen an. Aber auch Blues hatte er gern.

Arco schielte noch einmal zu Herrchen. Sonst lachte er immer, aber heute war's wohl nicht angebracht, hier ein Konzert zu geben.

»Pschscht!« flüsterte Eberhardt. Arco ließ sich wieder hinsinken und schloß die Augen zum Zeichen, daß keine Gefahr mehr drohte. Aber da hörte er seinen Herrn doch leise glucksen. Ja, Eberhardt hatte sich gefangen. »Jetzt werden wir unseren Doktor Kringel mal im eigenen Saft garkochen, was Arco?« sagte er. Der gute Hund öffnete die Augen und legte den Kopf schief. Eberhardt hob den Telefonhörer ab und wählte Mikes Nummer.

Laura war wie gehetzt in ihre kleine Wohnung hinaufgerannt. Sie hatte das Fenster weit geöffnet und sich hinausgelehnt. Der sonnige Tag war in eine klare Nacht übergegangen. Der Mond hing wie ein schiefer Lampion am blauschwarzen Himmel, und ein Paar nachtdunkle Wolken zogen wie riesige Walrosse zwischen den Glühlämpchen der Sterne dahin.

Der Park lag schweigend. Wie ein Wall umfing er das Anwesen, das große Geviert der Gebäude, dem einige brennende Laternen einen heimeligen Anstrich gaben.

Laura atmete tief ein, und Tränen traten in ihre Augen. Leidenschaft und Traurigkeit erfüllten sie ganz. Sie traute sich nicht mehr, das Spiel weiterzuspielen. Es gab keinen Joker, der sie noch hätte retten können, seit sie wußte, wie sehr sie diesen Mann liebte. Ja, sie liebte schon alles hier. Die Tiere, die Häuser, das Herrenhaus, jeden Baum und jeden Weg. Und wußte doch, daß ihr Aufenthalt nur am seidenen Faden hing.

Er wird mich feuern. Rausschmeißen wird er mich, dachte sie ganz entsetzt. Ich konnte doch nicht ahnen, daß er mir so viel bedeuten würde, sonst hätte ich mich auf diesen Blödsinn gar nicht erst eingelassen. Hat man jemals eine so festgefahrene Situation gesehen? Er denkt, er habe Mike eifersüchtig gemacht. Was wird er tun, wenn er erfährt, daß Mike mein Bruder ist und wir uns die ganze Zeit über ihn lustig gemacht haben? Dazu noch mit Beteiligung fremder Leute wie Renate und beiden Pluttkor-tens! Ja, Amélie v. Pluttkortens Geschichte hat uns überhaupt auf die Idee gebracht. Sie meinte, was früher gegolten hätte, ginge auch heute noch. Stimmt eben nicht. Die Menschen sind nüchterner geworden, auch argwöhnischer. Man spielt nicht mehr, sondern läßt spielen

– Fernsehen, Stereo, Computer. Amélie v. Pluttkorten ist alt. Sie wußte das nicht. Aber sie hat schuld! Jawohl!

Laura trat vor den Spiegel. In der kühlen Nachtluft, die hereinströmte, stand sie lange da und sah sich an. Vor dem Essen hatte sie ihre Reitkleidung mit einem weich fließenden, wollweißen Kleid vertauscht. Die blonden Haare fielen üppig über ihre Schultern hinab. Blond und weiß, und der zart teefarbene Ton der Haut, und im Hintergrund der satte Mahagoniton der Möbel, die sich spiegelten und das Licht der Lampe in leuchtenden Reflexen auf sich sammelten. Der Spiegel mit seinem goldenen Rahmen gab das Bild wie ein Gemälde wieder. Fast könnte ich eine Braut sein, dachte Laura. Doch das sollte ich mir gleich aus dem Kopf schlagen. Ich bin eine moderne, junge Frau und muß die Dinge sehen, wie sie sind.

Sie wandte sich entschlossen ab und zog ihr Kleid über den Kopf. Erst einmal werde ich überhaupt nichts unternehmen, entschied sie, da lasse ich die Dinge laufen. Für einen Rausschmiß ist es immer noch früh genug, und wie sagte Oma immer? »Kommt Zeit, kommt Rat.« Na, den könnte ich brauchen.

Laura schloß das Fenster und stellte leise das Radio ein. »Wir bringen nun Blues um Mitternacht«, kündigte eine Frauenstimme an. Laura schloß die Augen. Diese Musik paßte zu ihrer auf gewühlten Stimmung.

Doch nach einer Weile erhob sie sich und stellte sie wieder ab. Es war zuviel. Sie brauchte Ruhe. Ich werde kein Auge zutun, dachte sie und deckte sich das weiche Schmusekissen, das sie außer dem großen Kopfkissen hatte, über das Ohr. Laura war eine gesunde, junge Frau. Es dauerte nicht lange, und sie schlief selig.

Mike Kringel war inzwischen zu Hause angekommen. Sonst pflegte er sich nachts, nach überstandenen Abenteuern, gern noch einen starken Tee zu machen. Mit viel Honig und einem kleinen Schuß Rum genossen, war das seiner Meinung nach ein wahres Lebenselixier.

Heute jedoch sank Mike sofort auf sein weißes Sofa und grübelte dumpf vor sich hin. Keine Spur von dem fröhlichen Eroberer, der er sonst war. Auf der Rückfahrt von Berckenhof war die Nacht so schön gewesen und hatte auf ihn fast wie ein Hohn gewirkt. »Aus Spiel wird Ernst«, das war ja eine Redensart, die man so hinquasselte. Wer dachte denn wirklich, daß ein Scherz sich so zuspitzen könnte?

Sein Schwesterchen! Die kleine Laura! Da kam sie aus, Berlin zu ihrem Bruder, um eine schwere Enttäuschung in der Liebe zu überwinden. Hatte sich von einem Mann getrennt, mit dem sie schon über ein Jahr lang unglücklich gewesen war. Und nun schlidderte sie gleich in die nächste Krise. Denn es war einfach zu spät, das Ganze Eberhardt nur als kleinen Scherz aufzutischen. Eberhardt war schwerblütig.

Es ist uns über den Kopf gewachsen, sinnierte Mike gerade, und dazu kommt noch meine Blamage bei Renate. Da läutete das Telefon.

Mike zögerte zwei Sekunden lang. Die letzten Anrufe hatten ihm ja nicht gerade Glück gebracht. Doch dann siegte die Neugier.

»Mike, alter Junge«, dröhnte Eberhardt ausgeschlafen aus dem Hörer. »Sag mal, bist du zu Fuß gegangen?! Ich hab schon mehrmals versucht, dich zu erreichen. Mal von Mann zu Mann: Wie findest du sie? Ist sie nicht entzückend? Kann sie nicht sogar einen alten knöchernen Hinrich wie mich wieder zum Leben erwecken? Und das nicht zu knapp, kann ich dir sagen...«

Mike entschloß sich augenblicklich, endlich die Wahrheit zu sagen. Das hätte er längst tun sollen!

»Hör mal, Eberhardt, ich muß dir was sagen ...«, begann er vorsichtig. Zum Glück war er hier vor einem direkten Zugriff sicher.

Eberhardt unterbrach ihn:

»Sag nichts, alter Freund. Ich weiß, was du meinst. Habe es deinen Blicken angesehen. Du bist selber verliebt in sie! Stimmt‘s?«

»Eberhardt, es ist so ...«

»Mach dir da mal gar keine Sorgen. Du kennst mich. Vor einer Bindung hätte ich Heidenangst. Nein, ich finde das Mädchen süß. Warum sollte ein normaler Mann so ein bezauberndes Angebot ablehnen? Im Vertrauen, ich hab sowas schon gelesen. Junge Damen suchen sich einen Job, um ein nettes Abenteuer zu erleben. Sie ist nämlich nicht wirklich vom Fach, mußt du wissen, und ich habe das gleich bemerkt. Ren weiß schon, worum es geht. Wir haben Spaß miteinander, dann zieht sie weiter. Vielleicht zu dir, alter Junge?! Wer weiß!? Halt dich mal ran ...«

»Eberhardt, jetzt hör mir gefälligst zu!«

»Also, Mike, ich muß zu ihr. Ein andermal, ja? Freut mich, daß sie dir auch gefällt. Männer werden gern um ihre kleinen Freundinnen beneidet, stimmt's?«

»Sie ist meine Schwester, du Trottel. Du Wüstling! Es ist Laura!!« schrie Mike in die Muschel. Aber sein Freund Eberhardt, dieser gemeine Mensch, hatte schon aufgelegt.

So ein Mistkerl! Mike sprang auf und stapfte im Zimmer auf und ab. Hört überhaupt nicht zu! Benimmt sich ... benimmt sich wie ich sonst!

Wie ich sonst? Hoho! Na, so streng will ich nun aber mal nicht mit mir sein. Es geht hier schließlich um Laura. Ich muß etwas unternehmen. Sie ahnt doch nicht, daß er sie nur durch den Kakao zieht.

Er stürzte erneut zum Telefon und wählte Eberhardt v. Berckens Nummer. Niemand meldete sich. Sicher hielt er jetzt die arme Laura in den Armen.

Mike stürzte zum Fenster und riß es auf. Der Schweiß brach ihm aus, wenn er sich die Szene vorstellte.

Er versuchte noch einmal, telefonisch Kontakt zu bekommen und ließ es klingeln, klingeln, klingeln ...

Nichts!

Wie konnte Mike Kringel ahnen, daß Eberhardt mit grimmigem Lächeln neben dem Apparat saß und sich köstlich amüsierte?

»Siehst du, Arco, jetzt hat er die Hosen voll«, sagte der Herr auf Berckenhof zu seinem Hund, der den Kopf schief legte legte und ihn etwas beunruhigt ansah. Manchmal waren die liebsten Menschen sehr merkwürdig.

»Da kann er lange klingeln«, freute Eberhardt sich, »auf Berckenhof ist Funkstille. Jawohl, mein lieber Dr. med. vet. Michael, genannt Mike, Kringel!« Er rieb sich die Hände.

Arco schöpfte neue Hoffnung und holte seinen Kronenkorken unter dem Sofa hervor. Während das Telefon läutete, servierte er Herrchen die Beute, und siehe da: Der stieß sie mit der Fußspitze fort. Arco war mit einem Satz dran und apportierte vergnügt. Seine Welt war wieder in Ordnung.

Laura hatte einen sonderbaren Traum. Zuerst ging sie durch eine lange, helle Straße, die sie nie vorher gesehen hatte. Etwas schimmerte im Licht einer Straßenlaterne. Sie ging neugierig darauf zu. Sogar im Traum fiel ihr ein, daß es schon Abend und sie hier ganz allein war. Sie blickte sich um und ging dann zu dem blitzenden Ding neben der Laterne. Es war ein blankes Markstück. Sie hob es auf und steckte es in die Tasche des weichen Pelzmantels, den sie trug. Aber was war das? Daneben blinkte es, und dort, und dort! Lauter nagelneu aussehende, blanke, blinkende Markstücke!

Sie sammelte und sammelte, und auf einmal war sie am Ende der Straße angekommen. Zwei finster blickende Männer kamen ihr entgegen. Sie kehrte eilig um. Die Taschen ihres Mantels waren schwer. Sie spürte, daß sie nur langsam vorwärtskam. Entsetzt bemerkte sie, daß auch aus der anderen Richtung zwei finstere Gesellen ihr entgegentraten. Sie hatten Knüppel in den Händen und lange Bärte und ... hier gerann ihr das Blut, schwarze Masken vor den Gesichtern.

Sie schrie, sie rief etwas ... »Eberhardt!« hörte sie sich rufen, als sie halb erwachte, doch da hob sie sich schon vom Boden ab, konnte plötzlich die Arme ausbreiten und federleicht dahingleiten. Fliegen! Ich fliege! dachte die schlafende Laura staunend. Eine Wiese war unter ihr, vielleicht zwanzig Meter hoch, darüber flog sie ruhig dahin. Sie trug nun ein wehendes, federleichtes Kleid. Und um sie herum schwirrten wie kleine Sterne die blitzenden Münzen.

Sie sah hinunter, ohne Angst, mit einem ungeheuren Glücksgefühl. Ja, es war die Koppel von Berckenhof. Dannyboy und Carmencita trabten dort über Gras und dicke, gelbe Butterblumen und Wiesenschaumkraut und lila Kuckucksblumen.

Ein leichter Wind bewegte das Zitterkraut wie das Wasser eines Weihers. Eine kleine Nebelwolke senkte sich herab und auch sie selbst fühlte sich weich eingehüllt und sank zur Erde.

Als die Wölkchen sich verzogen hatten, trabte noch ein Pferd über die Weide. Ein Rappe, wie Dannyboy.

»Luxor!« rief sie. »Luxor!« Ja, es war ihr Pferd!

Das schöne Tier wieherte, und da ritt sie auch schon auf ihm dahin, Seite an Seite mit Eberhardt Bercken, wie sie neulich in Wirklichkeit neben ihm geritten war. Und sie glitten hinein in einen goldenen Sonnenball, der sich hinter ihnen schloß. Sie sah nichts mehr, doch sie fühlte die Nähe des geliebten Mannes, da hupte etwas, hupte gellend ... was war das für ein Lärm? Eine Männerstimme, die ihr bekannt vorkam ... und wieder eine Autohupe. Kläffen eines Hundes ...

Plötzlich war Laura hellwach. Sie sprang aus dem Bett und wäre fast auf ihrem Schmusekissen ausgerutscht.

Was war los? Es war doch noch Nacht! Hatte sie geträumt? Träumte sie? Sie zog ein bißchen an ihrem Haar. Nein, sie war wach. Und das Geräusch war Wirklichkeit.

Laura rannte zum Fenster und blickte hinunter. Da stand ihr Bruder Mike neben seinem Auto. Oh, nein, eigentlich stand er nicht, sondern sprang umher wie Rumpelstilzchen im Märchen, nachdem die kluge Spinnerin seinen Namen genannt hatte.

Jetzt wetzte Arco zu ihm hin und begrüßte ihn mit freudigem Kläffen. Und da ... Laura ging sofort hinter der Gardine in Deckung, da kam Eberhardt v. Bercken. Vollständig angezogen. Er konnte also noch gar nicht im Bett gewesen sein. Sonderbarerweise sah es jetzt so aus, als sei Mike wütend und Eberhardt gelassen.

Mike gebärdete sich sogar, als wolle er sich mit Eberhardt schlagen. Doch der faßte ihn am Ellenbogen. Ja, so hat er mich neulich auch angefaßt, dachte Laura mit einem kleinen, wohligen Schauer. Sehr fest, herrisch, unwiderstehlich. Dann hat er mich geküßt. Sie schloß die Augen. Ihre Knie wurden weich.

Als sie die Augen wieder öffnete, waren die Männer mitsamt dem Hund verschwunden. Nur Mikes alte Klapperkiste stand da als Zeuge, daß sie nicht geträumt hatte. Und drüben bei den Pferdestallungen ... hach, da stand der alte Meerkamp, rauchte seine Pfeife und guckte in den allmählich dämmernden Morgen. Jetzt nickte er zweimal, dann stapfte er davon in Richtung Bett.

Was jetzt kam, konnte Laura sich nur allzugut ausmalen. Mike würde Eberhardt reinen Wein einschenken. Eberhardt würde tödlich gekränkt sein, denn schließlich hatten sie wirklich ein übles Spiel mit ihm gespielt, in dem er wie ein Trottel dastehen mußte.

Ob er sie, Laura, nun ausschlafen ließ und dann rausschmiß, oder ob Mike sie gleich »wecken« würde und Eberhardt die Geschwister Kringel gemeinsam feuerte - sein Zorn war ihr gewiß. Das Spiel war aus.

Warum soll ich das abwarten? Diese Schande und diesen Schmerz, dachte Laura mit fliegenden Pulsen. Nein, nein, ich werde mich einfach verdrücken. Wo ist mein Mantel?!

Sie warf hastig ein paar Sachen in ihre Tasche und rannte, wie von den Furien gehetzt, die Treppe hinunter, schlich in der gefährlichen Zone auf Zehenspitzen, zum Glück wußte sie inzwischen genau, welche Stufe knarrte. Und dann öffnete sie leise die schwere Haustür.

Hoffentlich blieb Arco ruhig! Auf der Flucht ertappt zu werden, das würde der Peinlichkeit ja noch die Krone aufsetzen.

Laura schlich, so leise sie konnte, zur Garage. Sie hatte über ihr Nachthemdchen einfach den Pelzmantel gezogen und fröstelte, halb vor Kälte, halb vor Aufregung.

Natürlich! Das hatte noch gefehlt! Ihr Bruderherz hatte seine Mühle so geparkt, daß sie nur mit Mühe und Not aus der Garage würde herausrangieren können. Bis dahin sind sie bestimmt da, fürchtete sie, und Eberhardt lacht mich aus, wie ich hier im Nachthemd abzischen will. Wie unbesonnen aber auch! Zum Glück habe ich wenigstens an den Garagenschlüssel gedacht.

Sie öffnete leise die Tür, stieg ein, gab Gas und ließ ihren kleinen Flitzer, der neben Eberhardts Prachtkarosse wie ein

Zwerg aussah, sachte hinausgleiten, haarscharf an Mikes Gefährt vorbei, nun, ein ganz klein wenig hatte es geschrammt, doch darauf konnte sie jetzt einfach keine Rücksicht nehmen.

Sie bemerkte nicht in ihrer Anspannung, daß der alte Meerkamp keineswegs zu Bett gegangen war. Er stand vielmehr im Schatten eines Baumes und beobachtete schmunzelnd die Szene. Richtige Kindsköpfe waren sie allesamt, die Herrschaften. Aber das war schon immer so gewesen. Früher hatten sich die jungen Herren beim Studium in ihren Kneipen und mit ihrem Studentenulk ein bißchen die Hörner abgestoßen. Und die jungen Damen waren so streng gehalten worden, daß sie nur heimlich über Poesiealben und in der Laube beim Austausch von Tanzstundenheimlichkeiten kichern konnten, bevor der Ernst des Lebens begann. Heute wurden sie alle irgendwie später erwachsen. Sie hatten jede Freiheit. Es ging ihnen gut. Zu gut vielleicht? Na, es würde sich schon alles wieder einrenken. Fritz Meerkamp hatte schon viele Stürme miterlebt. Und hinterher, wenn die Sonne wieder rauskam, war der Himmel immer ganz besonders blank.

Laura fuhr durch das breite Sandsteintor, die Bäume des Parks schienen ihr zum Abschied zuzuwinken. Es war die Vertreibung aus ihrem Paradies. Und wie Eva hatte sie selber schuld daran.

Wohin soll ich jetzt bloß?, dachte Laura bänglich. Im Auto kann ich nicht bleiben, bis es hell wird. In ein Hotel möchte ich nicht gehen, weil ich so ohne Gepäck und ohne Strümpfe einen verlotterten Eindruck machen würde, selbst, wenn es mir gelänge, den Mantel zusammenzuhalten, daß man das Nachthemd nicht sieht.

Zu Herrn und Frau v. Pluttkorten darf ich um diese Stunde auf keinen Fall fahren. Die alten Herrschaften könnten sich zu Tode erschrecken, wenn sie mich so sehen. Und zu Mike ...

na, zu ihm möchte ich zu allerletzt. Das halte ich einfach nicht durch. Ich habe nicht einmal einen Schlüssel. Da müßte ich vor der Tür warten und würde total die Nerven verlieren.

Nach Berlin kann ich in diesem Zustand erst recht nicht. Also?

Ach, du lieber Himmel!

Allmählich war sie voller Selbstmitleid. Dann beschloß sie: Ich fahre einfach einen Ort weiter, wo mich mit Sicherheit niemand kennt, und da täusche ich eine Panne vor und benehme mich möglichst geschickt und kühl, dann werde ich schon in ein Hotel hineinkommen, ohne Argwohn zu erregen. Geld habe ich zum Glück bei mir. Ausweis auch.

Sie hatte das Bedürfnis, sich noch einmal umzuwenden nach Berckenhof. Doch sie rief sich zur Ordnung. Was man eingebrockt hat, muß man auslöffeln, sagte sie sich. Laura gab Gas. Ihre Augen blieben trocken.

Sie bog auf die Bundesstraße ein, die einen Bogen um Engenstedt herum beschrieb, und fuhr fast mechanisch dahin. Da wurde sie mit einem Ruck hellwach. Goldglänzend im Licht ihres Scheinwerfers, schürte ein Fuchs über die Straße. Er verhielt schimmernd einen Moment mitten in der Gefahrenzone. Laura bremste. Sie war wieder voll konzentriert. Da verfügte sich Reinicke in majestätischer Ruhe auf die andere Seite der Chaussee und verschwand zwischen dem niedrigen Gesträuch, das die Straße säumte.

Es war ein märchenhafter Anblick gewesen. Fast unwirklich. Irgendwie hatte Laura das Gefühl, der Fuchs müsse ihr Glück bringen. Hatte er sie nicht sogar angesehen? Mit einem funkelnden Blick? Oder bildete sie sich das ein?

Jedenfalls hat er mich aufgeweckt, dachte sie. Jetzt gehe ich erst einmal mit mir selber zu Rate. Morgen ist auch ein Tag. Da werde ich die Dinge in die Hand nehmen.

Das Hotel »Zur Post« in dem kleinen Ort sah nett aus, alt und ein bißchen romantisch. Laura parkte das Auto ein Stück entfernt und stieg mit klopfendem Herzen aus. Daß man als Frau so unselbständig sein mußte! Über einen männlichen Gast um diese frühe, allzufrühe Tageszeit hätte sich wohl niemand gewundert, doch bei einer Frau machte es einen recht verdächtigen Eindruck, wenn sie ohne Sack und Pack durch die Gegend gondelte.

Der Ort war eher ein Dorf als eine Stadt. Die Straße lag in völligem Schweigen. Laura ging zur Tür des Hotels. Natürlich war sie verschlossen. Alles stockdunkel, verlassen, tot.

Sie drückte noch einmal die Klinke hinunter. Nichts. Aber daneben war ja eine Klingel! Sie atmete tief ein und drückte beherzt auf den Knopf. Wenn sie, passend zur idyllischen Straße, einen sanften Glockenton erwartet hatte, so sah sie sich völlig getäuscht.

Ein schrilles Signal gellte durchs Haus, als müsse eine Feuerwehrwache zum Einsatz befohlen werden. Fast zum gleichen Zeitpunkt erschütterte Hundegebell aus mehreren rauhen Kehlen die Mauern. Eine Männerstimme schimpfte und dröhnte und zeigte durch zunehmende Lautstärke an, daß ihr Besitzer näher kam.

Laura wandte sich halb um. Flucht! war ihr einziger Gedanke. Da knirschte bereits ein Schlüssel im Schloß und die Tür wurde aufgemacht, erst einen Spalt breit, dann ganz und gar. Drei Riesenköter glotzten Laura an, sahen auch gar nicht freundlich aus, warteten jedoch offensichtlich Befehle ihres Herrn ab.

Laura mußte den Kopf ziemlich in den Nacken legen, bis sie das obere Ende dieses Herrn erblickte. Eberhardt v. Bercken war ja nun gewiß nicht klein. Aber hier stand einwandfrei ein Riese.

Er hatte feuerrote Haare, die wild um den Kopf herumstachen, was allerdings kein Wunder war, da der Mann sicher gerade aus seinem Riesenbett gekommen war. Er trug eine Art Joggingdreß.

»Naaa?!« sagte er, und es klang wie Dampfertuten.

»Ich habe eine Panne«, stieß Laura heraus. Sie kam sich vor wie der kleine Däumling im Märchen, oder wie Hansel und Gretel zusammen. »Kann ich hier übernachten?« setzte sie noch schüchtern hinzu.

Der Riese glotzte sie eine Sekunde lang stumm an, dann schrie er: »Hahaha!!! Übernachten ist gut! Gut, was?« wandte er sich an die Hunde. »Die Nacht ist vorbei, meine Dame!«

»Schön«, sagte Laura schnell, »es war ja nur eine Frage.« Sie wollte enteilen. Bloß weg von diesem düsteren Ort, dieser Mädchenfalle, diesem bösen Mann, der vielleicht kleine Mädchen zum Frühstück aß.

Da streckte der Riese geruhsam seinen Arm aus und umfaßte ihren Arm mit sanftem Griff.

»War doch Spaß. Kommen Sie rein. Hier gibt es jede Menge Zimmer. Genaugenommen, sind sie alle leer«, sagte er und zog die widerstrebende Laura in die Tür. Nein, sie wollte überhaupt nicht dableiben. Andererseits mochte sie aber auch um keinen Preis zeigen, wie sehr sie sich fürchtete. Eine erwachsene Frau! Eine Großstädterin! Laura Kringel, Steuerberaterin. Nein, ich bin schon ganz aus der Bahn geworfen, dachte sie. Wie bin ich nur in diese ganze Geschichte hineingeschliddert? Das gibt's doch gar nicht! Ich bin nicht Amélie v. Pluttkorten. Und die Zeiten haben sich auch geändert.

Der Rothaarige machte eine großartige Bewegung. »Bitte sehr«, sagte er wie der Maître im Grandhotel. Laura betrat eine völlig verräucherte Gaststube, in der es sehr warm und sonderbarerweise ganz anheimelnd war. Auf allen Fensterbänken standen Töpfe und Schalen mit Pflanzen. Die drei

Köter ließen sich friedlich in Lauras Nähe nieder. Es war ihnen anzusehen, daß sie auf Weisungen warteten, jedoch die fremde Beute keineswegs so ohne weiteres wieder hinauslassen würden.

»Sie sind doch ein Hotel?« fragte Laura vorsichtig.

Der Rote brach wieder in brüllendes Gelächter aus.

»Klar, sind wir«, sagte er, »seit aber die Straße verlegt worden ist und wir noch sone Seitenlinie sind, kommt keiner mehr. Wissen Sie was? Sie sind der erste Gast in dieser Woche. Das muß gefeiert werden. Ich mache uns erstmal ein prima Frühstück. Auf Kosten des Hauses. Dann können Sie sich tüchtig ausschlafen. Ich passe schon auf, daß Sie keiner stört. Sie sehen nämlich so'n bißchen blaß um die Nase aus, als hätten Sie's nötig.«

Er beugte sich zu ihr hinunter und guckte sie aus grellblauen, kreisrunden Augen an. »Sie haben doch wohl keine Angst vor den Hunden?« fragte er in Verkennung seiner eigenen Wirkung.

»Sie beißen sicher nicht?« fragte Laura ängstlich.

»Die beißen nur, wenn ich es ihnen sage. Abends werden hier Karten gespielt. Ich hab die Aschenbecher auch noch nicht leer gemacht, darum stinkt es hier so. Da sind die drei Musketiere - so heißen sie nämlich - lammfromm. Aber so um diese Zeit, da denken sie an Einbrecher oder Landstreicher. Aber Sie sind ja kein Landstreicher, das sieht wohl der dümmste Hund. Wo haben Sie Ihr Gepäck?«

»Ich äähhh ... Also ... im Wagen.«

Der rote Riese wies ihr einen Platz auf der Bank an und begann mit der Herstellung eines Frühstücks, das seinen Maßen angepaßt war. Er schlug einen Haufen Eier in eine Pfanne, säbelte längere Zeit Schnitten von einem Mammutbrot ab, klatschte Wurstscheiben und Käse aus dem Kühlschrank auf Teller und kochte Kaffee mit einem Gaststättenautomaten, der zischte und brodelte, als würde hier ein Wüstenbataillon mit Getränken versorgt. Dann wischte er mit einem verdächtig wirkenden Lappen das Wachstuch ab - weiß mit blauem Zwiebelmuster - und servierte schwungvoll die üppige Mahlzeit.

Er setzte sich, sah sie freundlich hellblau an. Laura entspannte sich. Es war gemütlich.

»Ziehen Sie den Pelz aus, es wird zu warm«, schlug er vor.

Laura beschloß, alles auf eine Karte zu setzen.

»Kann ich nicht. Ich bin nicht ... äähhh ... nicht ganz vorschriftsmäßig angezogen«, verriet sie.

»Sie sind wohl vor irgendwem weggelaufen. Brauchen mir nichts zu erzählen. Neugierig bin ich eigentlich gar nicht«, sagte der Riese und kellte sich Rühreier auf. »Muß ja ein widerlicher Kerl gewesen sein!«

»Nein. Überhaupt nicht. Wir waren häßlich zu ihm. Ich meine ...«

Und dann erzählte Laura dem Fremden die ganze Geschichte. Es sprudelte nur so aus ihr heraus. Die drei Musketiere waren eingedusselt und schienen im Schlaf allerhand Abenteuer zu bestehen. Winselten manchmal, knurrten, bellten, seufzten, als müßten sie Lauras Geschichte untermalen.

Der Riese hörte aufmerksam zu. Als sie geendet hatte, sagte er: »Wissen Sie was? Kein Grund zur Aufregung. Nachher rufen Sie die alte Dame an und sagen ihr, wo Sie sind. Aber zuerst müssen Sie sich richtig ausschlafen. Hier stört Sie keiner. Das Zimmer wird wohl nicht besonders in Schuß sein. Meine Frau ist nämlich zur Kur, und ich bin nun mal kein Hausmann. Wenn Sie ausgeschlafen haben, sieht die Welt wieder freundlich aus. Und soll ich Ihnen noch was sagen? Der Kerl, also dieser Herr da, der liebt Sie, das ist sonnenklar.«

»Meinen Sie wirklich?« murmelte sie.

Er warf sich stolz in die Brust.

»Wissen Sie, ich war früher Schützenkönig. Und das auch bei den Mädchen. Von der Liebe verstehe ich was. Wenn alles wieder in Ordnung ist bei Ihnen, schreiben Sie mir dann 'ne Ansichtskarte?«

Laura mußte lachen. »Klar, mach ich!«

Mit dem Vertrauen ist es eine sonderbare Sache. Laura vertraute dem fremden Mann. Blindlings. Und sie mußte es nie bereuen.

7

Das Gespräch zwischen Eberhardt und Mike auf Berckenhof verlief anfangs keineswegs harmonisch. »Weißt du eigentlich, ich meine, ist dir klar, wie mies du dich benimmst?« fragte Mike drohend seinen Freund von gestern. »Eine junge Frau zu verführen, die einem vertraut! In der Absicht, sie nachher einfach rüde auszubooten! Ja, schämst du dich denn gar nicht!?«

»Und das sagst du mir? Ausgerechnet du, der du mit deinen zahllosen Abenteuern und Frauengeschichten hier rumgeprotzt hast, Mike Kringel?!«

Danach redeten beide ungefähr drei Minuten lang aufeinander ein, hoben drohend die Stimmen, bis Mike sich durchsetzen konnte und schrie: »Sie ist meine Schwester. Sie ist Laura, Laura Kringel! Und ich dulde es nicht, daß meine Schwester ...«

Eberhardt winkte ab.

»Ich weiß längst, daß sie deine Schwester ist. Vom ersten Augenblick an wußte ich, daß ihr euch einen Spaß mit mir machen wolltet«, übertrieb er schamlos. »Und ich dachte: Wie sie mir, so ich ihnen. Ich habe eben mitgespielt. Das hat sie nun davon.«

Daraufhin holte Mike tief Luft und brach in eine neue, sehr lange Schimpfkanonade aus.

»Das sind ja Abgründe! Ich habe dich immer für einen anständigen Kerl gehalten, Eberhardt Bercken. Und was stellt sich heraus? Du bist ein skrupelloser Ladykiller. Ein Mensch ohne Gewissen. Daß du meiner Schwester so übel mitgespielt hast, macht es nur noch schlimmer. Da liegt das arme Mädchen in seinem Bett und glaubt an dich. Keine Ahnung hat Laura, daß du sie nur zu deinem Vergnügen mißbrauchst. Oh, ich würde dich verprügeln, wenn du nicht so groß und kräftig wärst! Aber du hast dich ganz schön entpuppt. Die Bande unserer Freundschaft sind zerschnitten, merk dir das! Ich hole jetzt meine kleine Schwester und verlasse dich. Nie wieder will ich mit dir zu tun haben. Nimm dir einen anderen Tierarzt, verstehst du?!«

»Nun sei mal nicht so melodramatisch, Mike«, versuchte Eberhardt den aufgebrachten Freund zu besänftigen. Wenn es um andere Frauen ging, war der doch keineswegs so empfindsam. Aber es war nett, daß er für seine Schwester eintrat.

»Erzähl mir genau, wie ihr zu dieser Verschwörung gekommen seid«, verlangte Eberhardt und genoß es sehr, in der stärkeren Position zu sein.

»Ich bin dazu jetzt nicht fähig. Sieh mal, meine Hände zittern richtig.«

»Würde es dir helfen, wenn ich dir sage, daß ich Laura liebe.«

Mike sah ihn groß an.

»Damit solltest du keinen Scherz treiben! Das arme Mädchen ...«

»Ich weiß, das arme Mädchen liegt in seinem Bett und glaubt an mich. Und hat keine Ahnung, daß ich sie zu meinem Vergnügen mißbraucht habe, sagtest du nicht so, Mike Kringel? Meine Güte, da kennen sich zwei Männer, wer weiß wie lange, sind Freunde, und dann benimmt sich der eine plötzlich wie ein Vollidiot. Entschuldige, Mike. Aber du müßtest mich doch besser kennen. Ich liebe Laura.«

»Du meinst, du liebst sie ...?«

»Das sagte ich gerade. Ich liebe sie. Ich werde nicht ruhen, bis aus Laura Kringel Frau Laura Bercken geworden ist. Genügt das?«

»Mensch, Eberhardt!«

»Mensch, Mike! Was ist denn mit dir und Renate v. Sorppen los? Laura wird ja nicht von ungefähr deren Namen angenommen haben? ›Ren‹ - ein netter Name. Vielleicht ein Tip für dich?«

Mike winkte ab. »Vergiß es, Eberhardt. Die sieht aus wie eine Zuckerpuppe. Aber sie ist eine Emanze. Eine Person, die Männer zum ersten Frühstück verspeist. Die geht ran wie Blücher. Da siehst du als Mann gar nicht gut aus.«

Eberhardt v. Bercken verkniff sich mühsam ein Grinsen.

»Willst du damit sagen, daß deine Tour bei ihr nicht angekommen ist?«

»Schlimmer! Sie hat mich derartig verunsichert, daß ich wie ein geprügelter Hund vom Hof geschlichen bin. Verrate das bloß niemandem, alter Junge. Ein furchtbares Erlebnis!«

Eberhardt lächelte listig.

»Dann wirst du die Nase ja endgültig von diesem Fräulein voll haben.«

Mike verzog schmerzlich das hübsche Gesicht und sah aus wie ein Pirat, dessen Mannschaft meutert.

»Das Verrückte ist, daß ich ... also, ich glaube ... sie hat mir wirklich ein Ding verpaßt ... ich kann sie nicht aus dem Sinn bringen ... Ist mir noch nie passiert ...«

»Du bist echt verliebt«, stellte Eberhardt fest.

Mike nickte ernst.

»Nun erzähl mir einmal genau, wie das mit dem Plan und der Verschwörung genau zugegangen ist«, bat Eberhardt, »vielleicht können wir uns dann für Fräulein v. Sorppen auch noch etwas ausdenken, hm?«

»Du meinst: weiterspielen?«

»Warum nicht? Ich hätte nie gedacht, daß Spiele solchen Spaß machen können. Ich jedenfalls bin glücklich. Und nachher werde ich Laura reinen Wein einschenken. Sie glaubt ja noch, ich wüßte gar nicht, wer sie ist.«

So berichtete Mike Kringel möglichst genau von dem Treffen bei Pluttkortens, wie die bezaubernde alte Dame aus ihrer Jugend erzählt habe und wie sie sich entschlossen hatten zu prüfen, ob die alten Rezepte aus Omas Liebesküche auch heute noch galten.

Und Eberhardt gab zum besten, wie er ihnen auf die Schliche gekommen war.

»Meinst du, daß Laura mich mag, und daß sie mir verzeihen wird?«, fragte er schließlich besorgt.

»Bestimmt. Fragen wir sie doch einfach. Schlafen kann sie später noch genug«, schlug Mike vor.

So brachen die beiden Männer, gefolgt von Arco, zu ihrer kleinen Expedition nach oben auf. Vor Lauras Appartement sahen sie sich etwas unsicher an. Was nun? Schließlich konnten sie nicht einfach hineinstürmen.

Sie klopften leise, dann lauter, hämmerten an die Tür, begannen Lauras Namen zu rufen. Arco entschloß sich zu einem kräftigen Gebell, fast so schön, als ob er die schwarz-weiße Katze einzuschüchtern hätte.

Nichts rührte sich. So drückte Mike die Klinke herunter. Sie traten ein. Der Vogel Laura war ausgeflogen!

Eberhardt sank auf den nächsten Sessel und barg das Gesicht in den Händen.

»Sie hat Bescheid gewußt. Ich habe überdreht«, murmelte er dumpf.

»Unsinn, Eberhardt. Warte doch erst einmal ab. Sie wird natürlich bei mir sein. Wir können doch gleich anrufen.«

So machten sie es, doch niemand meldete sich. Laura aß wahrscheinlich gerade Rührei beim Riesen.

»Ich fahre nach Hause. Sie geht nur nicht an den Apparat. Ich sage dir gleich Bescheid«, versprach Mike.

Eberhardt trat mit ihm vor die Tür. Gerade kam Fritz Meerkamp über den Hof.

»Das gnädige Fräulein ist weg«, meldete er.

»Warum sagen Sie das denn jetzt erst?« fragte Eberhardt.

Meerkamp guckte nach oben, als wäre in den Wolken die Antwort aufgeschrieben. Dann sah er seinem Arbeitgeber, der für ihn stets auch noch ein bißchen der kleine Junge war, der geweint hatte, als sein Drachen wegflog oder das Fohlen damals bei der Geburt sterben mußte, fest in die Augen.

»Da mische ich mich nicht ein. Das ist Ihre Sache«, sagte er.

Später teilte Mike telefonisch mit, daß Laura nicht auffindbar war. »Bei mir ist sie nicht. Bei Frau v. Pluttkorten auch nicht. Ich habe angerufen.«

»Wir müssen die Polizei verständigen!«

»Mach dich nicht lächerlich, Eberhardt. Laura ist eine erwachsene Frau. Vielleicht ist sie nach Berlin gefahren?«

Eberhardt seufzte tief. »Da haben wir uns aber etwas eingebrockt!«

Eberhardt litt. Er stapfte ruhelos auf seinem Anwesen umher. Dann ging er in sein Herrenzimmer, setzte sich auf den Schreibtischstuhl und starrte mit brennenden Augen auf die Stelle, wo die Vase mit der Orchidee gestanden hatte. In Liebe hingestellt. Oh ja, er hatte sein Glück mit Füßen getreten.

Um seiner Ehre willen hatte er Laura verletzt. Jetzt war es vielleicht zu spät? Nein, das durfte nicht sein.

Er rief bei Pluttkortens an. Amélie war am Apparat.

»Pluttkorten.«

»Entschuldigen Sie bitte, gnädige Frau, hier ist Bercken. Mein Freund Dr. Kringel hatte sich ja auch schon bei Ihnen nach seiner Schwester erkundigt. Sie sind ja eingeweiht in alles. Wo könnte sie denn sein? Ich mache mir furchtbare Sorgen.«

»Lieber Herr Bercken, ich weiß zwar nicht genau, wo sie ist, aber sie hat vorhin bei mir angerufen«, sagte Amélie. Eberhardt zog die Luft heftig ein. Seine Augen wurden feucht. Noch nie hatte eine weibliche Stimme am Telefon ihm so wundervoll, sanft und lieblich geklungen. Wie die einer guten Fee. Und das war Frau v. Pluttkorten ja eigentlich auch. Eine etwas raffinierte Fee freilich.

»Ich möchte, daß Sie mir nun etwas versprechen, dann werde ich versuchen, zu vermitteln«, sagte die Fee. »Laura wird zu mir kommen. Sie wird ein paar Tage hierbleiben. Sie braucht etwas Abstand und Zeit zur Besinnung. Bitte, warten Sie ab, bis wir uns bei Ihnen melden. Glauben Sie mir, so ist es am besten.«

»Ich muß Laura Kringel etwas sagen ...«

»Natürlich. Später. Etwas Geduld, lieber Herr Bercken. Glauben Sie einer alten Frau: große Dinge müssen sich in Ruhe entwickeln. Werden Sie meinem Vorschlag folgen?«

Eberhardt mußte sich räuspern. »Gut. Ich warte«, sagte er leise.

Als Mike erfuhr, daß seine Schwester zu Pluttkortens kommen würde, war er sofort wieder obenauf. Es lag nun einmal nicht in seiner Natur, sich mehr Sorgen als unbedingt nötig zu machen. Im Gegenteil: Seine Laune schäumte auf wie Waschpulver.

»Kann ich wohl Ihre Enkelin sprechen, gnädige Frau?« fragte er Amélie. Renate kam ans Telefon.

»Sind Sie mir böse?« fragte Mike.

»Nein. Sind Sie mir böse?«

»Ja. Aber ich möchte trotzdem einen neuen Anfang wagen. Renate, wollen Sie mich besuchen? Ich verspreche, daß ich mich tadellos benehmen werde. So tadellos, wie Sie wünschen!«

»Gut, Mike, ich komme ...«, flötete Renate. Sie hatte schon befürchtet, zu weit gegangen zu sein. Aber nun sah es doch wohl recht günstig aus.

Renate zog ihr hübschestes Kostüm an, das aus Tweed mit Pelzbesatz. Dazu den neuen, roten Angorapullover. So konnte sie der Zukunft eigentlich beruhigt ins Auge sehen.

Mike war inzwischen auch nicht faul gewesen. Als Renate klingelte, öffnete er ihr die Tür in seinem hellgrauen Morgenmantel. Reine Seide. Mit Monogramm. Er hatte Lederschlappen an den Füßen. Seine Haare waren drollig verwuschelt, als käme er gerade aus dem Bett.

»Renate! Duzen wir uns eigentlich? Ich möchte mich ganz nach Ihnen - oder dir? - richten«, sülzte er. Sein Freund Eberhardt, den er in dieser Hinsicht eher für einen Tollpatsch gehalten hatte, war ein Meister im Ausdenken neuer Spielregeln gewesen. Dann würde Michael Kringel, genannt Mike, ja wohl auch dazu imstande sein. Renate stutzte.

»Wie sehen Sie denn aus?« fragte sie.

»Gefalle ich Ihnen etwa nicht? Bitte, kommen Sie doch herein.«

Renate trat ein. Mike grinste unverschämt. Die Tür zum Schlafzimmer stand offen. Er geleitete sie jedoch ins Wohnzimmer und wies ihr einen Platz auf dem weißen Ledersofa an.

Darauf knipste er die Tiffany-Lampe an, sah Renate tief in die Augen, ließ die Rollos nacheinander herunterschnurren, ergriff einen Parfümzerstäuber und schritt damit feierlich einmal um den Couchtisch herum, wobei er üppige Duftwolken in den Raum schickte.

Renate betrachtete ihn fassungslos. Jetzt ging er auch noch an den Plattenspieler und brachte Ravels »Bolero« in Schwung.

»Ich weiß, liebe Renate, daß ich mich neulich ganz falsch verhalten habe«, sagte er volltönend wie Elmar Gunsch bei den Wetternachrichten. »Heute will ich alles richtig machen. Moderne Frauen sind aktiv und dynamisch. Mir fehlt einfach die Erfahrung. Deshalb habe ich mich genau nach dem gerichtet, was Sie neulich gemacht haben, und ich bitte Sie nun herzlich, nach dem Motto »Selbst ist der Mann« zu handeln. Mit einem Wort: Renate, verführen Sie mich!«

»Sind Sie verrückt?« stotterte Renate.

»Wieso denn? Habe ich irgend etwas vergessen? Oh, ich kann's mir schon denken ...« Und Mike setzte sich malerisch zu ihr auf das Sofa, lehnte sich zurück und schloß die Augen.

»Bitte, Geliebte«, murmelte er. »Ich warte. Bediene dich.«

Er hörte, wie gleich darauf die Tür zuschlug. Draußen wurde ein Wagen angelassen und mit aufheulendem Motor und quietschenden Reifen suchte Fräulein Renate v. Sorppen das Weite.

Mike sprang auf, zog sich wieder an, pfiff den »Bolero« gellend mit und war außerordentlich vergnügt. So, nun hatte er ihr gezeigt, wie die Rollen von Natur aus verteilt waren. Sie hat mich hereingelegt. Ich habe sie hereingelegt. Wir sind quitt ... »Wir sind quitt, bam bam bam. Quitt! Bam bam bam ...«, sang Mike und legte einen schmissigen Tango auf den Teppich hin.

Nach einiger Zeit stellte er allerdings fest, daß er sich gar nicht so prächtig fühlte, wie er eben noch geglaubt hatte. Schön, er hatte seine Revanche. Aber sie war weg. Sie war gekommen, um sich von ihm in die Arme nehmen zu lassen. Und er hatte sie vergrault. Sie wird sauer sein, bambambam ..., sagte Mike sich. Nun, man muß im Leben etwas riskieren. Und in der Liebe erst recht.

Auch Eberhardt sang in den nächsten Tagen manchmal. Mit Vorliebe sein Lieblingslied. »Fremde in der Nacht, die sind so einsam.« Und das »ein ... saaam« zog er so recht gefühlvoll in die Länge. Er war nicht direkt unglücklich und auch nicht glücklich. Er war aufgewühlt. Erwartungsvoll. Etwas würde geschehen.

Sie wird kommen. Ja, sie wird kommen und bei mir bleiben. Ich ertrage keine Einsamkeit mehr. Ich kann nicht noch ein trübseliges Weihnachtsfest aushalten. Ich brauche dich, Laura, ich brauche dich, versuchte er seine Gedanken an sie zu schicken. Wenn es Gedankenübertragung gab, dann mußte sie etwas spüren von seiner Sehnsucht.

Er hätte noch einmal auf Pluttkorten anrufen können, doch dazu war er zu stolz. Nein, ein Mann konnte vieles, doch seinen Stolz mußte er behalten. Jetzt war Laura dran.

Wenn sie jedoch kam, sollte alles auf sie warten. Er wollte vorbereitet sei. Berckenhof sollte vorbereitet sein. »Frau Paulsen, ich will, daß hier alles voller Blumen ist. Lassen Sie alle Vasen füllen. Auf den Schreibtisch kommt eine Orchidee. Ich wünsche, daß tadellos Staub gewischt wird. Rechnen Sie bitte damit, daß Sie unter Umständen jeden Tag ein festliches Essen zubereiten können. Rehrücken mit Preiselbeeren vielleicht. Stellen Sie auch Blumen in Fräulein ... äähhh, in das Zimmer vom gnädigen Fräulein ...«

Frau Paulsen plierte ihn argwöhnisch an.

»Das ist ja luxös! Wie ne Fiale vom Buckingham Palast«, rief sie aus.

Eberhardt mußte lächeln. »Das ist nicht luxuriös, sondern nur nett und ordentlich. Und eine Filiale vom Buckingham Palace möchte ich hier gar nicht haben«, erklärte er milde.

Frau Paulsen hatte das letzte Wort. Wie immer.

»Dazu müßten Sie ja auch wohl ne Königin haben!«

So, das hatte gesessen. Rehrücken und Preiselbeeren. Als ob es Biffsteck und Schampeljongs nicht auch taten!

8

Einige Tage vergingen. Mike versuchte, seinen Flirt mit der kleinen Rothaarigen aus der Sparkasse auszubauen. Doch etwas Merkwürdiges passierte: Es machte ihm plötzlich keinen Spaß mehr.

Er stürzte sich in die Arbeit, kümmerte sich aber auch um das Appartement auf Gran Canaria. Ein Tapetenwechsel war fällig. Was ich brauche, sind ein paar niedliche neue Gesichter und was da sonst noch Niedliches drum und dran ist an hübschen Frauen, dachte Mike. Zum Affen mache ich mich jedenfalls nicht. Obwohl sie eben besonders reizvoll ist, mit diesen Wuschellocken, diesem lebhaften Gesichtchen. Und die Figur – oh, là là! Spitzenklasse! Ist eine tolle Frau, diese Renate v. Sorppen. Leider nicht für mich. Sonst hätte sie sich schon gemeldet.

Mit einem Wort: Renate ging ihm nicht aus dem Kopf. Das war für Dr. Kringel eine neue Erfahrung.

Es kam ein trister Tag. Mit sanftem Dauerregen war noch einmal eine Warmfront aufgezogen. Sträucher setzten irrtümlich Knospen an. Vögel stimmten voreilig Frühlingsarien an. Plumpe, schwarze Krähen, die zum Überwintern aus Rußland eingereist waren, fühlten sich wie in der Sommerfrische und krächzten mißtönend, aber voller Behagen, schienen sich etwas zuzurufen - auf Russisch natürlich - und verjagten die Meisen aus Mikes Vogelhäuschen im Vorgarten.

Frau Lange, die Gattin des Kinobesitzers, segelte wie eine stolze Fregatte den Gartenweg entlang und klingelte. Unter dem Arm trug sie ihren molligen, boshaften Zwergschnauzer. Mike seufzte, als seine Sprechstundenhilfe sie meldete.

Die entschiedene Vorliebe, die Frauchen diesem Dr. Kringel entgegenbrachte, teilte Daisy überhaupt nicht. Ja, man konnte sagen, daß dieses allerliebste Hündchen eifersüchtig war und sich größte Mühe gab, ihn zu beißen. Wenn Mike noch bedachte, daß Daisy immer nur ein Vorwand war für den Praxisbesuch seiner Dame, und daß jene Dr. Kringel zwar nicht beißen wollte, aber stets aussah, als wollte sie ihn verschlingen, verlor er jegliches Interesse an diesem Patienten.

»Müllerin, sagen Sie einfach, ich hätte zu einer Geburt weggemußt«, flehte er.

»Ich lüge nicht gern, Herr Doktor.«

»Auch nicht für mich?«

»Nur in besonders schweren Fällen.«

»Nach welchen Gesichtspunkten entscheiden Sie das, Müllerin?«

»Ganz einfach: Dies ist einer!«

Mike hörte Daisy im Wartezimmer kläffen. Dann läutete das Telefon. So ging es einem, wenn man Zwecklügen benutzte. Jetzt würde er bestimmt wirklich über Land müssen.

»Kringel.«

»Amélie Pluttkorten. Lieber Herr Kringel. Eigentlich bin ich natürlich nicht befugt. Aber nach reiflicher Überlegung möchte ich Ihnen doch eine Mitteilung machen ...«

Amélie war der Sache, die anfangs soviel Spaß gemacht hatte, nun wirklich etwas überdrüssig geworden. Da hingen plötzlich auf Pluttkorten zwei trübsinnige junge Damen herum.

Renate saß verbissen über ihren juristischen Lehrbüchern und erklärte mehrmals täglich, sie ginge nach München zurück, um ihr Leben dort wieder aufzunehmen, wo sie es unterbrochen hatte. Sie ging jedoch nicht. Sie drohte nur.

Laura hatte sich regelrecht auf Pluttkorten verschanzt. Sie sah blaß und niedergeschlagen aus und schien alle Energie und jeglichen Schwung verloren zu haben. Einmal allerdings hatte sie schon ihren Mantel angezogen, um nach Berckenhof zu fahren.

»Ich kann nicht nur in Renates Sachen gehen. Sie sind mir auch viel zu kurz«, sagte sie.

Amélie Pluttkorten hielt sie zurück.

»Nichts überstürzen«, warnte sie. »Es läuft alles sehr gut. Bei erstklassigen Verschwörungen muß man auch ein wenig Geduld haben, liebes Kind. Soviel ist sicher: Ein Eberhardt v. Bercken will eine ebenbürtige Frau. Wir wissen jetzt von Ihrem Bruder, daß Herr Bercken Sie die ganze Zeit an der Nase herumgeführt hat, als Sie noch dachten, die Runde sei an Sie gegangen. Diese Runde aber müssen Sie jetzt gewinnen. Sonst hat das ganze Spiel keinen Sinn gehabt. Wollen Sie mir nicht vertrauen?«

Und Laura ergriff die Hand der alten Dame und zog sie ehrerbietig an die Lippen.

Zu Renate aber sagte Amélie: »Was in deinem Krauskopf vorging, wußte ich schon nicht, als du noch ein kleines Mädchen warst. Auf jeden Fall hat es mit diesem Tierarzt-Casanova zu tun, der zugegebenermaßen wirklich sehr charmant ist. Das sieht auch eine alte Frau wie ich. Möchtest du mich vielleicht einweihen?«

»Großmutter, es ist mir peinlich«, erklärte Renate. »Ich werde zurück nach München gehen – und fertig.«

Da setzte sich Amélie v. Pluttkorten sehr gerade in ihrem Sessel auf, nahm die Schultern noch entschiedener zurück und sagte: »Also, bitte! Dann tu es aber auch. Hast du schon einen Flug gebucht?«

Renate blickte ihre Großmutter aus schimmernden Augen an.

»Du wirfst mich raus?!«

»So würde ich es nicht nennen. Ich sorge nur dafür, daß du einen Entschluß faßt.«

Renate wischte sich energisch zwei Tränen aus den Augenwinkeln.

»Aber ich bin verliebt in den Windhund!«

»Und bei ihm zu Kreuze kriechen möchtest du nicht?«

»Ph! Das fehlte noch! Ich bin kein loser Schmetterling, und schon gar kein Prachtexemplar für seine Schmetterlingssammlung. Und darauf würde es hinauslaufen, wenn ich mich mit ihm einließe.«

Amélie Pluttkorten sah ihre widerspenstige Enkelin fest und ernst an.

»Dann solltest du in der Tat deinen Koffer packen. Ich nehme an, daß Herr Düsing dich zum Flughafen fahren wird, wenn du ihn drum bittest.«

»Laß doch den Verwalter. Ich leiste mir ein Taxi.«

Großmutter zog die Brauen hoch. »Du hast es ja.«

»Ich spar's wieder ein.«

»Und wie, mein Kind?«

»Indem ich mir die teuren Stiefel nicht leiste, die ich mir eigentlich kaufen wollte.«

Großmutter Pluttkorten staunte: »Eine verblüffende Sparmethode! Und jetzt kümmere dich um deinen Flug. Ist besser so.« Als Laura hörte, daß Renate wegfahren wollte, war sie sehr niedergeschlagen. »Ich werde Sie auch verlassen, Frau v. Pluttkorten«, sagte sie. »Herr v. Pluttkorten, Sie waren wirklich äußerst freundlich zu mir. Auch ich werde meine Zelte hier abbrechen. Natürlich werde ich noch zu meinem Bruder fahren. Aber daß ich in Engenstedt meine Steuerberatungspraxis aufmachen werde, glaube ich nicht mehr. Nach allem, was vorgefallen ist. Zuerst will ich aber Renate mit meinem Wagen zum Flughafen bringen.«

Amélie sprang aus ihrem Sessel auf. »Um Himmels willen, liebe Laura, das werden Sie ganz gewiß nicht tun. Sagen Sie meinetwegen, Ihr Auto sei kaputt.« Sie blickte ihren Mann an, der amüsiert lächelte. »Na ja, Wilhelm, auf eine kleine Notlüge mehr oder weniger kommt es jetzt doch auch nicht mehr an.«

Laura richtete ihren Blick erwartungsvoll auf die gewitzte alte Dame.

»Sie meinen ... Sie meinen, wegen Mike und Renate ... da könnte man noch etwas machen, bei diesen beiden Dickköpfen?«

»Dickköpfe sind eine Sache, verliebtc Herzen eine andere. Also, abgemacht?«

Laura strahlte auf.

»Natürlich!«

So bedauerte Laura heuchlerisch, daß sie ihre Freundin leider, leider nicht fahren könne. Die Großeltern und Laura stellten sich zum Winken neben dem Taxi auf. Da kam auch eilig der Verwalter aus dem Wirtschaftstrakt. Und der Azubi, der gerade die Gänseschar versorgt hatte, stürzte herbei und vergaß das Gatter zu schließen. Während das Taxi anfuhr und auf das breite Sandsteintor zuglitt, brach der Ganter mit seinen Gänsedamen unter entsetzlichem Geschnatter und Gekreische aus. Flügelschlagend rauschte die wilde Jagd ein Stück hinter der Taxe her. Es war eine malerische und sehr lautstarke Vertreibung aus dem Paradies, die Fräulein v. Sorppen hier zuteil wurde.

Laura sah ihrer Freundin traurig nach. Alles hatte so übermütig und hoffnungsvoll begonnen. Jetzt waren die schönen Pläne gescheitert. Was konnte Frau v. Pluttkorten noch ausrichten?

Ganz anders verhielten sich Amélie und Wilhelm v. Pluttkorten. Sie ließen die Szene auf sich wirken, blickten sich kurz in die Augen - und lachten Tränen.

Dann stieß Amélie ihren Wilhelm ganz leicht mit dem Ellenbogen an. Sie hatten gemeinsam ein glückliches Leben verbracht und brauchten nur winzige Zeichen zu ihrer Verständigung.

Beide gingen nebeneinander ins Haus. Er immer noch sehr gerade und wuchtig, sie mit der Anmut eines jungen Mädchens.

Amélie stürzte förmlich zum Telefon, wählte und sagte: »Amélie Pluttkorten. Lieber Herr Kringel. Eigentlich bin ich natürlich nicht befugt. Aber nach reiflicher Überlegung möchte ich ihnen doch eine Mitteilung machen ...«

Er atmete scharf ein. »Oh, ich höre ...«

»Meine Enkelin ist soeben zum Flughafen aufgebrochen. Sie wirkte sehr niedergeschlagen, muß irgend etwas sehr Unerfreuliches erlebt haben. Sie geht zurück nach München. Da Sie sich aber so gut mit ihr verstanden haben - jedenfalls gewann ich diesen Eindruck -, dachte ich, daß Sie vielleicht ... ich meine, ein junger Mann weiß da möglicherweise besser zu raten, gar zu trösten ... Wenn Sie also ... Hannover-Langenhagen, Sie wissen ja...« Amélie hörte nur noch: »Verzeihung«, und - klack! - hatte Herr Dr. Michael alias Mike Kringel das Gespräch beendet.

»Müllerin, ein dringender Fall!« rief er und jagte zu seinem Auto. Beim fünften Versuch sprang es an. Mike stand der Schweiß auf der Stirn. Unterwegs kam er nacheinander an eine geschlossene Bahnschranke, in einen Konvoi der Bundeswehr und in das Gefolge zweier großer Lastwagen, von denen einer den anderen bei stark ansteigender Straße etwa mit Tempo zehn überholte und so die Straße blockierte, bis sich ein netter, kilometerlanger Stau gebildet hatte.

Als Mike sich endlich wieder freigekämpft hatte, drückte er ordentlich auf die Tube. Seine launische Kutsche puffte und stotterte, daß es nur so eine Art hatte. Jeden Augenblick rechnete Mike mit einer Panne. Doch es kam anders, und zwar in Gestalt eines Polizisten auf einem Motorrad, der ihn wegen überhöhter Geschwindigkeit aufschrieb und zur Kasse bat.

Als er wie durch ein Wunder den Flughafen erreicht hatte und zum Schalter gejoggt war, erfuhr er, daß alle Passagiere nach München sich schon im Warteraum befänden.

Vollkommen aufgelöst stürzte er zum Informationsschalter, und dann ertönte wenig später mit diesem sonderbar hohlen Klang, als spräche eine gepflegte Roboterlady vom Himmel, der Satz: »Frau Renate v. Sorppen, Sie werden zur Information gebeten!«

Da stand nun Mike Kringel und war sehr mitgenommen von der Fahrt. Er war gar kein kühler Ladykiller mehr, sondern eher der Prinz im Märchen, der für seine Prinzessin allerhand Abenteuer bestanden hatte.

Angestrengt blickte er in die Richtung, aus der sie kommen mußte. Plötzlich sprach hinter ihm ein klägliches Stimmchen: »Mike ...«

Er drehte sich um. Renate stand da mit Sack und Pack. »Warum hast du dein Gepäck nicht aufgegeben?« fragte er. Das war nun sicher nicht der Spruch, mit dem ein verliebter Mann die Frau seiner Träume begrüßt.

»Ich konnte mich einfach nicht entschließen ...«, murmelte sie kleinlaut.

»Die Passagiere nach München werden zur Abfertigung gebeten«, schnurrte die Roboterlady vom Flughafen-Olymp.

Aber da lagen Renate und Mike einander schon in den Armen.

»Du wirst die Maschine verpassen«, flüsterte Mike nach einem nem langen Kuß.

»Nehm ich eben eine andere«, gab sie atemlos zurück. Sie strahlten sich an.

»Ich weiß auch schon, wohin«, sagte Mike. »Wir buchen beide den Bungalow auf Gran Canaria. Ab sofort beziehe ich Ferienwohnungen nur noch in Begleitung einer bildhübschen und süßen jungen Frau. Und zwar immer mit derselben. Mit meiner eigenen Frau natürlich. Das heißt, wenn sie will. Willst du?«

»Und was werden all die anderen Frauen dazu sagen?« Mike warf sich so richtig voll angeberisch in die Brust. »Sie werden damit fertig werden müssen. Sie hatten ihre Chance und haben sie nicht genutzt.«

»Ich nutze sie!« rief Renate. »Ich nutze sie, Mike Kringel, und ich fühle mich wundervoll dabei.«

Sie mußten sich unbedingt noch einmal küssen. Es ging nicht anders. Dauerte auch sehr lange, bis ein schriller Pfiff sie auseinanderfahren ließ. Drei Knirpse hatten sich neben ihnen aufgebaut und feixten sie an. Der Kleinste sagte: »Muß Liebe schön sein!«

Mike lachte und sagte: »Stimmt. Das hab ich bisher noch gar nicht gewußt ... Komm, Renate, mein Schatz. Wir haben viel zu tun. Erst Hochzeit, dann Gran Canaria. Diesmal muß alles seine Ordnung haben.« Arm in Arm gingen sie zu Mikes Wagen. Mike trug den Koffer. Schließlich war seine künftige Frau keine Emanze!

»Was meinst du, könnten Laura und Eberhardt nicht unsere Trauzeugen sein?« fragte Renate.

Mike wiegte bedenklich den Kopf. »Glaub ich nicht. Die beiden sind ja wie Hund und Katze«, sagte er. Er drehte den

Startschlüssel und trat auf den Gashebel. Diesmal sprang der Wagen sofort an. »Er mag dich!« stellte der glücklichste aller Männer fest. Renate und er hatten ein riskantes Spiel gespielt. Er war der Sieger.

»Ich mag ihn auch«, scherzte Renate, die glücklichste aller Frauen. Sie hatten ein gewagtes Spiel gespielt. Die Siegerin hieß Renate Sorppen.

Eberhardt v. Bercken dagegen fühlte sich gar nicht als Sieger. Ich habe meinen Ehrenstandpunkt verteidigt, dachte er. Schön, meine Ehre habe ich behalten, aber Laura habe ich verloren. Mike macht keinen Finger krumm, um mir zu helfen. Frau v. Pluttkorten hält mich nur hin. Laura selber wird offenbar überhaupt nicht gefragt. Natürlich, eigentlich gibt uns niemand eine Chance.

»Jetzt reicht's aber!« rief Eberhardt laut und schlug mit der flachen Hand so heftig auf den Schreibtisch, daß Arco wie ein geölter Blitz von seinem Lieblingsplatz darunter hervorschoß.

»Es reicht! Ich fahre hin!« schmetterte sein Herrchen drohend. »Jawohl. Ich lasse mich doch nicht zum Kasper machen! Die alte Dame Pluttkorten spielt ja Katz und Maus mit mir. Die will sich bloß rächen, weil ich nicht zu ihrer albernen Abendgesellschaft gekommen bin. So eine rachsüchtige Person!«

Eberhardt ging augenblicklich die Treppe hoch in sein Schlafzimmer. Lauras Räume hatten im anderen Flügel gelegen. Es zog ihn fast magisch dorthin. Vielleicht hing noch ein wenig von ihrem Duft in der Luft. Ja, ein wenig Duft – das war alles, was geblieben war in seinem Leben.

Eberhardt zog sich sorgfältig an: grauer Anzug, Krawatte, schwarze Schuhe, passende Socken. Als er in den Spiegel schaute, schüttelte er den Kopf. Kam doch nicht in Frage, daß er extra feingemacht als eigener Brautwerber auftrat. Er wollte so aussehen, wie Laura ihn kannte. Basta. Er zog die »Stadtsachen« wieder aus und warf sie achtlos aufs Bett. Dann verwandelte er sich in die Figur zurück, die ihm auch selber am vertrautesten war. In den Gutsherrn v. Bercken.

Nachdem er sich einmal entschlossen hatte, gab es kein Halten mehr. Er nahm den Achtzylinder-Wagen und brauste los. Doch inzwischen hatte sich etwas Seltsames begeben. Fast im selben Augenblick, in dem Eberhardt seinen Entschluß gefaßt hatte, war auch in Laura eine Entscheidung herangereift. Eberhardt Bercken hätte sich längst melden müssen! Schließlich war er ein Kerl, kein Jüngling und kein Weichling. Wenn er sich einfach so abspeisen ließ, dann konnte es mit seinem Interesse für sie nicht weit her sei.

Wahrscheinlich war er nicht von ungefähr so lange allein geblieben. Hier und da ein Abenteuer, und sonst wollte er seine Ruhe haben.

Laura klopfte an Frau Pluttkortens Salon. Amélie las in ihrem Lieblingsbuch: »Der Taugenichts« von Eichendorff. Mit schönen Illustrationen.

»Ich fahre nach Berlin zurück«, sagte Laura traurig. »Ich werde mich dort selbständig machen. In einer Großstadt kann man sich leicht aus dem Wege gehen. Aber hier würde ich Herrn von Bercken doch immer wieder treffen.

»Oh, das würde ich an Ihrer Stelle aber nicht tun«, sagte Amélie.

Laura schürzte ein wenig trotzig die Lippen.

»Es ist das beste. Meine Sachen werde ich mir von Berckenhof nach Berlin schicken lassen. Frau Paulsen macht das sicher gern. Wir haben uns recht gut verstanden ...« Jetzt schwankte ihre Stimme doch ein bißchen. Sie dankte Amélie und Wilhelm v. Pluttkorten herzlich. Als sie vom Hof fuhr, schwiegen die Gänse. Es war ein leiser Abgang.

Eigentlich hätte sie Eberhardt in seinem Auto treffen müssen, wenn sie die normale Straße genommen hätte. Sie machte jedoch noch einen kleinen Umweg.

Eberhardt donnerte mit Schwung aufs Pluttkortensche Anwesen. Ein hübsches Mädchen fragte wohlerzogen an der Tür, wen sie melden dürfe.

»Bercken! Ich möchte die gnädige Frau sprechen! Und zwar sofort!« schrie Eberhardt ungeachtet seiner wirklich sehr guten Erziehung.

»Darf ich Sie bitten, Platz zu nehmen? Die gnädige Frau ...«, begann die Kleine.

»Ich will nicht Platz nehmen«, brüllte Eberhardt in Rage.

»Oh, Herr v. Bercken, ich habe bereits versucht, bei Ihnen anzurufen«, sagte da Amélie v. Pluttkorten. Sie sah dem aufgebrachten Herrn vom Berckenhof ernst in die Augen. Er hatte allen Grund, wütend zu sein. Ihr waren die Fäden der Intrige entglitten. Ja, Amélie war ratlos. »Sie ist weg. Nach Berlin zurück. Geben Sie jetzt nur nicht auf«, sagte sie.

»Wann ist sie weggefahren?«

»Noch nicht lange her.«

»Nach Berlin, sagten Sie? Nicht erst zu Mike Kringel?«

»Er war gar nicht zu Hause. Nein, direkt nach Berlin. Das heißt ...«

»Ja?!«

»Das heißt, jetzt fällt mir‘s ein, sie sagte noch etwas, einen Namen ... sie wollte sich verabschieden ... von ...«

»Von Dannyboy!« sagte da Wilhelm, der leise in die Tür getreten war.

Eberhardt zögerte nicht eine Sekunde. »Dannyboy!« rief er, »Dannyboy!« Er lachte laut auf. Ahnungslose Betrachter mußten den Eindruck gewinnen, daß dieser Herr ziemlich, sogar ganz erheblich geistig verwirrt war. Er machte auf dem Stiefelabsatz kehrt und rannte zu seinem Wagen.

Dannyboy! Er wußte, wohin er zu fahren hatte. Das letzte Stück lief er zu Fuß. Und dann sah er Laura.

Sie stand auf der Pferdekoppel und hatte die Arme um den Hals eines eleganten Rappen geschlungen. Tränen tropften auf sein Fell. Er stampfte ungeduldig und schien eher etwas ratlos zu sein.

Nein, es war nicht Dannyboy, den sie hier festhielt, als wollte sie ihn nie wieder loslassen. Es war Luxor. Ihr Luxor! Oh, sie mußte wieder träumen! Ja, natürlich, denn nun stand auch noch Eberhardt Bercken neben ihr und sah sie zärtlich und wild zugleich an.

»Ich habe das schon einmal geträumt. Das von Luxor und von dir«, sagte sie mit Piepsstimmchen.

»Aber diesmal träumst du nicht, mein Liebling«, sagte Eberhardt. »Du weißt doch: Träume, die das Schicksal sendet, werden immer wahr.«

Laura schien zu erwachen. Sie blickte Eberhardt an. Ihre Augen schimmerten tief veilchenblau.

»Wie kommt Luxor hierher?«

»Ich habe ihn aus Berlin kommen lassen. Du hattest mir ja verraten, wo in Lübars er stand. Und mein Gestüt hat einen vertrauenerweckenden Namen. ›Dein‹ Bauer hatte keine Bedenken, als ich ihn bat, Luxor auf die Reise zu schicken. In deinem Namen natürlich, Laura. Es sollte eine Überraschung für dich werden.«

»Ja, das ist eine Überraschung. Ich bin so glücklich!«

»Nur Luxors wegen, Laura?«

»Weil mein Traum wahr wird, Eberhardt. Der Schicksalstraum.«

Er trat dicht zu ihr und gab Luxor einen kleinen Klaps. Der gesellte sich erleichtert zu den anderen Pferden.

Eberhardt zog sie an sich und beugte sich zu ihr hinunter. »Ich brauche gar nicht zu träumen, Liebste«, sagte er sanft. »Du bist mein Schicksal. Alles, was ich will, bist du.«

Er küßte sie. Ihre Augenlider und ihre Wangen waren salzig von Tränen. Dann drückte er seinen Mund auf ihre süßen Lippen, und diesmal gaben sie weich nach. So standen sie lange, ineinander versunken. Bis Eberhardt stutzte. Jemand zupfte an seiner Jacke. Er löste sich von seiner geliebten Laura, und dann lachten sie beide.

Dannyboy suchte in der Tasche seines Herrn nach Zucker. Auch die anderen Tiere drängten hinzu. Luxor warf den Kopf nickend vor und zurück wie ein feuriges Zirkuspferd.

»Ihr beiden schwarzen Teufel«, scherzte Eberhardt. »Könnt ihr uns denn nicht in Ruhe küssen lassen?« Doch er sorgte dafür, daß alle fündig wurden, und Laura half ihm dabei.

Arm in Arm gingen sie zum Herrenhaus. Das letzte Wölkchen verschwand gerade am Horizont. Breit brach die Sonne in langen Streifen durch die Kiefern und Tannen im Park. Ein Eichhörnchen turnte an einer Buche. Dohlen raschelten im Laub und pickten aufgeregt nach Würmern, wenn sie sich beobachtet fühlten.

»Es ist wunderschön«, sagte Laura leise.

»Das alles schenke ich dir, mein Liebling. Auch den Wald, soweit du blickst. Die Tiere. Das Haus. Und mich natürlich.«

Er trug sie die Stufen empor und über die Schwelle in die große Diele. Dort hatte sich Frau Paulsen aufgebaut. »Na so was«, rief sie. »Da bin ich aber konserviert!«

»Konsterniert, meinen Sie«, berichtigte Eberhardt gütig.

»Quatsch«, stellte Frau Paulsen klar. »Ich bin einfach platt. Aber das sage ich Ihnen: Zur Hochzeit brauch ich unbedingt ne Kochfrau extra!« Und sie rauschte hinaus. Die Herrschaften verstanden es einfach nicht, wenn man ein bißchen verbindlich mit ihnen redete.

Arco begrüßte inzwischen seine Lieblingsdame, als sei sie von einer Nordpol-Expedition zurückgekehrt. Und so ganz unrecht hatte er ja wohl auch nicht. Leider nahmen die beiden nur beleidigend flüchtig Notiz von ihm und seiner springend und winselnd vorgetragenen Freude. So streckte er sich erst einmal gemütlich lang aus. Irgendwann würden sie einen so netten, lustigen Hund schon wieder dringend brauchen. Er kannte seine Menschen.

»Wir sollten Frau v. Pluttkorten anrufen«, schlug Laura nach einiger Zeit vor, in der sie höchstens einen Meter weitergekommen waren. »Sie ist doch sehr an unserem Glück beteiligt.«

Er führte sie ins Herrenzimmer. Gerührt sah sie, daß überall Blumen in verschwenderischer Pracht die Vasen schmückten. Auf dem Schreibtisch stand eine weiße Orchidee mit einem ganz zarten lavendelfarbenen Filigran in den einzelnen Blüten.

»Unsere Glücksblume«, lächelte er.

Frau v. Pluttkorten kam gleich an den Apparat. Sie hatte bereits sehr auf einen Anruf gehofft. Renate und Dr. Kringel waren ein Paar. Jetzt meldete sich das zweite Paar. »Sie werden doch mit Ihrem Gatten zur Hochzeit kommen, nicht wahr?« bat Eberhardt. Laura ergänzte: »Sie haben soviel Kummer mit mir gehabt. Wie soll ich Ihnen danken?«

»Gar nicht, liebes Kind«, sagte Amélie v. Pluttkorten. »Was habe ich schon getan? Ich habe in meinem Leben eins erkannt und mich danach gerichtet: Die Moden ändern sich. Aber die Gefühle der Menschen sind heute noch dieselben wie damals, als mich mein geliebter Wilhelm zur Frau nahm.«

Auch das Paradies wirft Schatten

Roman

1

Eingebettet in den im Sommer wohltuenden Schatten dichter, alter Eichenkronen lag das Herrenhaus von Gut Aarfeld. Das große hölzerne Tor neben einer niedrigen, moosbewachsenen Umfriedungsmauer, der weite, sorgsam geharkte Vorplatz, die gepflegte Anfahrtsstraße, die zwischen fruchtbaren Feldern und prächtigen Waldbeständen hindurchführte, die in Schuß gehaltenen Gesindehäuser, Ställe, Scheunen und Geräteschuppen verrieten eine strenge und ordnende Hand, einen Blick für Zucht und Zweckmäßigkeit und zugleich - wenn man sich den hübschen, kleinen Park hinter dem Herrenhaus besah - auch eine Neigung zur Romantik und Träumerei. Nicht nur der ganze erste, sondern auch der zweite und dritte Eindruck dieses alten Gutes, das man im weiten Umkreis nur »das Rittergut« nannte, waren wie Begegnungen mit einer längst verklungenen sorglosen Zeit, in welcher der Mensch noch Sinn für Schönheit und Besinnlichkeit, für ein gepflegtes Leben hatte.

An diesem Morgen des Spätherbstes stand auf dem weiten Vorplatz des Herrenhauses ein großer, schlanker Herr in Reithosen und einem grünen Lodenrock. Er hatte die Reitgerte unter die rechte Achsel geklemmt und ging unruhig auf und ab, dazwischen immer wieder auf die Uhr an seinem kräftigen Handgelenk blickend. Der mit einem echten Gamsbart geschmückte Jägerhut saß ein wenig aus der Stirn zurückgeschoben auf dem Kopf und gab dadurch den Blick frei auf einige blonde Locken, die vereinzelt von silbernen Fäden durchzogen waren.

Baron Pedro von Aarfeld runzelte unwillig die Stirn und strebte mit weit ausgreifenden Schritten der nächsten Scheune zu, aus der in den gleichen Sekunden beflissen ein kleiner, fuchsgesichtiger Mann herauskam, der seinen Herrn beobachtet hatte. Ein Knecht. In seine Augen trat, als der Baron sich ihm näherte, ein Zug von Unterwürfigkeit, wie er eben nur zu oft Leuten eigen ist, deren ganzes Leben darin besteht, anderen zu dienen. Der Baron liebte solche Servilität keineswegs, er wurde nicht müde, sein Personal dazu aufzufordern, ihm selbstbewußt und frei gegenüberzutreten, aber Erfolg hatte er damit nur bei einem: seinem Förster Peter Recke, der seinen Namen also gewissermaßen völlig zu Recht trug.

Pedro von Aarfeld hatte die Reitgerte in die Hand genommen und schlug nun mit ihr gegen den hohen Schaft seines rechten Stiefels, dessen weiches Leder dadurch wieder einmal zu einer unverdienten Mißhandlung kam.

»Paul«, sagte der Baron, und seine Stimme war sonor, ein wenig heiser, aber durchaus wohltönend, »stimmt meine Uhr? Ich hab' halb neun.«

Der Pferdeknecht zerrte eine alte, vernickelte Zwiebel aus seiner Weste. Nach einem verdutzten Blick stieg ihm Verlegenheitsröte ins Gesicht, und er blieb stumm.

»Paul, ich habe dich gefragt, wieviel Uhr du hast.«

»Fünf nach zwei, Herr Baron.«

»Was?«

»Fünf nach zwei, Herr Baron. Sie ist mir stehengeblieben. Ich bitte um Verzeihung.«

Aarfeld blickte den Pechvogel, der sein Unglück verfluchte, an, seufzte und sagte ironisch: »Ich verzeihe dir. Aber das nächste Mal lasse ich dich aufhängen.«

Dann wandte er sich ab und ging zurück zum Herrenhaus, aus dessen Tür ihm sein um zwei Jahre jüngerer Bruder Siegurd entgegentrat. Siegurd trug einen eleganten Maßanzug, der in Schnitt und Stoff den besten Schneider verriet, ein rohseidenes Hemd und Maßschuhe. Ein scharf ausrasiertes schwarzes Bärtchen schmückte seine etwas spöttisch gewölbte

Oberlippe, was dem schmalen, aristokratischen Gesicht die Note einer ziemlich aufgetragenen Nonchalance verlieh.

»Ärger?« fragte er den Älteren und setzte sich auf das imposante schmiedeeiserne Geländer der Treppe, das ein Ahne im 16. Jahrhundert hatte anfertigen lassen. »Du machst ein ziemlich saures Gesicht, ich kenne dich doch. Was ist los?«

»Ich verstehe das nicht.«

»Was verstehst du nicht?«

»Ich erwarte Dr. Faber mit dem neuen Katalog. Er ist seit einer halben Stunde überfällig.«

»Na und? Er wird schon noch kommen.«

»Ich hasse Unpünktlichkeit. Außerdem muß ich um halb zehn in der Stadt sein. Man erwartet mich dort.«

»Dann kommst du eben erst später hin; davon wird die Welt nicht untergehen.«

Pedro musterte den Jüngeren mißbilligend und sagte scharf: »Typisch! Solche Standpunkte vertrittst du! Mich solltest du aber schon besser kennen!«

»Ja, sicher, du kommst mir vor wie einer, der eine Uhr verschluckt hat. Du lieber Himmel, exakt bis in die Knochen! Mach dich doch nicht lächerlich!«

»Hast du nicht den Eindruck«, sagte Pedro, der mit der Reitgerte wieder gegen den hohen Stiefelschaft schlug, »daß es für dich an der Zeit wäre, dich um die Kartoffelernte zu kümmern? Die Leute auf den Feldern müssen sehen, daß es hier zwei Aarfelds gibt.«

Siegurds Oppositionsgeist gegenüber seinem Bruder schlug um in Zorn. Sein Gesicht wirkte plötzlich steinern und kantig.

»Sonst noch Befehle, Don Pedro?«

»Ich befehle dir nicht, ich erinnere dich an deine Pflichten.«

»An meine Pflichten, ja. Das tust du doch dauernd. Ich kann das verdammte Wort schon nicht mehr hören. Du mußt mir damit nicht ständig in den Ohren liegen, daß du hier der Herr bist. Ich weiß, du erbst das Gut als Majorat, du verkörperst, wie man so schön sagt, das ›Familienoberhaupt‹. Was bin ich denn dagegen? Eine Null, ein Grünschnabel ohne Stimme, ohne Verantwortung. Ich sitze brav am Tischchen, esse meine Breichen und darf einmal im Jahr laut ein Wort sagen, nämlich ›danke schön‹, wenn ich meine testamentarisch festgelegte Jahresrente auf mein Konto überwiesen bekomme. Und du denkst, diese Rolle gefällt mir ...«

»Jedenfalls«, unterbrach Pedro den zornigen Redefluß Siegurds, »gefällt dir die erwähnte Jahresrente, mit der du großzügig umzugehen weißt. Oder irre ich mich?«

»Hast du etwas dagegen? Es ist mein Geld, mit dem ich machen kann, was ich will.«

»Du wirfst es mit vollen Händen zum Fenster hinaus, das ist dir wichtiger als das Gut. Was mit dem geschieht, ist dir egal.«

»Nicht so ganz, das wirst du schon noch sehen.«

»Siegurd«, sagte Pedro versöhnlicher, um einzulenken, »mir geht's doch nicht um mich. Ich denke an Aarfeld. Du hast zumindest die Aufgabe, in Reserve zu stehen. Mir kann doch z. B. etwas zustoßen ...«

»Was kann dir schon zustoßen?« unterbrach nun Siegurd seinen Bruder. »Ein Herzinfarkt? Dir nicht - bei deinem soliden Lebenswandel! Dann schon eher mir. Oder ein Autounfall ? Auch nicht. Du reitest doch viel lieber in der Gegend herum, statt zu fahren, sieh dich doch an.« Ein Fingerzeig Siegurds auf Pedros Stiefel und Reitgerte unterstrich diese Worte.

Pedro gelang es, sich zu beherrschen. Er antwortete: »Na schön, dann will ich dich an etwas anderes erinnern. Du weißt, was ein Majorat ist, du hast ja selbst soeben schon davon gesprochen. Unser Vater hat mir als Älterem das Erbe zur Verwaltung übertragen. Das ist vielfach seit Generationen so üblich. Da es sich also um ein Majorat handelt, bin ich verpflichtet, spätestens bis zu meinem 35. Lebensjahr zu heiraten. Bis dahin sind's, wie dir bekannt sein dürfte, gerade noch zwölf Monate, und ich wüßte nicht, daß mir meine Verehelichung ins Haus stünde. Oder liegen dir andere Informationen vor?«

»Sicher«, entgegnete trocken Siegurd, auf den Pedros faustdicke Ironie keinerlei Wirkung ausübte.

»Wie bitte?«

»Du denkst, ich habe keine Augen im Kopf.«

»Keine Augen im Kopf?«

Pedros Überraschung, die nicht von schlechten Eltern war, ließ so rasch nicht nach. Sie äußerte sich darin, daß er verständnislos Siegurds Worte nachplapperte.

»Ich sehe euch beide doch turteln, Pedro.«

»Euch beide? Wen?«

»Dich und Mathilde.«

»Welche Mathilde?«

»Die lustige Witwe.«

Der Groschen fiel, Pedro stieß hervor: »Bist du verrückt? Freiin von Bahrenhof kommt sich unseren Heuwender leihen. Oder eine Zugmaschine samt Fahrer. Jede Woche etwas anderes. Du weißt doch, wie's bei ihr aussieht, seit ihr Mann tot ist. Wie kannst du nur so dumm daherreden?«

Absolut unbeeindruckt winkte Siegurd ab, grinste besserwisserisch, entnahm einem flachen, goldenen Zigarettenetui eine Zigarette und steckte sie mit einem Feuerzeug, ebenfalls aus Gold, in Brand, ohne daran zu denken, auch dem Bruder eine Zigarette anzubieten. Dicke Rauchwolken von sich blasend, erklärte er in herablassendem Ton: »Gib dir keine Mühe, mein Lieber. Ich habe dir gesagt, daß ich Augen im Kopf habe.«

Dann drehte er sich um und ging ins Haus. Pedro schien ihm folgen zu wollen, doch in diesem Augenblick wurde Motorenlärm laut, ein Auto bog in die Zufahrtsstraße ein und näherte sich dem großen Tor des Gutes. Von weitem schon hupte der Fahrer. Dr. Faber, langersehnt, war im Anmarsch.

Als er aus dem Wagen kletterte, eilte ihm Pedro von Aarfeld entgegen und begrüßte ihn mit festem Händedruck. Faber war ein Herr mittleren Alters, mit grauen Haaren und einer dünnen Goldbrille, an der er ständig zu rücken pflegte.

»Spät kommt Ihr, doch Ihr kommt«, meinte der Baron halb lächelnd, halb im Ernst. »In einer Viertelstunde muß ich weg, tut mir leid. Hatten Sie eine Panne?«

»Nein. Ich mußte erst noch meine neue Sekretärin mit dem Nötigsten vertraut machen: Fräulein Klett. Darf ich sie Ihnen vorstellen ...«

Auf der Beifahrerseite war inzwischen eine junge Dame aus dem Auto geklettert, die mit interessierten Augen den Baron musterte und ihm übers Wagendach hinweg ein bißchen verlegen zunickte. Fabers Verstoß gegen den Buchstaben der Etikette schien ihr keine Magenschmerzen zu bereiten. Der Verstoß fand aber keine Gnade vor dem Baron, einem Kavalier der alten Schule, welcher sagte: »Doktor, Sie sollten nicht die junge Dame mir, sondern mich der jungen Dame vorstellen. Sie lassen mir sonst ein Übermaß an Ehre zukommen, auf das nur uralte Herren Anspruch haben mögen. Oder sehen Sie in mir schon einen solchen Greis ? Dann schlage ich aber zurück und verlange Ihren Paß mit Ihrem Geburtsdatum.«

Alle drei lachten. Das Eis war gebrochen. Marianne Kletts republikanische Befangenheit altem, reichem Adel gegenüber wich. Pedro von Aarfeld ging um den Wagen herum und begrüßte auch sie mit Handschlag. Das rasche Urteil, das er sich im Inneren bildete, lautete: Klasse!

Auch alter Adel weiß sich heutzutage aus dem nicht immer vornehmen, aber meistens treffenden Wortschatz des Volkes zu bedienen.

Die Morgensonne warf einen milden Schein auf die kastanienbraunen Haare Mariannes, auf das vom Sommer noch gebräunte Gesicht mit den schmalen Lippen und den hellblauen Augen, auf die ganze schlanke Gestalt mit Beinen, für die sich in Pedros Innerem lautlos wieder nur ein Wort formte: Spitze!

Doch dann erschrak er über sich selbst, erinnerte sich, wer er war, welche Mühen seine ganzen Jugendjahre hindurch Vater und Mutter und unerbittliche Erzieher in zwei exklusiven Internaten auf seinen äußeren und inneren Schliff verwendet hatten.

Er bat Dr. Faber und dessen neue Errungenschaft, Fräulein Klett, ins Haus, ohne sich noch einmal eine geheime Entgleisung zu gestatten.

Marianne betrachtete alles mit aufmerksamen Augen. Der Baron führte sie und Dr. Faber in sein großes, mit dunkler Eiche getäfeltes Herrenzimmer. Tiefe Polstersessel, ein breiter Schreibtisch, mächtige, geschnitzte Schränke aus altersschwarzem Holz und eine Sammlung von kapitalen Hirsch- und Bockgeweihen an der Wand empfingen sie. Den glatten Parkettboden bedeckte ein großer Teppich mit Jagdmustern.

Pedro kümmerte sich nicht um Dr. Faber, der ein alter Freund des Hauses und mit allem vertraut war, sondern nur um Marianne, die er zu einem der Sessel führte, in dessen Tiefe sie fast versank. Faber stand schon am Schreibtisch, öffnete ohne Hemmungen den Deckel einer Zigarrenkiste und beroch genießerisch den Inhalt. Des Barons lange, helle Importen genossen einen weithin reichenden Ruf.

»Darf ich?« fragte Dr. Faber, zugleich in die Kiste greifend.

»Sie sind ja schon dran«, sagte lachend Pedro von Aarfeld.

Faber bediente sich, setzte die erwählte Zigarre in Brand und wedelte sie sich, ehe er sie so richtig zu rauchen begann, mit geschlossenen Augen vor der Nase herum. Dann schwand der träumerische Ausdruck aus seinem Gesicht und machte einem Zug des Bedauerns Platz, wobei er sagte: »Zunächst muß ich Ihnen eine Mitteilung machen, die Ihnen nicht so ganz gefallen wird, lieber Baron. Das ›schlafende Mädchen‹ hat nicht den ersten, sondern nur den dritten Preis erhalten. Die Jury muß sich aus Banausen zusammengesetzt haben.«

»Sagen Sie das nicht, Doktor. Ich finde den dritten Preis sogar noch außerordentlich überraschend.«

»Ich auch - aber nicht, wie Sie, in positiver, sondern in negativer Hinsicht.«

Dr. Faber war also nicht von seiner Ansicht abzubringen.

»Was ist mit meinem Lenbach?« wechselte Aarfeld das Thema.

»Ich verhandle noch mit dem Besitzer. Der Preis, den er für das Bild verlangt, ist mir entschieden zu hoch. Sie werden sehen, ich kann ihn noch drücken. Im übrigen muß ich Ihnen sagen, daß Sie in den Katalogen, die ich Ihnen mitgebracht habe, zwei oder drei Angebote finden werden, die Sie Ihren Lenbach vergessen lassen. Ich kenne Ihr Auge und Ihren Geschmack.«

Marianne Klett, die aus der Unterhaltung der beiden Männer ausgeschlossen war, nützte die Zeit und betrachtete verstohlen den Hausherrn. Sie hätte nicht sagen können, daß er ihr nicht gefiel. Irgendwelche aberwitzigen Gedanken verband sie damit freilich nicht.

Aarfeld erinnerte sich plötzlich der Anwesenheit einer Dame und offerierte ihr einen Aperitif. Marianne lehnte erschrocken ab. Alkohol zu so früher Stunde wäre ihr etwas völlig Ungewohntes gewesen. Daraufhin schlug Aarfeld einen kleinen Imbiß vor, mit dem er Anklang fand. Er begab sich sogar selbst in die Küche, um das Nötige zu veranlassen. Seinem Diener könne er nicht läuten, sagte er, da dieser zwei Tage Urlaub habe, um bei einer Behörde seines Heimatortes etwas zu erledigen.

Als Aarfeld den Raum verlassen hatte, blickte Marianne Klett ihren Chef zweifelnd an. Eine Frage lag in ihren Augen, eine Verwunderung, die ihm nicht entging, so daß er sagte: »Sie haben sich den Baron wohl anders vorgestellt, oder?«

»Zum ... zum Teil schon«, antwortete sie zögernd.

»Wie denn?«

»Sie haben ihn mir als alten Hagestolz geschildert. Dabei ist er doch noch ein junger Mann ...«

»Vierunddreißig.«

»Vierunddreißig?«

»Ja. Warum interessieren Sie sich so sehr dafür?«

Dr. Faber war ein hinterlistiger Mensch, der es liebte, andere in Verlegenheit zu bringen.

»Ich interessiere mich nicht dafür«, antwortete Marianne Klett, prompt über und über rot werdend. »Ich stelle nur fest, daß Ihre Personalbeschreibung ganz und gar nicht den Tatsachen entsprach.«

»So, finden Sie?« Dr. Faber klopfte mit dem Zeigefinger auf das Tischchen, das zwischen ihren Sesseln stand. »Ich sage Ihnen, der Baron ist ein alter Hagestolz; er ist eine Einsiedlernatur!«

»Danach sieht er aber überhaupt nicht aus.«

Heute nicht, dachte Dr. Faber, das ist richtig. Weiß der Teufel, warum. Ich kannte ihn bisher ganz anders. Ist vielleicht doch etwas dran an den Gerüchten, welche ihn mit dieser adligen Witwe, die in Nöten ist, in Verbindung bringen?

»Und deshalb«, hörte Faber seine Sekretärin sagen, »muß ich auch an der Beschreibung zweifeln, die Sie mir von seinem Bruder gaben.«

»Meinen Sie?«

»Ja.«

Wieder klopfte Fabers Zeigefinger. »Siegurd von Aarfeld ist ein Windhund, ein Schürzenjäger, *ist* ein Verschwender!«

»Leben die Eltern noch?«

»Nein. Die Mutter starb schon früh, der Vater, der alte Baron Hubertus, vor einigen Jahren. Er wurde auf der Jagd von einem Wilderer angeschossen und nahm trotz seiner Verwundung die Verfolgung des Verbrechers auf, bis er verblutend zusammenbrach.«

»Wie schrecklich! Haben Pedro und Siegurd noch Geschwister?«

»Nein.«

»Mich wundert der Name Pedro.«

»Der ist auch erstaunlich. Wie kommt, so fragten sich schon viele, in ein uraltes deutsches Adelsgeschlecht plötzlich ein spanischer Name? Nun, ich werde es Ihnen sagen, Sie würden es ja auf alle Fälle von irgendeiner Seite hören. Man munkelt, daß der alte Baron seinen erstgeborenen Sohn aus Spanien mitgebracht hat, als er einmal länger als ein Jahr zur Jagd in den Pyrenäen gewesen war. Er war eine Kraftnatur. Seine Frau zu Hause, die schon früh kränkelte, mußte solche Dinge über sich ergehen lassen. Die Geburt Siegurds war ihre letzte große Kraftanstrengung, danach welkte sie nur noch dahin.«

»Entsetzlich!«

»Wie dem auch sei, Pedro wurde Erbe des Majorats und muß sich, das steht im Testament, bis zum fünfunddreißigsten Lebensjahr, also in zwölf Monaten, verheiratet haben. Wenn nicht, fällt das Erbe Siegurd zu. Und das wäre sicher nicht gut. Das Groteske ist nämlich, daß der Halbspanier Pedro ein kerniger, erdverbundener deutscher Landadeliger ist, ein Gutsherr, wie er im Buche steht, während Siegurd in allem das glatte Gegenteil verkörpert. Über Aarfeld würden unter seiner Herrschaft bedrohliche Zeiten heraufziehen, daran zweifelt niemand, der Einsicht in die Dinge hat.«

»Aber es dürfte doch nicht schwer sein«, zwang sich Marianne zu sagen, »eine Frau, die hier gebraucht wird, zu finden.«

»Anscheinend doch, bisher jedenfalls. Wissen Sie, es ist eben so, daß es Pedro an den nötigen Aktivitäten fehlen läßt. Vielleicht wäre es ihm letzten Endes gar nicht so unangenehm, wenn er das Gut vom Hals hätte.«

»Was sagen Sie da? Einen solchen Besitz?«

Wenn anderen Menschen der Alkohol die Zunge löste, so erreichte dies bei Dr. Faber eine gute Zigarre, die ein außerordentliches Maß an Zufriedenheit mit allem in ihm hervorrief und ihn dadurch zum redseligen, mitteilsamen Menschen machte.

»Pedro von Aarfeld«, sagte er, »hat ein Geheimnis, das nur ganz wenige kennen: Er malt; und er malt gut. Seine Bilder, die er mit dem Namen Ralf Torren signiert, finden steigenden Absatz. Ich verkaufe Sie, ich manage ihn überhaupt. Ich sage Ihnen das, weil Sie meine neue Sekretärin sind und Sie es früher oder später ohnehin erfahren müßten. Sie haben aber darüber zu schweigen, verstanden? Der Baron wünscht das. Sie hörten vorhin, daß von einem ›schlafenden Mädchen‹ gesprochen wurde. Es handelt sich da um ein Gemälde Pedros, das ich zur Kunstausstellung schickte. Es wurde prämiiert – meiner Ansicht nach zu gering; wie der Baron selbst darüber denkt, vernahmen Sie. Alles schön und gut, aber mir macht seine Leidenschaft zum Pinsel, aus der ich geschäftlichen Profit ziehe, auch Sorgen. Die Kunst ersetzt ihm nämlich alles. Am Tage schuftet er auf dem Gut, wirtschaftet heraus, was nur herauszuholen ist – aber am Abend, in letzter Zeit manchmal auch schon nachmittags, ist er plötzlich auf Stunden verschwunden und verkriecht sich in sein unbekanntes, geheimnisvolles Atelier, von dem niemand weiß, wo er es hat, und malt ... malt. Dabei vergißt er, daß sein entscheidender Geburtstag heranrückt, daß sein Bruder Siegurd auf diesen Moment nur wartet, vergißt er die ganze Welt, die Frauen, das Gut, alles ... und malt. Ich weiß nicht, wie man ihn davon abbringen, zumindest bremsen könnte. Mich lockt ja auch der Profit, den ich erwähnte. Ich gebe das zu. Es ist also so, daß ich gewissermaßen zwischen zwei Feuern stehe, verstehen Sie mich?«

Marianne Klett hatte gebannt dem langen Redefluß ihres Chefs gelauscht, ohne ihn auch nur ein einziges Mal zu unterbrechen. Nun meinte sie: »Bremsen Sie ihn, indem Sie ihm nicht mehr jedes Bild abnehmen. Sagen Sie ihm, daß er schlechter würde, daß er Pausen haben müßte, Vielleicht verliert er dann den Mut, resigniert er von selbst.«

Dr. Faber mußte schallend lachen.

»Den Mut verlieren, resignieren - Fräulein Klett, das sind Fremdworte für einen Aarfeld. Denken Sie an den alten Baron Hubertus. Angeschossen noch dem Wilderer nach bis zum Verbluten - das ist Aarfeld-Art! Selbst dem Windhund Siegurd würde ich in einer solchen Situation noch manches zutrauen. Wir dürfen ...«

Dr. Faber brach ab und blickte zur Tür, da sich dieser von draußen Schritte näherten. Er legte den Finger auf den Mund.

Der Hausherr kam zurück und entschuldigte sich, daß es so lange gedauert habe. Ein Telefongespräch habe er auch noch führen müssen, erklärte er. In seinem Gefolge wurden zwei Küchenmädchen sichtbar, die beladen waren mit dem angekündigten Imbiß. Daß dieser nicht in wenigen Minuten zu bewältigen war, konnte jeder mit einem Blick erkennen. Die Tabletts in den Händen der Mädchen bogen sich.

»Sagten Sie nicht«, wunderte sich Dr. Faber, »daß Sie in einer Viertelstunde weg müßten, Baron?«

»Warum, glauben Sie, mußte ich telefonieren, Doktor?« fragte Pedro, und er setzte selbst hinzu: »Weil ich abgesagt habe.«

Dabei blickte er aber nicht Faber an, sondern Marianne Klett.

Siegurd von Aarfeld hatte Besuch. Auf der breiten Armlehne des Fauteuils, in dem er saß, hockte mit der einen Hälfte ihres absolut leckeren Hinterteils eine zierliche, flinke und außergewöhnlich hübsche Blondine und wippte ausdauernd mit einem Bein, so daß davon der Rock höher und höher rutschte. Ihre mandelförmigen Augen unter den weit geschwungenen Brauen glänzten, als sie jetzt dem jungen Baron mit zärtlichen Fingern über die Locken strich.

»Glaubst du denn«, sagte sie leise, »daß Pedro wirklich so dumm ist, nicht rechtzeitig zu heiraten? Lieber nimmt er doch die erstbeste, nur um das Gut nicht an dich zu verlieren.«

Siegurd schien unwillig zu sein. Er griff nach ihrer Hand, nahm sie sich vom Kopf, blickte ihr eine Weile in die Augen, schüttelte schließlich den Kopf und stieß hervor: »Ich verstehe dich nicht, Mathilde.«

»Was verstehst du nicht?«

»Ich dachte, *du* bist schon dran, dir mein Bruderherz zu angeln.«

»Ich?«

»Das habe ich sogar ihm selbst auch schon gesagt. Anscheinend doch ein Irrtum von mir.«

Mathilde von Bahrenhof war wirklich überrascht, auch ein bißchen empört über Siegurds Äußerung.

»Aber *wir* beide haben doch ein Verhältnis miteinander!« rief sie mit unterdrückter Stimme.

»Na und? Daran soll sich ja auch nichts ändern.«

»Wenn sich daran nichts ändern soll, kannst du mich auch nicht auf deinen Bruder hetzen.«

»Warum nicht?« Der Zyniker Siegurd ließ die Maske fallen. »Reizt dich das Gut nicht?«

»Doch, das würde mich schon reizen, aber ...«

»Über mich kriegst du's nicht, nur über ihn!«

»Aber dann müßte ich ihn ja heiraten.«

»Davon rede ich doch schon die ganze Zeit.«

Das ging ihr durch und durch. Wie gelähmt hörte sie auf, mit dem Bein zu wippen.

»Und wir beide?« fragte sie ihn aufgeregt. »Was soll mit uns werden?«

»Wie oft soll ich dir das noch sagen?« antwortete er. »Zwischen uns beiden bleibt alles beim alten.« Und grinsend setzte er hinzu: »Was glaubst du, wie viele Schwägerinnen mit ihren Schwägern schlafen?«

Der edle Herr Siegurd von Aarfeld gedachte natürlich, auf diese Weise nicht nur auf unabsehbare Zeit am Bett der edlen Freiin von Bahrenhof zu partizipieren, sondern auch am Gut Aarfeld. Mathilde sollte sehen, dieses in die Hand zu kriegen, und sollte dann davon abzweigen, was immer abzuzweigen war. Für ihren Geliebten, den Herrn Siegurd von Aarfeld.

Noch schien die Dame zu schwanken, aber sie hatte schon Blut gerochen. Es bedurfte nur noch einiger kleiner Anstöße.

»Du kennst deine Situation«, sagte Siegurd.

Sie nickte.

»Dir droht die Versteigerung.«

Abermaliges, angewidertes Nicken.

»Welcher Rettungsgürtel bietet sich dir, außer dieser Heirat?«

Darüber mußte Mathilde keine Sekunde mehr nachdenken, das wußte sie. Die Tür keiner einzigen Bank stand ihr mehr offen. Sie war also reif. Sie erschrak deshalb nun sogar, als ihr plötzlich eine neue Gefahr bewußt wurde, die noch einmal alles zunichte machen konnte, und stieß hervor: »Aber wenn er mich nicht haben will ...?«

Siegurd richtete sich etwas in seinem Sessel auf, legte den Arm um Mathildes Hinterteil, strich kennerisch darüber und ließ Erinnerungen in sich aufleben.

»Das«, sagte er nach einem Weilchen, »hängt nur von dir ab. Du mußt lediglich zusehen, ihn zum ersten Mal ins Bett zu kriegen, dann gehört er dir mit Haut und Haaren.«

Mir kommt's ja darauf an, dachte er bei sich, mit allen Mitteln zu verhindern, daß dieser spanische Bastard irgendeine andere heiratet. Sollte er gar keine heiraten, um so besser. Dann würde das Testament in Funktion treten.

Die Erinnerungen, die in Siegurd wach geworden waren, wollten aufgefrischt werden.

»Komm, mein Schatz«, sagte er zu Mathilde, nahm sie an der Hand und führte sie in sein Schlafzimmer, in das sie ihm nur allzu willig folgte.

Wenige Tage später fand eine »zufällige« Begegnung statt. Dr. Faber hatte sich mit seiner Sekretärin wieder bei Pedro von Aarfeld zu einer Besprechung eingefunden und wurde, als diese zu Ende war, vom Baron hinausgeleitet. Als die drei die Freitreppe des Herrenhauses hinuntergingen, spielte der erwähnte »Zufall«: Aus dem Schatten der Eichen traten zwei Gestalten und kamen dem Trio entgegen.

Pedro übernahm die Aufgabe der gegenseitigen Vorstellung, die nötig wurde. Auf diese Weise lernte Marianne Klett die

Freiin Mathilde von Bahrenhof und ihren Freund, Siegurd von Aarenfeld, kennen. Um diese beiden handelte es sich nämlich.

Die üblichen Floskeln wurden gewechselt, dann zögerte Siegurd nicht mehr, in seiner forschen Art und Unbekümmertheit des Lebemannes sein Ziel anzusteuern.

»Die Herrschaften sind wohl gerade dabei, nach Boltenberge zurückzufahren?«

»Ja«, nickte Dr. Faber.

»Nehmen Sie mich mit? Ich müßte zu meinem Goldschmied.«

»Natürlich.«

»Danke, dann hole ich nur noch rasch meinen Mantel.«

Siegurd sprang in sportlichen Sätzen die Stufen empor und verschwand im Haus.

Mathilde von Bahrenhof lächelte.

»Wie elastisch die Männer werden, wenn wir Frauen ihnen zusehen«, sagte sie leise zu Marianne Klett, und der Spott glänzte in ihren Augen. »Der eine springt wie ein Heuhüpfer, der andere zeigt mir, wie man im Morgengrauen einen Rehbock schießt.«

Ihr Blick wanderte dabei zu Pedro von Aarenfeld, der mit Dr. Faber ein paar Schritte vorausgegangen war und schon bei dessen Wagen stand.

»Dabei muß man wohl nicht besonders elastisch sein«, sagte Marianne.

»Wobei?«

»Beim Rehbockschießen. Höchstens der Finger am Abzug.«

Das war deutlich und wurde von Mathilde auch richtig verstanden.

»Vergessen Sie nicht das Anschleichen. Aber Sie lieben die Jagd wohl nicht?« sagte sie.

»Soviel ich weiß, werden Rehe vom Hochsitz aus, dem sie sich arglos nähern, geschossen.«

»Nicht alle.«

»Aber die meisten.«

Mathilde von Bahrendorf verstummte. Wie komme ich dazu, dachte sie, mit dieser Person hier, diesem kleinen Mädchen herumzudebattieren? Dessen ist doch die gar nicht würdig.

Was habe ich denn? fragte sich im stillen Marianne Klett. Wieso rege ich mich über Dinge auf, die mich bisher überhaupt nicht interessiert haben? Jede Art von Jagd war und ist mir doch egal. Und dann entdeckte sie in sich den Grund ihres Unmuts: diese hochnäsige Person da, der auch noch das Morgengrauen dazu verhalf, ihre Hand nach einem netten Mann auszustrecken.

»Pedro«, sagte die Freiin von Bahrenhof beim Auto zum Baron, »wollten Sie nicht Herrn Dr. Faber bald einmal zur Jagd einladen?«

»Ja, woher wissen Sie das?«

»Von Siegurd.«

»Und warum interessieren Sie sich dafür?«

»Weil ich Ihnen einen Tip geben möchte: Kommen Sie nur ja nicht auf die Idee, die Einladung auch auf Fräulein Klett auszudehnen.«

Pedro war verblüfft. »Wieso nicht?«

Die Idee war ihm fremd gewesen, aber nun erschien sie ihm plötzlich gar nicht so schlecht.

»Weil Sie es sich bei ihr völlig verscherzen würden«, sagte die Freiin spöttisch. »Fräulein Klett haßt das Totschießen unschuldiger Tiere – wie so viele, die keine Ahnung davon haben.«

Der Baron wandte sich an Marianne: »Stimmt das?«

Sie nahm Zuflucht zu einer Redensart: »Ich kenne wohl die Materie zu wenig.«

»Das läßt sich ändern«, erklärte kurzentschlossen Pedro von Aarenfeld, »indem ich die Einladung in der Tat auch auf Sie ausdehne. Frau von Bahrenhof hat mich da auf eine ausgezeichnete Möglichkeit aufmerksam gemacht.«

»Ich danke Ihnen dafür, Mathilde«, sagte er zu dieser selbst, ohne dabei auf eine kleine, ironische Verbeugung zu vergessen.

Der Freiin Nasenflügel zitterten leicht.

Marianne Klett hingegen reagierte mit einem netten, an Pedro adressierten Augenaufschlag, der ihr ganz gut gelungen zu sein schien, denn Mathilde preßte nun auch noch die Lippen aufeinander. Marianne, der das nicht entging, stieg mit einem lieblichen Lächeln in den Wagen. In jeder Frau wohnt ein kleiner Teufel, hat einmal ein Philosoph gesagt. Der Mann kannte das zarte Geschlecht.

»Ich darf also mit Ihnen rechnen?« sagte Pedro zu Marianne. Er hatte ihr die Autotür geöffnet und hielt diese noch in der Hand, um ins Wageninnere hineinsprechen zu können.

Marianne nickte lächelnd. »Ich freue mich«, erwiderte sie. »Ich liebe die Natur«, setzte sie hinzu. »Das Erwachen eines Waldes soll das Schönste sein, was es überhaupt gibt. Ich kenne es bisher noch nicht.«

»Schicksal aller Langschläferinnen«, warf trocken Dr. Faber ein, der mit solcher Lyrik wenig anzufangen wußte.

Siegurd kam die Treppe herabgelaufen, küßte Mathilde elegant die Hand und kletterte wie selbstverständlich zu Marianne hinten in den Wagen. Auch dies empfand Mathilde als kleinen Nackenschlag; es machte dem soeben erfolgten Handkuß einige Abstriche.

Dr. Faber fuhr an, Pedro winkte, Mathilde nicht. Nachdem der Wagen verschwunden war, wandte sich Pedro um und blickte in die lockenden Augen seiner schönen Gutsnachbarin. Attraktiv und begehrenswert war sie ja, das konnte sich so schnell nicht ändern. Sie hatte sich nun, da das Terrain von Konkurrenz geräumt war, wieder völlig in der Hand und war willens, sämtliche Minen springen zu lassen.

»Pedro«, sagte sie, »was machen wir jetzt?«

»Ich muß nach Niederstadt.«

Der Fluchtversuch mißlang.

»Ich auch«, sagte sie prompt. »Wir können den Weg zusammen machen. Oder haben Sie etwas dagegen?«

Das war natürlich nicht gut möglich. Er schüttelte den Kopf, zum Zeichen dafür, daß er nichts dagegen hätte.

Er wollte hinüber zu den Stallungen, um seinen Jagdwagen, mit dem er immer in die nahe Kleinstadt zu fahren pflegte, einspannen zu lassen. Aber Mathilde von Bahrenhof hielt ihn an der Jacke fest.

»Kommen Sie doch mit zu mir hinüber«, meinte sie leichthin. »Ich möchte mich noch umziehen, und wir können ja auch meinen Wagen nehmen. Das kurze Stück zu mir, der kleine Spaziergang durch den Herbstwald ist meine schönste Erholung.«

Erholung, dachte Pedro und mußte im Inneren lächeln. Wovon mußt du dich schon erholen? Von der Anstrengung des Nichtstuns, von den Strapazen deiner Gesellschaften oder vom Kummer der bevorstehenden Pleite deines Gutshofes?

Es war ja kein Geheimnis mehr, daß der Besitz über und über verschuldet war, daß nicht ein Dachziegel mehr der Baronin gehörte, daß es ihr nur die Geduld der Gläubiger und zwei unkündbare Hypotheken noch erlaubten, das Gut ihr Heim zu nennen. Wie lange noch?

Die beiden gingen hinaus aus dem Tor. Nach einem kurzen Stück begann schon der Wald, der zum größten Teil aus hellen, schlanken Birken bestand.

Es war still. Nur die Füße der beiden raschelten in dem trockenen Laub, das den Boden bedeckte. Einige aufgescheuchte Krähen, die sich nach ihrem Frühstück von den Feldern in die Baumkronen geflüchtet hatten, um der Verdauung zu obliegen, flatterten mit klatschenden Flügelschlägen auf und zogen weite Kreise am Himmel.

Mathilde blickte von der Seite öfters zu ihrem Begleiter hinüber und gestand sich ein, daß er ein gutaussehender und vor allem kraftvoller Mann war. Letzteres fand besonderen Anklang bei ihr, hatte sie doch immer auch die Ansprüche vor Augen, die sie im Bett an einen Partner zu stellen pflegte.

Siegurd, dachte sie, soll sich nicht unbedingt die Hoffnung machen, daß er ein für allemal die Nr. 1 für mich bleibt.

Beruhigend erschien ihr, was Siegurd von Pedro erzählte: daß dieser oft nächtelang vom Haus fort sei, daß niemand wüßte, wo er sich rumtreiben würde, daß er einen Hang zu romantischen Träumereien und Künstlerlaunen zeige.

Ich werde das alles in den Griff bekommen, dachte sie.

Pedro schritt schweigend dahin.

»Wollen Sie wirklich die kleine Sekretärin zur Jagd einladen?« fragte sie ihn, um die lastende Stille zu unterbrechen. Sie konnte von ihrem dummen Hochmut nicht lassen.

Pedro fuhr beim Klang ihrer Stimme zusammen. Zornig fühlte sie, daß er sie schon eine ganze Weile vergessen hatte und erst jetzt, als sie sprach, wieder an ihre Anwesenheit erinnert wurde. An was - oder wen - dachte er?

Die Antwort, die er ihr gab, war kühl. »Warum soll ich sie nicht einladen?«

»Sie weiß sich doch nicht richtig zu verhalten. Sie würde Ihnen das ganze Wild vergrämen.«

»Hauptsache, es macht ihr Spaß.«

Mathilde von Bahrenhof glaubte nicht recht zu hören. Hauptsache, es macht ihr Spaß? Ein Jäger sagte dies? Ihm das Wild zu vertreiben?

Wenn ein Jäger dies sagte, war höchste Gefahr im Verzuge, wobei es durchaus sein konnte, daß ihm selbst das noch gar nicht so recht bewußt war. Jedenfalls erkannte Mathilde von Bahrenhof, daß sie keine Stunde mehr versäumen durfte.

Der Gedanke daran, was sich da offensichtlich schon angebahnt hatte, raubte ihr schier den Atem.

Sie hatten den Birkenwald durchschritten und kamen nun an einem Fischteich vorbei, an dessen gegenüberliegendem Ufer sich das Herrenhaus vom Gut Bahrenhof erstreckte. Trauerweiden ließen ihre langen Zweige in das stille Wasser hängen, und eine Gruppe von Schwänen zog über den Teich.

So sehr sich Mathilde von Bahrenhof auch darum bemühte, Pedro dazu zu bewegen, mit in das Haus zu kommen, es glückte ihr nicht. Er bat, am Teich auf sie warten zu dürfen, da er den Schwänen zusehen wolle. Er gehörte von jeher zu den Bewunderern der unnachahmlichen Majestät und Würde, mit der diese Vögel durch das Wasser ziehen.

Der Romantiker, dachte Mathilde und eilte, um sich nicht zu versäumen, mit schnellen Schritten ins Haus. Pedro, ein Mann, ließ Schwäne Schwäne sein und blickte ihr nach, würdigte in Gedanken durchaus ihre schlanke, biegsame Gestalt, die langen, blonden Locken, den wippenden, koketten Gang, den gekonnten, wirkungsvollen Schwung ihrer Hüften - letzteren besonders.

Pedros Nachbarin war eine schöne Frau, da biß die Maus keinen Faden ab. Wörtlich ging ihm dieser Gedanke, dem es an Adel wieder einmal gebrach, durch den Kopf.

Es dauerte nicht lange, und Mathilde kam zurück. Sie trug ein hellgraues Kammgarnkostüm mit einem engen Rock, der wieder ihre Hüften ganz besonders zur Geltung brachte. Daß es den Beinen nicht an Fähigkeit, Begeisterung zu erregen, fehlte, war Pedro auch nichts Neues. Um den Nacken lag ein breiter Silberfuchs. Auf dem Kopf saß ein modisches Hütchen, dessen Krempe rundherum mit einem französischen Schleier drapiert war.

Zugleich mit Mathilde erschien ein schwerer Tourenwagen, der die nahe Garage verlassen hatte. Der Mann, der ihn fuhr, hielt ihn vor Pedro an, stieg aus, zog grüßend die Mütze und übergab mit einer demonstrativen Geste Pedro das Steuer. Dazu hatte er von seiner Herrin Anweisung erhalten. Er war zwar der Chauffeur, aber er wurde nicht mehr gebraucht.

»Sie wagen es wirklich, sich mir anzuvertrauen?« sagte der Baron zu Mathilde. »Wissen Sie, was für ein Fahrer ich bin?«

Sie kletterte lachend auf den Sitz neben dem Steuer und erwiderte zweideutig: »Wenn es einen Mann gibt, der eine Frau nicht in Gefahr bringt, dann sind Sie es.«

Eine glatte Herausforderung.

Eine Herausforderung aber, deren Wirkung verpuffte. Pedro schwieg. Er blickte geradeaus auf die Straße vor sich, die sich wie ein elastisches Band durch Wälder und Felder wand und seine ganze Aufmerksamkeit in Anspruch zu nehmen schien. Die Chaussee nach Niederstadt bestand aus zwei Teilen, einem guten und einem schlechteren. Pedro stellte mit der rechten Hand das Radio an und kam dabei ungewollt mit Mathildes Knie in Berührung.

»Verzeihung.«

»Keine Ursache.« Dies sagte Mathilde nicht nur so hin, sondern damit meinte sie wirklich und wahrhaftig, was sie sagte.

Pedro war aber eine harte Nuß. Mehr und mehr schälte sich heraus, daß das Schicksal Mathilde zu Hilfe kommen mußte, und es schickte sich dazu auch schon an.

Die Natur zeigte sich von ihrer besten Seite, das Wetter auch. Mathilde blickte aus dem Seitenfenster und sagte, Pedros Hang zur Romantik im Sinn, überschwenglich: »Wie herrlich die Sonne auf die Fluren scheint! Es muß ein wunderbares Gefühl sein, das alles sein eigen nennen zu können.«

»Man hat auch viel Arbeit«, schränkte Pedro ein, »das Ganze muß nicht nur erhalten, es soll auch noch vergrößert werden. Stillstand heißt Rückschritt, lautet ein ehernes Gesetz unseres Wirtschaftssystems.«

Es konnte gar nicht anders sein, als daß Mathilde sich betroffen fühlte und sagte: »Das geht eben über die Kräfte einer schwachen Frau.«

»Man muß sich auch als Mann anstrengen.«

»Sie schaffen das in bewunderungswürdiger Weise.«

»Es gibt auch geradezu unverständliche Verpflichtungen, die damit verbunden sind. Ich ...«

Er brach brüsk ab. Er ärgerte sich über sich selbst, da er ums Haar ein Thema angeschnitten hätte, das andere nichts anging.

Das Majorat, dachte zutreffenderweise Mathilde, er meint das Majorat. Und sie nutzte die Gelegenheit, zum Kern vorzustoßen, indem sie sagte: »Ist es denn gar so schwer, eine passende Frau zu finden?«

Keine Antwort.

»Das ist es doch, was Sie bedrückt, Pedro?«

Er schwieg verbissen.

»Oder wollen Sie darüber nicht reden?«

»Nein.«

Der schlechtere Teil der Straße begann. Schlaglöcher und Bodenwellen rüttelten den Wagen durch. Pedro fuhr langsam, und das sollte sich als Segen erweisen. Mathilde legte sich in ihrem Sitz zurück und schlug die schlanken Beine übereinander, das rechte über das linke, und nicht umgekehrt. Das Resultat war geradezu zwangsläufig: Ihr rechter Fuß, der frei in der Luft hing, paßte sich den Schlaglöchern an, wippte in deren Rhythmus und stellte dabei jedesmal den Kontakt mit dem rechten Bein Pedros her.

Wieder aber blieben die Früchte aus, die Mathilde damit wenigstens im Ansatz zu ernten hoffte. Pedro reagierte nicht. Sein Bein blieb ausschließlich damit beschäftigt, Gas zu geben, wegzunehmen, zu geben, wegzunehmen, zu geben ...

Ein sturer Bock, dachte Mathilde. Und vom Bock war der gedankliche Sprung nicht weit zum Stier, den bei den Hörnern zu packen sie sich entschloß.

»Diese Klett«, sagte sie, »hat ein Auge auf Sie geworfen, Pedro.«

»Was?«

»Die Klett, Fabers neue Sekretärin, hat ein Auge auf Sie geworfen.«

»Wer sagt Ihnen das?«

»Niemand, aber einer Frau entgeht das nicht.«

»Unsinn!«

»Doch, doch! Sie ließ das ja auch deutlich genug erkennen, ohne jede Zurückhaltung. Und wissen Sie, woher das kommt?«

Pedro wandte seinen Blick von der Straße ab und sah Mathilde an, schweigend. Eine Kurve rückte näher.

»Von diesen blödsinnigen Illustriertenberichten, in denen Männer aus unseren Kreisen, Adelige, nicht standesgemäß heiraten, in denen sie Stewardessen oder kleine Dolmetscherinnen und - bitte - Sekretärinnen heimführen. Das verdirbt die Sitten, Pedro, glauben Sie mir. Jede denkt, es der Silvia nachmachen zu können.«

Die Kurve war erreicht. Urplötzlich tauchte ein Bauernwagen, der ihnen entgegenkam, auf. Pedro sah die Pferde und das erschrockene Gesicht des an den Zügeln zerrenden Bauern ganz nah vor sich, er hörte einen hellen Schrei neben sich – und da hatte er schon die Bremse getreten sowie das Steuer nach rechts gerissen. Der schwere Kraftwagen schleuderte zur Seite, schlitterte über die Schlaglöcher der in der Kurve besonders schadhaften Straßendecke und kam unmittelbar vor dem Chausseegraben zum Stehen.

Rasch erholte sich Pedro vom ersten Schreck, doch dann empfand er den zweiten: Mathilde lag an seiner Brust, mit geschlossenen Augen.

War sie ohnmächtig? Verletzungen konnte man keine an ihr entdecken.

Der Bauer fluchte, verstummte aber, als er den Lenker des Autos erkannte. Nachdem es ihm gelungen war, die Pferde zu beruhigen, fuhr er weiter.

Vorsichtig suchte sich Pedro von Mathilde zu lösen. In diesem Augenblick wurde die Frage ›Ohnmächtig oder nicht?‹ beantwortet. ›Nicht‹ lautete die Erwiderung. Pedro fühlte sich ergriffen, zwei blutrot geschminkte Lippen strebten den seinen entgegen, ein heißer Atem traf sein Gesicht, ein ganzer schlanker Körper preßte sich bebend an ihn, und dann küßten ihn die blutroten Lippen mit einer Wildheit, die ihn wehrlos machte.

»Verzeih mir, Pedro«, stammelte Mathilde von Bahrenhof, »ich kann nicht anders. *Ich* hatte dich abgelenkt, *ich* wäre schuld an allem gewesen, was hätte passieren können. Das Entsetzen sitzt mir noch in den Gliedern. Den Tod vor Augen, erkannte ich, wie's um mich steht – und um dich. Wir lieben uns. Meine Küsse mischen sich mit den deinen ...«

Mit den meinen? dachte Pedro verwirrt, und Widerspruch regte sich in ihm.

Rasch legte sie ihm ihre schmale, nach Kölnisch Wasser duftende Hand auf den Mund. »Sei still, ich spüre noch deinen Kuß.«

Ein Auto hupte hinter ihnen. Ihr Wagen stand schräg auf der Straße und bildete dadurch ein Hindernis, das zu beseitigen Pedro sich angelegen lassen sein mußte. Er ließ den abgewürgten Motor wieder anspringen, legte den Gang ein und gab Gas. Bis Niederstadt sprach er kein Wort mehr, auch Mathilde schwieg. Das Teilstück, das sie weitergekommen war, bereitete ihr verhaltene Triumphgefühle.

Die Straße wurde wieder besser. Bäume und Felder flogen an ihnen vorbei, die helle Herbstsonne spiegelte sich in Teichen und Tümpeln im Gelände. Am Ziel bat Mathilde, bei ihrer Schneiderin abgesetzt und dort später wieder abgeholt zu werden.

»Wann?« fragte Pedro knapp.

»Wenn du fertig bist.«

»Wann sind Sie's?«

»Ich richte mich nach dir.«

»Ich mich nach Ihnen.«

»Also gut, in zwei Stunden«, beendete sie den unterschiedlichen Dialog, der sie dazu ermahnte, ihre Triumphgefühle noch nicht allzu stark ins Kraut schießen zu lassen.

Dr. Faber hatte in Boltenberge seinen Wagen schon verlassen und war in sein Geschäft getreten, als Siegurd von Aarfeld noch immer bei Marianne Klett stand und auf sie einredete: »Sie dürfen einfach nicht nein sagen, gnädiges Fräulein. Was soll ich ohne Sie in der Ohio-Bar? Machen Sie mir doch das Vergnügen.«

»Nachts schlafe ich«, entgegnete Marianne ein wenig unsicher. »Ich muß früh frisch sein im Dienst. Dr. Faber darf das von mir erwarten. Übrigens«, sagte sie und setzte sich ein wenig ab von Siegurd, »muß ich jetzt zu ihm, er will mir sicher gleich ein paar Briefe diktieren.«

Siegurd ergriff ihren Arm und hielt sie fest. »Ich lasse Sie nicht gehen, bis Sie meine Einladung angenommen haben. Sie wissen, daß Sie entzückend sind. Sicher haben Ihnen das schon viele Männer vor mir gesagt, ich kann es nur wiederholen. Diese Fahrt nach Boltenberge war ein süßes Erlebnis für mich. Nennen Sie mich nicht kindisch. Ich muß Sie heute abend wiedersehen.«

Es gibt auch unter Schürzenjägern noch Rangstufen. Siegurd von Aarfeld war einer mit Format.

Als er sah, daß Marianne Klett den Kopf schüttelte und sich freimachen wollte, setzte er beschwörenden Tones hinzu: »Soll ich hier auf offener Straße, vor allen Leuten, vor Ihnen auf die Knie fallen? Ich tue es, wenn Sie mich dazu zwingen.«

»Sind Sie verrückt?«

»Natürlich bin ich das! Verrückt nach Ihnen!«

Welcher Frau hätte das nicht gefallen, vor allem auch deshalb, weil als Substanz hinter diesen Worten ein leibhaftiger Baron steckte?

Marianne fing an, weich zu werden. Siegurd, der das natürlich sofort merkte, bot seinen ganzen Charme, den er in ein schmelzendes, strahlendes Lächeln hineinlegen konnte, auf und sagte: »Ich sehe, Sie kommen zur Vernunft, Sie willigen also ein?«

»Vielleicht ...«

»Sagt eine schöne Frau ›vielleicht‹, dann hast du bei ihr viel erreicht«, trällerte Siegurd vergnügt. »Ihr ›vielleicht‹ lasse ich deshalb gelten und werde Punkt acht Uhr abends vor Ihrer Tür stehen. Ihre Adresse, bitte?«

»Mozartstraße 4 – aber wenn ich komme, nur auf ein Glas Wein, ein Stündchen.«

»Einverstanden, nur auf ein Glas Wein, ein Stündchen.« Siegurd beugte sich über Mariannes Hand und küßte sie zart. »Eine Stunde Glück. Wie sagt doch Schiller? ›Einen Tag gelebt im Paradiese ist nicht zu teuer mit dem Tod bezahlt‹. Ich kann das nur unterstreichen.«

Marianne wandte sich lachend ab und lief in den Laden, auf dessen breiter Glastür in Goldbuchstaben ›Kunsthandlung Faber‹ stand. Siegurd blickte ihr durch die Scheibe nach, bis sie im Hintergrund des Raumes in einem Büro verschwand. In seinen Augen lag ein flimmernder Glanz, seine Lippen unter dem schmalen, schwarzen Bärtchen lächelten genießerisch. Er rieb sich sogar die Hände. Alles an ihm erinnerte an einen Menschen, der sich einer Beute sicher zu sein schien.

In der Ohio-Bar, einem der bevorzugten Reviere dieses Jägers, gab es schummrige Nischen und Ecken, in denen auch ein gewaltsamer Kuß nicht für Aufregung sorgte. Frauen, die sich widersetzten, erhofften sich vom Personal des Etablissements vergeblich Beistand.

Siegurd ging die Hauptstraße hinunter. Vor einem Blumenladen blieb er stehen, betrachtete die Auslagen und trat dann ein. Nach einer sorgfältigen, fachmännischen Auswahl bezahlte er einen wunderschönen Strauß kostbarer Blüten, den er durch Boten an ›Fräulein Marianne Klett, Kunsthandlung Faber‹, begleitet von einer Karte, schicken ließ. Auf die Karte hatte er geschrieben: »Ein Traum von Blumen meinem Traum vom Leben ...«

Dann schlenderte er vergnügt und spannkräftig durch Boltenberge, drückte am Stadtrand die Vorgartentür einer kleinen Villa auf und schellte. Eine junge, hübsche Witwe öffnete ihm, stieß einen kleinen Freudenschrei aus, zog ihn ins Haus, sprang ihm drinnen in die auffangbereiten Arme und ließ sich dorthin tragen, wohin sich junge Witwen, nachdem sie den ersten Schmerz, den der von ihnen erlittene Verlust in ihnen hervorrief, überwunden haben, am liebsten tragen lassen.

2

Es war einer Woche später. Pedro von Aarfeld stand vor dem Tor des Gutes und erwartete den Wagen Dr. Fabers, der heute zur Jagd kommen sollte. Er hatte ein grünes Hemd und einen grünen Lodenanzug an, steckte in derben Stiefeln und sah, wenn man ihn nicht kannte, aus wie ein Forstbeamter.

Normalerweise stellte sich der Baron nicht vors Tor, um einen Gast zu erwarten und auf das Glück zu vertrauen, daß der Betreffende auch pünktlich erschien. Heute tat er es.

Und er hatte es auch nicht zu bereuen, denn genau zum festgesetzten Zeitpunkt tauchte die Limousine des Kunsthändlers auf und rollte vor dem Tor aus. Doch dann entdeckte Pedro überrascht am Steuer des Wagens nicht seinen Freund Faber, sondern dessen Chauffeur. Die noch größere Enttäuschung freilich, die ihm hätte drohen können, blieb ihm erspart. Im Fond des Autos saß Marianne Klett, ein wenig aufgeregt, ein wenig befangen, und blickte durch die Scheiben.

Galant half er ihr aus dem Wagen und drückte ihr nach Jägerart derb die Hand.

»Sie kommen allein?«

»Ja.« Ihre Stimme war etwas belegt vor Aufregung. »Herr Dr. Faber läßt sich entschuldigen, er mußte zu einem dringenden Termin plötzlich nach München.«

»Warum rief er mich nicht an?«

»Weil es, sagte er, immerhin möglich ist, daß er mit dem Flugzeug zurückkommt und sich hier noch rechtzeitig einfindet.«

»Das hat er schon oft gesagt, ich glaube es nicht. Mein Verdacht ist der, daß er sich vor der von ihm gefürchteten sogenannten Mückenplage im Wald schützen will.«

Beide lachten, und Marianne sagte: »Inzwischen hat er jedenfalls mich als vorläufigen, alleinigen Ersatz geschickt ...«

»Und dieser Ersatz«, verneigte sich der Baron galant, »ist viel besser als das Original.«

Der Chauffeur wurde mit dem Wagen zurück nach Boltenberge in Marsch gesetzt.

»Und wie werde ich nach Hause kommen?« fragte Marianne den Baron, der den Chauffeur mit einem reichlichen Trinkgeld bedachte.

»Ihren Transport übernehme morgen ich selbst.«

Sie gingen ins Haus, in welchem ihnen dann gleich Kaffee und Kuchen serviert wurde.

»Sind Sie gerüstet, sehr früh aus den Federn zu steigen?« fragte er. »Wann darf ich Sie wecken lassen?«

»Jederzeit. Ich möchte nichts versäumen im Morgenwald. Herr Dr. Faber hat mich verleumdet, als er mich als Langschläferin bezeichnete.«

Pedro trank einen Schluck Kaffee und blickte Marianne über den Rand seiner Tasse hinweg wohlgefällig an. Plötzlich trat ein leiser Schatten in seine Augen, er setzte die Tasse ab.

»Ach ja«, sagte er, »ich soll meinen Bruder Siegurd bei Ihnen entschuldigen. Er hatte eine wichtige Angelegenheit in der Stadt zu erledigen.« Und mit einem gewissen Lächeln setzte er hinzu: »Er hat oft wichtige Angelegenheiten in der Stadt zu erledigen.«

Marianne Klett spürte, daß sie ein Zucken ihrer Augenlider nicht unterdrücken konnte.

»Wissen Sie«, überspielte Pedro die Situation - ob gewollt oder ungewollt, blieb unklar, »ich finde es herrlich, daß Dr. Faber nach München mußte. Hoffentlich erwischt er heute kein Flugzeug mehr. Ich habe kein Bedürfnis, mich von ihm noch mit seinen Katalogen traktieren zu lassen. Viel lieber würde ich mit Ihnen heute nachmittag schon einen Spaziergang durch den Wald machen, einen Orientierungsbummel sozusagen. Hätten Sie Lust?«

Sie sprang auf. »Aber ja!«

Im Moment floh sie gerne diese Räume hier, um den Geist Siegurds zu bannen.

An jenem Abend, an dem sie mit ihm in der Ohio-Bar geweilt hatte, war sie mit der Welt in Berührung gekommen, die man die »große« nennt und die sie nur aus Büchern und Filmen kannte. Ein glitzernder Raum mit einer Spiegeltanzfläche; mit schmiedeeisernen Geländern und Leuchtern; einer endlos langen Theke; Herren im Frack; Damen in Abendkleidern, Träumen aus Tüll, Spitzen, Lamé, Taft und Seide. Herren, die nicht mit 100 oder 200 Mark rechneten; Damen, die noch viel weniger erwarteten, daß ihre Begleiter damit rechneten; ein Orchester, das so wundervolle Weisen spielte, heiße und verträumte, daß man die Augen schloß und sich willenlos über den Spiegel gleiten ließ, an der Brust eines Mannes, der zärtlich und süß sagte, daß er die schönste Frau seines Lebens im Arme halte.

Siegurd von Aarfeld. Als er sie das erstemal küßte, blinkte es warnend auf in ihrem Inneren, aber sie küßte ihn wieder, weinselig, glücklich, einen Mann bei sich zu haben, der sie umschwärmte und verehrte. Und sie küßte ihn noch einmal und noch einmal und zuletzt auch, als er sie nach Hause brachte und sich korrekt an ihrer Tür verabschiedete. Nein, er versuchte nicht, die Situation auszunützen. Dr. Faber sah ihn falsch. Marianne kroch glücklich ins Bett und träumte von Tangos und feurigen Señores und lächelte im Schlaf. Was wußte sie von einer jungen, heißen Witwe, in deren Bett sich stundenlange Liebeskämpfe abgespielt hatten, aus denen jene Ermattung und Sittsamkeit resultierte, über die sie, Marianne, sich vor ihrer Haustür freuen zu dürfen glaubte.

»Mit Ihren Schuhen können Sie aber nicht losziehen«, sagte Pedro. »Im Wald ist's naß, vor allem gegen Abend, wenn wir doch länger draußen bleiben.«

Er weiß nichts von meinem Ohio-Bar-Besuch, dachte Marianne. Siegurd hat ihm nichts erzählt. Bin ich froh! Ein Mädchen darf sich nicht gleich beim erstenmal so gehen lassen. Ich wollte ja auch nur ein Stündchen bleiben, hatte ganz fest diesen Vorsatz. Aber der Wein war so gut ... und dann der Champagner! Ich hatte noch nie welchen getrunken. Er war herrlich. Am nächsten Morgen sah allerdings alles schon wieder etwas anders aus. Ich hatte Kopfweh. Und im Geschäft war ich müde. Übel war mir auch. Siegurd sagte mir am Telefon, das käme alles vom Durcheinander, das ich getrunken hätte. Warum hat er mir dann dieses Durcheinander eingeflößt?

Pedro schellte. Er fragte, ehe ein Diener erschien, Marianne: »Welche Schuhgröße haben Sie?«

»Achtunddreißig.«

Dann stand der Diener in der Tür, ein langer, dürrer Mensch, mit einem Gesicht, das ständig zum Ausdruck brachte, daß er mit der ganzen Welt, sämtlichen lebenden und toten Gegenständen, unzufrieden war. Alle im Haus nannten ihn Lulatsch.

»Lulatsch«, sagte der Baron, »bring uns ein Paar Gummistiefel für die Dame, Größe achtunddreißig; außerdem den Damenlodenmantel, auf den ich dich schon hingewiesen habe.«

»Sehr wohl, Herr Baron.«

Lulatsch ließ einen raschen Blick über die Besucherin seines Herrn gleiten, dann stand sein Urteil fest: viel zu hübsch; solche Individuen verdrehen den Männern nur die Köpfe.

Er verließ den Raum.

Um die gleiche Zeit saßen sich auf Gut Bahrenhof Mathilde, die Herrin, und Baron Siegurd von Aarenfeld gegenüber. Siegurd hielt es aber in seinem Sessel nicht lange aus. Er stemmte sich aus ihm hoch und legte sich auf die Couch, zog die Beine an, verschränkte die Hände unter seinem Kopf und fuhr fort, an seiner Zigarette zu paffen, die ihm im Mundwinkel hing.

»Paß auf auf die Asche!« ermahnte ihn Mathilde ziemlich unwirsch.

Sie machte einen etwas derangierten Eindruck, ihre sonst so gepflegten Locken waren zerwühlt. Unter einem bunten Seidenmorgenrock trug sie nur eine schwarze Spitzenkombination. Das paßte zur Kleidung, in der Siegurd auf der Couch lag. Sie war auch nicht vollständig.

»Du sollst auf die Asche aufpassen«, wiederholte Mathilde. »Gleich fällt sie runter, das macht mich nervös.«

»Bring mir einen Aschenbecher«, sagte er faul.

Wortlos kam sie der Aufforderung nach, lief mit nackten Füßen über den Teppich und zog sich wieder in ihren Sessel zurück.

»Wie weit bist du mit Pedro?« fragte er sie.

Ein verächtlicher Laut, den sie ausstieß, war die einzige Antwort.

Siegurd drehte das Gesicht, mit dem er empor zur Decke geblickt hatte, hinüber zu ihr und sagte: »Was heißt das? Schaffst du ihn nicht?«

»Suche die Schuld nicht bei mir!« fauchte sie ihn an. »Dein Bruder ist wohl schwul. Ich habe eine Situation heraufbeschworen, habe mich hineingekniet, daß mir jeder normale Mann die Kleider vom Leib gerissen hätte.«

»Wo war das? Hier in deinem Haus?«

»Das betritt er ja nicht. Nein, im Auto.«

»Im Auto?« Siegurd lachte schallend. »Das glaube ich, daß du damit bei dem nicht ankommst. Geschlechtsverkehr im Auto ist nichts für den.«

»Für dich schon.«

»Soll das ein Vorwurf sein? Dann müßtest du mich im gleichen Atemzuge der mehrfachen Vergewaltigung, begangen an dir, anschuldigen. Aber davon kann wohl nicht die Rede sein.«

»Laß uns nicht streiten. Weißt du, was ich gemerkt habe?«

»Was?«

»Die vom Faber ist hinter deinem Bruder her.«

»Wer die?«

»Die neue Sekretärin, du weißt schon.«

»Die Klett?«

»Ja, die kann den Blick nicht von ihm wenden.«

»Das bildest du dir ein.«

»Willst du mir abstreiten, daß ich ein Auge für so etwas habe?«

Siegurd richtete sich auf, schwang die Beine von der Couch und sagte, als er saß: »Mach mich nicht schwach, du meinst das wirklich?«

»Wirklich und wahrhaftig.«

»Aber du solltest doch in der Lage sein, ohne weiteres ein solches Gänschen auszustechen.«

Mathilde von Bahrenhof warf arrogant den Kopf zurück. »Bei einem normalen Mann ohne weiteres, ja. Dein Bruder scheint aber kein normaler Mann zu sein, wie ich dir schon sagte.«

»Hör mit diesem Unsinn auf!«

»Unsinn? Bist du sicher?«

»Absolut.«

»Schön, dann frage ich dich, was wir machen sollen. Die Situation ist nicht ungefährlich.«

Siegurd dachte kurz nach, dann entschied er: »Für dich gilt das gleiche wie bisher: Heiz ihm ein! Um die Klett kümmere ich mich.«

»Was hast du vor mit ihr?«

»Sie mir zu meiner Geliebten zu machen.«

»Siegurd! Das verbiete ich dir!«

»Thildchen, denk an deine Schulden«, sagte er trocken, und sie steckte auch prompt zurück: »Mußt du denn gleich ins Bett steigen mit ihr? Du weißt doch, wie eifersüchtig ich bin, Siegurd.«

»Nun gut«, lenkte er ein, »vielleicht genügen notfalls auch ein paar Küsse, um sie für einen spanischen Bastard zu erledigen.«

»Gegen ein paar Küsse hätte ich nichts einzuwenden.«

»Dazu wäre es auch zu spät«, lachte er.

»Was heißt das?« fuhr sie hoch.

»Das heißt, daß die Küsse schon über die Bühne gingen.«

Mathilde sprang auf. »Wann? Wo? Du Schuft! Du Lump! Das hättest du mir nie gesagt, wenn dich die Situation jetzt nicht mehr oder minder dazu gezwungen hätte. Sei vorsichtig, ich habe dich in der Hand.«

»Wer hat wen in der Hand, du mich oder ich dich?«

»Ich dich, täusch dich nicht.«

»Wieso du mich?«

»Weil ich, wenn du zu weit gehst, nicht zögern werde, deinem Bruder die Augen zu öffnen und ihm das Komplott zwischen uns beiden aufzudecken. Kapiert, mein Lieber?«

Er war so perplex, daß er nur hervorstoßen konnte: »Du bist ja verrückt!«

Doch er machte sich keine Illusionen und setzte hinzu: »Aber zuzutrauen wäre dir das.«

»Absolut!« schwor sie ihm.

Die allgemeine Stimmung war verdorben, und er sah kein anderes Mittel als das altbewährte, mit dem vor allem Mathildes Laune wieder aufzubessern war, und so waren die paar Sachen, die jeder von ihnen nur anhatte, rasch ausgezogen ...

Im Wald war es völlig still. Wie ausgestreute Perlen hing der Tau an den Farnen und Gräsern der Lichtungen. Der weiche Waldboden roch herb nach Pilzen, verfaulendem Laub und dürren Tannennadeln.

An den Beinen dicke Gummistiefel und eingehüllt in ihren weiten, langen Lodenmantel, stapfte Marianne Klett neben Pedro von Aarfeld durch den herrlichen Forst. Stiefel und Mantel hatten Aufgaben des Schutzes zu erfüllen. Daneben konnten sie nicht auch noch die Aufgabe erfüllen, die Schönheit dessen, was sie schützten, zu unterstreichen. Beine und Figur wurden von ihnen verdeckt, nicht hervorgehoben. Trotz der Vermummung glitt Pedros Blick aber immer wieder zufrieden über das Geschöpf an seiner Seite.

Um ihr lockiges Haar hatte Marianne ein hauchdünnes Chiffontuch geschlungen. Tief atmete sie die reine Luft ein und blieb ab und zu stehen, wenn es im Gebüsch knackte oder ein Eichhörnchen vor ihnen im Geäst einer Fichte herumturnte.

Ehe sie auf eine Lichtung hinaustraten, hielt Pedro plötzlich an und faßte Marianne am Ärmel ihres Mantels. Zugleich legte er den Zeigefinger auf die Lippen und nickte nach vorn.

Lautlos schlüpften sie hinter einen dicken Baum. Ihnen gegenüber, auf der anderen Seite der Lichtung, entdeckte Marianne ein Reh, eine Ricke. Was eine Ricke war, nämlich ein weibliches Reh, wußte Marianne damals noch nicht, aber Pedro erklärte es ihr in einigen kurzen Worten, die er ihr ins

Ohr hauchte. Dies geschah zu ihrem Vergnügen freilich, wie sie sich eingestehen mußte, weniger der Worte als des Hauches wegen.

Die Ricke äugte nach allen Seiten, sicherte; da aber der Wind ungünstig für sie stand, konnte sie keine Witterung nehmen und senkte deshalb beruhigt den Kopf, um die saftigen Spitzen der Gräser zu äsen. Zwischendurch hob sie immer wieder den Kopf und suchte mit ihren glänzenden Augen mißtrauisch die Waldränder ab. Langsam, Schritt für Schritt, näherte sie sich, während sie äste, den beiden Beobachtern.

Leise zogen sich Marianne und Pedro zurück und schlugen einen weiten Bogen um die Lichtung.

»Man soll das Wild nicht vergrämen«, erklärte ihr der Baron und blieb stehen. »Sehen Sie, wenn uns das Reh bemerkt hätte, wäre es sofort geflüchtet und hätte lange, vielleicht sogar für immer, diesen Platz gemieden. Die Tiere kennen die Gefahr durchaus, die ihnen vom Menschen droht.«

Sie gingen wieder weiter, schritten eine Weile stumm nebeneinander her, bahnten sich, Pedro voraus, einen Weg durch dichtes Unterholz, kletterten über einige kleine, bewaldete Hügel und kamen schließlich zu einem Abhang, dessen Fuß das Ufer eines kleinen Sees bildete. Verträumt, einsam, verlassen lag der See inmitten des Waldes. Das klare Wasser wurde von der Sonne bespiegelt, Gebüsch säumte das Ufer, und auf der gegenüberliegenden Seite erhoben sich wieder dicht bewaldete Hügel.

»Wunderschön«, sagte Marianne, die sich nicht sattsehen konnte. »Dieser Frieden! Diese Stille! Auch der See gehört Ihnen?«

»Ja«, sagte er. »Ich nenne ihn ›Das schlafende Mädchen‹. Ich habe ihn so getauft, weil er noch unberührt ist, jungfräulich inmitten einer prangenden Natur. Nur der Förster Recke kennt ihn genau ... und ich.«

Er sah Marianne lächelnd an. Ihr kastanienbraunes Haar schimmerte in der Sonne. Das schöne Gesicht war ein wenig zur Seite geneigt. Leise atmend hob und senkte sich ihre Brust.

»Wunderschön«, sagte sie wieder, den Blick auf den See, über dem Libellen tanzten, gerichtet.

Pedro faßte sie an der Hand. »Kommen Sie, ich habe Ihnen noch etwas zu zeigen, ein Geheimnis. Sie müssen mir aber versprechen, es für sich zu behalten.«

Sie nickte.

Wie hatte doch Siegurd gesagt? ›Du darfst unser Geheimnis nicht verraten, kleines Mädchen. Wenn man sich liebt, muß man das ganz tief im Herzen behalten.‹

Wenn man sich liebt ...

Liebte sie Siegurd wirklich? Liebte sie ihn, weil sie sich von ihm hatte küssen lassen? Weil sie seine Küsse erwidert hatte?

Oder konnte sie diesen großen Mann neben sich lieben, der so ganz anders war als sein Bruder, so ehrlich, so tief mit der Natur verbunden, so klar wie der See, der zu ihren Füßen lag?

»Kommen Sie«, sagte Pedro noch einmal, als sie versunken dastand und den Eindruck erweckte, als ob sie sich nicht in Bewegung setzen wollte, »es ist nicht weit.«

Er führte sie ganz hinunter ans Ufer, stützte sie, machte sie auf Stolperstellen aufmerksam. Jedesmal, wenn seine starken Finger an ihrem Arm fester Zugriffen, um ihr Halt zu verleihen, durchströmte es Marianne, und sie verspürte den Wunsch, ihn zu umfangen, sich an seinen Hals zu hängen und sich in ihrer Gänze von ihm tragen zu lassen ... immer ... bis ans Ende der Welt.

Nur ein schmaler Pfad, der sich rasch verengte, führte um das Wasser herum. Pedro mußte nun vorausgehen. Er bog die in den Weg hineinragenden Zweige der Büsche zur Seite, Marianne diese lästige Arbeit ersparend, und strebte einem dichten Tannenwald entgegen. Schließlich wurde der Pfad wieder etwas breiter, das Ufer schien in den Wald hineinzuwachsen, es wurde flach - und plötzlich stand Marianne, als sie hinter einem Busch hervortrat, vor einem kleinen Holzhaus mit grünen Läden, das nahe an den See herangebaut worden war. Ein Bootssteg führte ins Wasser. Das Boot selbst lag kieloben auf dem schmalen Streifen zwischen Haus und See.

»Das Geheimnis«, sagte Pedro von Aarfeld, mit einer kreisenden Handbewegung auf die ganze Idylle weisend. »Was Sie hier sehen, Fräulein Klett, ist niemandem bekannt, meinem Bruder nicht, der Freiin von Bahrenhof nicht, Dr. Faber nicht - keinem, außer Recke. Sie sind die erste, der ich es zeige. Es handelt sich um das Atelier des Malers Ralf Torren.«

»Der Ort«, fragte sie ihn, »wohin Sie oft spurlos verschwinden?«

Und da er nickte, trat sie an das Häuschen heran und strich mit der Hand über das harte, rissige, dringend wieder eines Anstrichs bedürftige Holz.

»Ein Ort des Glücks«, sagte sie dabei. »Wie unverstanden von seinen Nächsten muß einer sein, den es in solche Einsamkeit treibt.«

Er stand hinter ihr. »Sagen Sie das nicht, Marianne. Hier fühle ich mich wohl. Gut Aarfeld ist meine Welt der Arbeit, das hier meine Welt des Glücks, des Künstlers - wenn ich mich einen solchen nennen darf. Hier sitze ich Stunden um Stunden und male: das Reh, den Hirsch, die Bäume um mich herum, die Nebel, die aus dem See steigen, die Schatten der Dämmerung, den Regenbogen, der sich über die Wälder spannt, den Fuchs, den Igel im Kampf mit einer Otter, das Eichhörnchen, das Zapfen knabbert, die Wildgänse, wenn sie gen Süden ziehen oder zurückkommen nach Norden. Ich male sie alle, die meine Freunde geworden sind, doch am meisten beschäftigt mich immer wieder mein Hauptmotiv: ›Das schlafende Mädchen‹.«

Er drehte den Schlüssel im Schloß und stieß die Tür des Häuschens weit auf. Ein Geruch nach Farben, Terpentin, Leinwand und Leim strömte ihnen entgegen. Rasch war Pedro bei den Fenstern, öffnete sie und ließ frische Luft und helles Tageslicht in den einzigen großen Raum der Hütte hereinquellen.

Links in der Ecke standen eine einfache Couch, ein Tisch und zwei Flechtsessel. Am hinteren Fenster befand sich die große Staffelei mit dem Farbenkasten. Die Wände waren über und über behängt mit den Gemälden Ralf Torrens. Den einzigen Gegenstand des Komforts, der vorhanden war, bildete ein guter Teppich. Er bedeckte einen großen Teil des roh gedielten Bodens. Ein alter Küchenschrank in der rechten vorderen Ecke und ein wackliger Herd daneben vervollständigten die Ausstattung des Raumes.

Marianne ging von Bild zu Bild und betrachtete jedes. Im Grunde wiederholten sich die Motive oft, waren aber immer abgewandelt. Derselbe Fleck Erde mit verschiedenen Gesichtern - bei Regen, Gewitter, bei strahlender Sonne, unter Schnee, im Nebel. Marianne staunte über die Vielfalt der Natur und die Könnerschaft, mit der Pedro sie eingefangen hatte.

Was sie dachte und empfand, sammelte sich alles in einem einzigen Wort, das sich endlich ihrem Inneren entrang: »Herrlich!«

»Ich freue mich, daß Ihnen die Bilder gefallen«, sagte Pedro schlicht.

»Was heißt ›gefallen‹? Ich bin begeistert, hingerissen! Wie machen Sie das nur?«

Er stand hinter ihr und antwortete: »Man muß die Stimme der Natur hören. Man muß ihr Antwort geben können aus der Seele heraus, denn fast alles, was wir sehen, ist irgendwie beseelt, hat Leben. Und man erschließt das Zauberreich jeder Seele nur, wenn man ihr mit offenem Herzen entgegentritt.«

Halb unbewußt strich er Marianne von hinten über das kastanienbraune Haar, von dem das Chiffontuch geglitten war. Das Mädchen fuhr unter der Berührung seiner Hand zusammen, und sofort trat er einen Schritt zurück und schlug einen Imbiß vor - wahrscheinlich, um sie sein keckes Tun vergessen zu lassen.

Marianne bedauerte beides: ihr Zusammenfahren und seine überstürzte Reaktion darauf.

»Haben Sie denn hier Vorräte, Herr Baron?« fragte sie ihn.

»Bitte«, sagte er, »lassen Sie endlich den Baron weg.«

Sie sah ihn mit großen Augen an. »Aber ich kann Sie doch nicht Pedro nennen ...«

»Warum nicht?«

»Nein, unmöglich!«

»Und wenn ich Sie Marianne nenne?«

»Auch dann nicht, der Unterschied ist zu groß.«

»Wissen Sie was?« meinte Pedro von Aarfeld nach kurzer Überlegung. »Nennen Sie mich Ralf.«

»Ralf?«

»Ja, das ginge doch. Ich fühle mich hier als Ralf Torren. Alles um uns herum zeugt nur von Ralf Torren. Oder gefällt Ihnen der Name nicht?«

»Doch, aber ...«

... aber Pedro würde mir schon noch besser gefallen, dachte sie.

»Kein ›aber‹, Verehrteste! Es bleibt also bei ›Ralf‹, einverstanden?«

Den ›Pedro‹ bringe ich dir schon noch bei, dachte er.

Marianne nickte, wobei sie immer noch etwas zaghaft seufzte: »Einverstanden.«

»Prima!« freute er sich, rieb sich die Hände und schritt zum Herd. Dies veranlaßte Marianne, ihre ursprüngliche Frage nach den Vorräten, die ihm zur Verfügung stünden, zu wiederholen. Wie angenagelt blieb er auf halbem Wege stehen, um nachzudenken.

»Vorräte?« fragte er sich selbst. Die Antwort, die er an die eigene Adresse richtete, folgte auf dem Fuße: »Keine imposanten, weder der Menge noch der Qualität nach.«

Marianne lachte. »Dann werde ich mich also auf ein paar Eier gefaßt machen.«

»Eier!« strahlte Pedro alias Ralf. »Sie sind phantastisch, Marianne, Sie haben den Nagel auf den Kopf getroffen. Lassen Sie mich ausrufen: Die Eier des Kolumbus! Wie wünschen Sie sie, Marianne: weich, halbweich oder hart?«

Nachdem damit die Wahl, die auch an Spiegel- oder Rühreier hätte denken lassen können, entscheidend eingeengt war, antwortete Marianne vergnügt: »Halbweich, bitte.«

Der Küchenchef hätte auch gar kein Fett für Rühr- oder Spiegeleier greifbar gehabt.

Wasser gab's im See.

Marianne hatte den Mantel ausgezogen, saß in einem der einfachen Flechtsessel, streckte die Beine mit den dicken Gummistiefeln weit von sich und blickte abwechselnd auf letztere und auf ihren am Herd hantierenden Gastgeber.

Stiefel gefielen ihr nicht, deshalb zog sie sie aus.

»Sie werden mir hier drinnen zu warm«, sagte sie, um Ralf alias Pedro die Notwendigkeit dieser Maßnahme zu erklären.

Recht hat sie, dachte er, wer solche Beine hat, soll sie nicht unter den Scheffel stellen.

Das Wasser begann zu kochen. Pedro alias Ralf schickte sich an, die Eier in den Topf zu werfen, ohne vorher, um die zerbrechlichen Dinger vor dem Zerplatzen zu schützen, Salz ins Wasser gegeben zu haben. Marianne sprang auf, lief über den Teppich zum Herd und bemächtigte sich der Eier.

»Soll nicht doch lieber ich ...«

»Wieso, stimmt etwas nicht?«

»Ins Wasser muß Salz, Herr Baron.«

»Wenn Sie noch einmal ›Baron‹ sagen, gebe ich Zucker hinein.«

»Ralf.«

»So ist's richtig. Wieso Salz, Marianne?«

»Damit die kalte Schale nicht im kochenden Wasser zerspringt.«

Er blickte sie verdutzt an, schlug sich mit der flachen Hand gegen die Stirn und rief: »Sieh mal einer an! Das war's also: Salz! Deshalb hatte ich so oft Pech. Warum hat mir das nicht schon früher jemand gesagt?«

Marianne blickte sich nach Salz um, sah einen entsprechenden Topf am Fenster stehen und streute eine tüchtige Menge ins sprudelnde Wasser. Dabei sagte sie so nebenhin: »Frau von Bahrenhof weiß das vielleicht selbst nicht.«

»Was weiß die selbst nicht?«

»Daß man Salz ins Wasser geben muß. Sie hat dazu ihre Leute.«

»Schon möglich, aber wieso kommen Sie jetzt gerade auf die?«

»Sie hätte Ihnen den Tip geben können.«

»Die?« Er schüttelte absolut verwundert den Kopf. »Wann? Wo?«

»Vielleicht hier.«

»Hier?« Er starrte ihr ins Gesicht. »Was habe ich Ihnen gesagt? Wer kennt dieses Refugium hier? Niemand. Aber nun sehe ich, daß Sie mir nicht glauben, Marianne ...«

»Doch«, stieß sie, ihren Fehler erkennend, rasch hervor. »Ich wollte es nur noch einmal hören, verzeihen Sie mir, Ralf.«

»Sie wollten es noch einmal hören?« hakte er, im Nu besänftigt, ein.

»Ja.«

»Wäre Ihnen denn das so wichtig?«

Sie wich seinem Blick aus und sagte: »Die Eier müssen ins Wasser. Können Sie mir einen Löffel geben?«

Protestierend trat er zwischen sie und den Herd.

»Bleiben Sie mir jetzt mit diesen verdammten – entschuldigen Sie – Eiern vom Hals, Marianne!« regte er sich auf. »Ich habe Sie etwas gefragt!«

Er legte ihr die Hände auf die Schultern und zwang ihr seinen Blick auf.

Eine rote Welle strömte ihr ins Gesicht.

»Ja oder nein, wäre es Ihnen wichtig oder nicht, Marianne?«

Sie entwand sich seinen Händen und sah zum Fenster hinaus. Ihr war klar, daß die Antwort, auf die er wartete, von entscheidender Wichtigkeit für sie beide war. Seine Augen hingen an ihr. Sie waren wie ein offenes Buch, in dem sie lesen konnte. Ihr Herz wollte jubilieren, aber im nächsten Moment drohte es ihr stehenzubleiben. Sie dachte an Siegurd, an den Abend mit ihm in der Ohio-Bar, an die halbe Verpflichtung, die sie eingegangen zu sein glaubte. Dies mußte erst bereinigt werden.

Über dem See stand hell die Sonne. Das Wasser glitzerte wie bewegliches, flüssiges Silber. Dunkel ragten die hohen

Tannen empor, standen wie Wächter, welche die Unberührtheit zu bewachen hatten.

»Marianne ...«

Sie wandte den Blick vom Fenster. Seine Stimme hatte leise geklungen, traurig.

»Du sagst also nein, Marianne. Warum?«

»Das stimmt nicht. Ich muß dich nur bitten, zu warten.«

Beide duzten sich plötzlich und merkten es nicht einmal.

»Warten heißt ›nein‹, Marianne«, sagte er dumpf. »Ich fühle das, nein, ich weiß es, ich mache mir da nichts vor.«

Er senkte den Kopf und blickte zu Boden.

»Du irrst dich!« rief Marianne mit leidenschaftlicher Stimme, doch als er sie daraufhin spontan in seine Arme reißen wollte, hob sie abwehrend die ihren. »Noch nicht, Ralf ... nein, Pedro!«

»Warum nicht?«

»Ich kann dir das nicht erklären, du würdest mich nicht verstehen, gerade du nicht, weil bei dir alles so einfach, so natürlich, so unkompliziert ist. Aber ich verspreche dir, daß du nicht mehr lange warten mußt.«

»Kann ich dir irgendwie helfen?«

»Nein.«

»Handelt es sich - verzeih meine Frage - um einen anderen Mann?«

Sie schüttelte den Kopf. Als sie sah, wie er befreit aufatmete, wandte sie sich ab. Ich habe ihn belogen, durchzuckte es sie. Und er ist glücklich über diese Lüge, weil er sie glaubt. Er kann sich gar nicht vorstellen, daß ich ihm nicht die Wahrheit sage. Um wieviel ist er besser als ich! Oh, wie schlecht bin ich, wie abscheulich feige und kleingläubig ...

Pedro fuhr fort, glühende Kohlen auf ihrem Haupt zu sammeln. »Ich vertraue dir. Hauptsache, kein anderer hat Rechte auf dich. Alles andere ist für mich unwichtig. Ich erhalte jedoch mein Angebot aufrecht, dir bei der Lösung jedes Problems behilflich zu sein.«

»Danke, Pedro.«

»Glaube aber nicht«, sagte er lachend, »daß ich dich lange in Ruhe lassen werde. Meine ständige Frage wird dich verfolgen: ›Warum sagst du nein - warum immer noch?‹ Jede Woche werde ich dir damit mindestens einmal in den Ohren liegen - bis zu dem Tage, an dem du ja sagst.«

Sie schämte sich innerlich und verfiel deshalb auf die Frage: »Wie lange soll nun das Wasser noch kochen?«

Auf diese Weise ging es vier Eiern - für jeden zwei - doch noch an den Kragen. Das Mahl vervollständigten zwei Scheiben Knäckebrot pro Nase, und Salz, soviel jeder haben wollte. Marianne fragte auch nach Pfeffer. Pedro mußte sie enttäuschen.

Marianne zog aus allem lachend das Resümee: »Deshalb sind also deine Bilder so gut.«

Pedro antwortete: »Ich sehe keinen Zusammenhang. Was willst du damit sagen?«

»Du verwöhnst hier draußen deinen Magen nicht. Und es heißt, daß der Hunger die Künstler schon immer zu ihren größten Werken in der Kunstgeschichte beflügelt hat.«

Sie alberten eine Weile herum. Pedro fühlte sich glücklich, Marianne auch, sie vergaß fast ganz Siegurd und das Problem, das mit ihm zusammenhing. Schließlich entschlossen sie sich noch einmal zu einem Spaziergang um den See herum, und Marianne schlüpfte wieder in ihre Stiefel.

Sie erreichten eine von Büschen dicht umgebene Landzunge, die etwas in den See hineinragte, und blickten hinaus aufs Wasser, auf dem lautlos die Blätter trieben, die der Herbst bunt in den See streute.

»Hier will ich ein Haus bauen«, sagte Pedro und deutete auf den Platz dicht am Ufer. »Ein kleines Haus mit vier oder fünf Räumen. Darin möchte ich leben. Um das Gut mag sich dann ein Verwalter kümmern. Die Leute werden mich zwar sicher für verrückt halten, denn in ihren Augen dürfte es sich gewissermaßen um den Tausch eines Schlosses gegen eine Hütte handeln, doch das soll mir egal sein. Leichten Herzens werde ich den Majoratsherrn ablegen, um nur noch Maler zu sein ...«

»... und Jäger«, sagte da eine tiefe Stimme hinter ihnen.

Sie fuhren herum, etwas erschrocken, doch dann stieß Pedro einen erfreuten Laut aus und trat auf den großen Mann im Lodenmantel zu, der aus den Büschen kam, mit einem Gewehr auf dem Rücken.

»Sie verstehen sich aufs Anschleichen.« Pedros Zeigefinger war in gespielter Drohung erhoben. »Aber das müssen Sie mir nicht erst beweisen.«

Und zu Marianne gewandt, sagte Pedro: »Das ist Peter Recke, mein Förster. Ein Recke von Gestalt, Namen und Gemüt.«

Der Förster wollte auch den spaßhaften Vorwurf nicht auf sich sitzen lassen.

»Herr Baron«, sagte er, »Sie haben mir doch aufgetragen, gerade das Gelände hier im Auge zu behalten. Das kann man aber nicht, wenn man herumtrampelt.«

»Schon gut, Recke.«

Marianne und der Forstmann beschnupperten sich, und das Resultat schien auf beiden Seiten zufriedenstellend auszufallen.

»Am unangenehmsten wäre es mir«, sagte dann Pedro zu Recke, »wenn mein Bruder hier herumgeistern würde. Ich habe Ihnen das ganz offen gesagt. Worum's ihm geht, wissen wir. Er ist ein Schießer und kein Heger. Außerdem sucht er ständig nach Schlupfwinkeln für sich und seine zweifelhaften Damenbekanntschaften. Dabei macht er nicht einmal vor

Hochsitzen halt. Sie haben ihn doch selbst schon zweimal beobachtet und mir berichtet, was sich da tat. Pfui Teufel!«

Marianne Klett schien plötzlich wie mit Blut übergössen zu sein.

»Entschuldige«, sagte Pedro, als sein Blick auf sie fiel. »Ich vergaß deine Anwesenheit. Aber der Kerl regt mich einfach immer wieder auf, wenn ich an ihn denke, und es schadet nicht, wenn du von Anfang an über ihn Bescheid weißt. Es ist traurig, daß es in einer Familie so aussehen kann.«

Die Entladung tat Pedro offenbar gut, denn wesentlich beruhigter schloß er: »Na ja, wenigstens heute sind wir sicher vor ihm. Er mußte nach Boltenberge.«

»Sagte er das zu Ihnen, Herr Baron?« fragte Recke.

»Ja.«

Recke strich sich über die Augen. »Dann muß ich wohl Sehstörungen haben.«

»Wieso?«

»Weil ich ihn erst vor einer halben Stunde gar nicht so weit von hier zusammen mit Frau von Bahrenhof durch die Gegend reiten sah.«

»So?«

Pedro sagte nichts mehr. Marianne dünkte es, als müsse der See gleich über die Ufer treten. Eine tiefe Scham erfüllte sie. Siegurd und die blonde Baronin? Hatte er nicht gerade über diese in der Ohio-Bar ungefragt einige Dinge gesagt, die alles andere als schön gewesen waren?

Lustige Witwe? Schönheitschirurgengoldgrube? Lebender Lift? Vollreiflese? Nymphomanin?

Die brave Marianne hatte nicht gewußt, was eine Nymphomanin ist, und anderntags in ihrer Naivität Dr. Faber, ihren Chef, gefragt. Der hatte sie überrascht angeblickt und dann nur gesagt: »Sie sind keine.«

Damit konnte sie auch nichts anfangen, und sie besorgte sich deshalb ein Lexikon und sah unter »Nymphomanin« nach. Das dicke Buch fiel ihr fast aus der Hand; dort stand: »Mannstolles Weib«.

Pedro schlug vor, den Spaziergang fortzusetzen.

»Und Sie, lieber Recke«, sagte er zum Förster, »melden mir heute abend, wo ein guter Bock steht, für den es dann morgen früh ernst werden soll. Fräulein Klett kann's schon gar nicht mehr erwarten.«

»Das stimmt nicht!« rief Marianne, damit unwillkürlich Zeugnis dafür ablegend, daß ihr das arme Tier jetzt schon leid tat.

Recke blickte den beiden, als sie sich entfernten, nach, bis sie hinter den Büschen verschwunden waren. Er steckte seine Pfeife, die ihm erloschen war, wieder in Brand und brummte vor sich hin: »Wenn das wahr wird, was sich da abzeichnet, gibt es noch ein Drama auf Aarfeld. Nur gut, daß man weiß, auf wessen Seite man zu stehen hat.«

Dann drehte er sich um und schritt in entgegengesetzter Richtung davon, um die Wildwechsel zu erreichen, von denen er wußte, daß er dort am ehesten den vom Baron erwünschten kapitalen Bock aufspüren würde.

Eine dringende Angelegenheit hinderte Pedro von Aarfeld daran, nach der erfolgreichen Jagd am Sonntag Marianne Klett selbst mit dem Wagen in die Stadt zurückzubringen. Dazu mußte also Lulatsch eingeteilt werden, den ein Führerschein dazu befähigte, als Chauffeur einzuspringen. Er lieferte Marianne vor ihrer Haustür ab, wendete den Wagen und fuhr sofort nach Aarfeld zurück.

Beschwingt, noch ganz im Banne der Erlebnisse, die hinter ihr lagen, glücklich und in seliger Stimmung, stieg Marianne leise summend die Stufen zu ihrem Zimmer hinauf und kramte in ihrer Handtasche nach dem Schlüssel, um aufzusperren, als sie von innen eine wohlbekannte Stimme hörte: »Komm nur rein, es ist offen. Ich erwarte dich schon seit Stunden.«

Ein eisiger Schreck durchfuhr sie. Sie lehnte sich an die Flurwand und sammelte ein bißchen Kraft, ehe sie sich stark genug fühlte, die Tür aufzudrücken und in das Zimmer zu treten. Mit starren Augen sah sie den Besucher an.

»Siegurd ...«

»Ja, ich bin‘s«, sagte der junge Baron und winkte in seinem Sessel zur Begrüßung lässig mit der Hand. »Ich wundere mich, daß dir mein Name überhaupt noch geläufig ist. Hatte schon damit gerechnet, gar nicht mehr erkannt zu werden.«

»Was willst du hier?« fragte sie ihn schroff.

»Was für ein Ton! Empfängt man so einen Freund?«

»Wie bist du hereingekommen?«

»Wie denn wohl? Durch die Tür.«

»Ich weiß genau, daß ich sie abgeschlossen hatte.«

»Wenn du das so genau weißt, dann muß ich sie wohl aufgesperrt haben.«

Sie blickte ihn fassungslos an. »Mit welchem Schlüssel?«

»Mit einem der meinen.«

»Das mußt du mir schon genauer erklären.«

»Siehst du«, sagte er grinsend, wobei er aus seiner Tasche einen Bund mit sechs oder acht Schlüsseln zum Vorschein brachte, »ich verfüge davon über mehrere Exemplare. Auf Aarfeld, diesem alten Gemäuer, gibt‘s viele Schlösser, nicht die besten, genau wie das deine hier. Das war meine Theorie. Von ihr ging ich über zur Praxis und startete hier einige Versuche. Schon der dritte führte zum Erfolg.«

Marianne rang buchstäblich nach Luft. »Siegurd«, sagte sie mit gepreßter Stimme, »du weißt doch, was du da gemacht hast? Du hast eingebrochen!«

»Welch hartes Wort!« Sein Lächeln war widerlich glatt. »Nimm mich als modernen Troubadour. - Einbruch aus Liebe. - Leidenschaft kennt keine Fesseln. - Ich hatte Sehnsucht nach dir.«

»Was willst du?«

Marianne war an der Tür stehen geblieben, jeden Augenblick dazu bereit, die Tür wieder aufzureißen und sich abzusetzen, wenn er sich ihr nähern sollte. Siegurd schien das zu erkennen und blieb sitzen, aber um seinen lächelnden Mund erschien ein grausamer, harter Zug.

»Diese Frage stellst du jetzt zum zweitenmal. Ich sagte es inzwischen schon: Ich hatte Sehnsucht nach deinen Küssen.«

»Das ist vorbei. Ich will nicht mehr daran erinnert werden.«

»Und du meinst, damit ist der Fall erledigt?«

»Warum nicht?«

»Weil man einen Baron Aarfeld nicht in dieser Weise abserviert, du Luder«, explodierte er. »Was glaubst du denn eigentlich, wer du bist, du Kröte? Du kannst dein ganzes kleines, miserables Leben lang nur stolz darauf sein, daß dich ein Edelmann angefaßt hat. Hattest du dir denn überhaupt die Zähne geputzt, ehe du es wagtest, mich zu küssen?«

Marianne fing an zu zittern. »Verlassen Sie sofort mein Zimmer! Augenblicklich, sonst schreie ich!«

»Schrei doch. Weißt du, was ich denen dann erzähle? Daß du mich in dein Zimmer gelockt hast und gemein wurdest, weil mir die Bezahlung, die du gefordert hast, zu hoch war. Du kannst es ja darauf ankommen lassen, wem man glauben wird - dir oder einem Baron?«

»Du ... du Schwein!«

»Danke.« Er verbeugte sich spöttisch im Sitzen. »Solche Schmeicheleien höre ich öfter. Wie mir scheint, hat mein Bruder Pedro, der stille Träumer mit den Märchenaugen, der Mann mit der tiefen Seele, einen großen Eindruck auf dich gemacht, dir sozusagen die Unterschiede der Aarfelds bewußt gemacht. Und nun träumst du vielleicht gar davon, Herrin auf Aarfeld zu werden, du kleine Goldgräberin. Ja, stimmt's? Aber das werde ich dir versalzen. Sicher wäre Pedro, der Majoratsherr, der keine Zeit zu verlieren hat, eine Frau zu finden, wenn er im Besitz des Erbes bleiben will, eine gute Partie für eine kleine Kokotte, aber ...«

»Hinaus!«

»... aber ich werde ihm die Augen öffnen, werde ihm sagen, wie du‘s in jenem Ohio-Séparée mit mir getrieben hast. Dafür gibt‘s Zeugen, die Kellner nämlich, und schon ein Kuß ist in den Augen meines stinkseriösen Bruders etwas ganz anderes als anscheinend hundert Küsse in den deinen, das kannst du mir glauben. Sollte er aber immer noch nicht genughaben, werde ich ihm erzählen, welchen Kampf es mich gekostet hat, mich von dir, als ich dich nach Hause brachte, nicht in dein Zimmer mit hineinziehen zu lassen. Wenn er das hört, bist du in seinen Augen ganz sicher nur noch eine Dir ...«

Er hatte das Wort noch nicht ganz ausgesprochen, als Marianne schon mit einem Satz vor ihm stand und mit der ganzen Kraft, die ihr Wut und Verachtung verliehen, zuschlug und klatschend seine Backe traf.

Sie hatte ihn überrascht, so daß er gar nicht dazugekommen war, den Schlag abzuwehren.

Stumm, mit lodernden Augen blieb er noch zwei, drei Sekunden lang sitzen, dann aber sprang er ruckartig auf. Sein Mund war verzerrt. Wie eine Fratze sah sein Gesicht aus, wie eine diabolische, schauderhafte Fratze.

»Das wirst du mir büßen«, preßte er zwischen den Zähnen hervor. »Auf den Knien wirst du liegen und wimmern und mich anflehen, diesen Schlag zu vergessen ...«

Er riß Mantel und Hut an sich, die auf der Bettcouch lagen, und eilte zur Tür. Auf der Schwelle drehte er sich noch einmal um und blickte haßerfüllt auf Marianne, die zitternd im Zimmer stand. »Ich spreche heute abend noch mit Pedro. Und wenn du wieder auf dem Gut erscheinen solltest - ob mit oder ohne Dr. Faber -, werde ich die Jagdhunde auf dich hetzen, und niemand, kein Pedro, wird mich daran hindern können.«

Die Wut sprach aus ihm, sonst wäre ihm selbst auch klar gewesen, wie lächerlich er übertrieb.

Er warf die Tür hinter sich ins Schloß. Marianne hörte seine Schritte auf der Treppe verhallen, dann sah sie ihn über die Straße gehen ... elegant, beherrscht, ganz Gentleman, der Herr Baron von Aarfeld, ein Adeliger vom Scheitel bis zur Sohle.

Da schlug Marianne die Hände vors Gesicht und fiel weinend auf ihre Couch. Immer und immer wieder wurde ihr Körper von heftigem Schluchzen durchgerüttelt.

»Pedro«, stammelte sie, »ich habe dich verloren, es ist vorbei, für immer vorbei ... vorbei ... vorbei ...«

Sie vergrub ihr tränennasses Gesicht in den Kissen und lag so, bis sie vor Erschöpfung einschlief. Aber selbst im Schlaf noch zuckte bisweilen ihr Körper und kam ein leises Wimmern von ihren bebenden Lippen. Und plötzlich schrie sie auf und schlug wild um sich. Jagdhunde verfolgten sie im Traum.

Die Unterredung zwischen den beiden ungleichen Brüdern fand wirklich noch am gleichen Abend statt, nur verlief sie anders, als Siegurd von Aarfeld sich das gedacht hatte. Und nicht er war derjenige, welcher diese Unterredung herbeiführte, sondern sein Bruder Pedro, der schon den ganzen Tag in einer freudigen Hochstimmung herumgelaufen war und mit Humor und guter Laune seine Leute auf dem Gut völlig durcheinandergebracht hatte. Selbst Lulatsch, der sich in seinem langen Dienerleben bereits an allerhand gewöhnt hatte, fand es äußerst bemerkenswert, daß ihm der Herr Baron freundlich auf die Schulter klopfte und sagte: »Lulatsch, du kannst heute abend eine Flasche aus meinem Keller trinken, diesmal mit meinem Wissen und meiner Erlaubnis.« Dabei zwinkerte er, und Lulatsch wurde ganz rot. Teufel, Teufel, dachte er, als er sich entfernte, der weiß also, daß ich ab und zu ein Fläschchen für mich abzweige, und hat mich trotzdem noch nicht zur Rede gestellt. Verdammt großzügig von ihm. Famoser Mensch.

Als Siegurd auf dem Gut eintraf und seine Wohnung aufsuchen wollte, kreuzte Lulatsch seinen Weg und teilte ihm mit, daß sein Bruder ihn im Herrenzimmer zu sehen wünsche.

»Da bin ich«, sagte Siegurd zu Pedro. »Was gibt's?«

Pedro wirkte etwas feierlich. Siegurd war überrascht. Der Duft einer guten Zigarre durchdrang das Zimmer.

»Willst du mir etwa mitteilen«, fuhr Siegurd fort, »daß du die Absicht hast, dich ganz deiner Malerei zu widmen und mir das Gut an den schmerzenden Hals zu hängen?«

Das Lächeln, das seine Worte begleitete, war alles andere als echt.

Pedro blickte ihn kurz an, paffte eine Zigarrenwolke in die Luft und erwiderte: »Nein, im Gegenteil, ich setze dich hiermit davon in Kenntnis, daß ich heiraten werde. Die Konsequenzen, die sich daraus ergeben, sind dir bekannt.«

Siegurd hatte kaum mit Überraschung zu kämpfen.

»Wen«, fragte er lauernd, »willst du heiraten? Die Klett?«

Nun war aber Pedro perplex. »Woher weißt du das?«

»Die ganze Umgebung spricht doch schon davon, wie sie dich umgarnt.«

»So?«

»Sie will sich dich unter den Nagel reißen, sagen alle.«

Pedro legte die Zigarre auf den Aschenbecher, atmete tief ein und erwiderte dann mit drohendem Unterton in der

Stimme: »Ich möchte jedem raten, ab sofort nicht mehr so von meiner zukünftigen Frau zu sprechen. Das kannst du allgemein bekanntgeben.«

»Pedro«, sagte Siegurd, der erkannte, daß hier schweres Geschütz aufgefahren werden mußte, »ich muß dir über die die Augen öffnen ...«

»Wie bitte?«

»Ich kenne sie besser als du, ich komme soeben aus ihrer Wohnung.«

»Aus Ihrer Wohnung ? Wie kommst du in ihre Wohnung ? Was hast du überhaupt mit ihr zu schaffen?«

»Dumme Frage. Sie hat es eben auch auf mich angelegt, und zwar schon länger.«

Aus Pedros Gesicht wich die Farbe. Langsam erhob er sich.

»Bist du bereit«, fragte er, »deine Behauptungen auch vor Fräulein Klett zu wiederholen?«

»Selbstverständlich. Sei aber nicht überrascht, wenn sie alles ableugnet. Das ist doch das übliche. Du wirst dich dann entscheiden müssen, wem du glaubst: deinem Bruder oder dieser Person.«

»Fräulein Klett ist keine ›Person‹, ich warne dich. Noch genießt sie meinen Schutz ...«

»Nicht mehr lange. Ich kann dir nämlich mit Beweisen aufwarten, mit Zeugen ...«

»Mit welchen Zeugen?«

»Mit Kellnern aus der Ohio-Bar. Sie kennen dich.«

»Aber ich kenne die nicht! Ich verkehre nicht in solchen Löchern, dazu ist mir meine Zeit zu schade!«

Auf Siegurds Gesicht breitete sich Hohn aus. »Fräulein Klett verkehrt in solchen Löchern ...«

»Etwa zusammen mit dir?«

»Erraten.«

»Und?«

»Und führt sich dementsprechend auf.«

Pedro ging zum Fenster, blickte ein Weilchen hinaus, drehte sich dann um zu Siegurd und sagte gefährlich ruhig: »Ich will jetzt wissen, was passiert ist ...«

»Frag die Kellner.«

»Ich will es von dir wissen.«

»Sie hat mir die Kleidung halb vom Leib gerissen.«

Pedro wurde noch blasser. »Können das die Kellner bezeugen?«

»Meiner Ansicht nach ja. Es ist aber möglich, daß ihre Ansichten darüber auseinandergehen. Das ist ja immer so: Dem einen genügt ein Knopf, der aufgeknöpft wird, der andere verlangt, daß die ganze Hose gefallen ist.«

»Konkret: Was können die Kellner bezeugen?«

»Daß sie mich geküßt hat.«

»Geküßt?«

»Und wie! Da blieb kein Auge trocken! Ich hatte alle Hände voll zu tun, mich ihrer zu erwehren!«

Seltsamerweise schien Pedro daraufhin etwas erleichtert. Er ging zweimal im Zimmer auf und ab und blieb plötzlich vor Siegurd stehen. »War sie betrunken, als sie dich küßte?«

»Wie ... wieso?« stieß Siegurd hervor. Die Frage kam ihm überraschend. Er hatte nicht mit ihr gerechnet.

»Weil es mich interessiert, was du ihr eingeflößt hast.«

»Eingeflößt? Das war nicht nötig, frag die Kellner.«

»Was hattet ihr getrunken?«

»Zusammen eine Flasche Burgunder.«

»Und?«

»Und jeder einen Martini.«

»Und?«

»Und vier Manhattan.«

»Zusammen oder jeder?«

»Jeder, aber was soll das, worauf willst du hinaus?« erregte sich Siegurd, dem dieses Verhör verständlicherweise auf die Nerven ging.

»Ich möchte sehen, wessen du fähig bist, um dir eine Dame gefügig zu machen.«

Siegurd verlor die Beherrschung.

»Einer Dame?!« schrie er. »Sag ›einer Dirne‹, dann stimmt's!«

Das war das zweitemal, daß dem jungen Baron von Aarfeld an diesem Tage ins Gesicht geschlagen wurde. Es war aber keine schwache Ohrfeige mehr, von mehr oder minder zarter Frauenhand, sondern ein wuchtiger Hieb, der ihn gegen den Schrank schleuderte, an den er sich anklammern mußte, um nicht umzusinken. Mit lodernden Augen stand Pedro vor ihm, einen Kopf größer, ein Riese, der sich der Kraft seiner Muskeln wohl bewußt war und ankündigte, daß er sich nicht scheuen würde, beim geringsten noch einmal zuzuschlagen.

»Noch ein solches Wort, und dich holt der Teufel, das sage ich dir!«

Siegurd war zwar benommen, aber soviel konnte er erkennen, daß seine Gesundheit, soweit sie ohnehin nicht schon geschädigt war, an einem seidenen Faden hing. Er wich vor Pedro zurück, retirierte zur Tür, während er sich mit einem rasch hervorgezogenen seidenen Taschentuch das Blut von den aufgesprungenen Lippen wischte. Auf der Schwelle blieb er noch einmal stehen und sagte: »Das wirst du mir büßen! Mich prügelt man nicht wie einen Hund, laß dir nur Zeit!«

»Hau ab! Am besten verschwindest du ganz vom Gut! Hier bist du von jeher zu nichts nütze!«

Mit lautem Krach schlug Siegurd die schwere Eichentür hinter sich zu, und Pedro sank, nachdem er einen Blick auf die Zigarre geworfen und gesehen hatte, daß sie ausgegangen war, in seinen Ledersessel. Er wischte sich über die Stirn, als wollte er in seinem Kopf das, was sich hier ereignet hatte, auslöschen. So saß er eine Viertelstunde lang, bis er des Aufruhrs in seinem Inneren langsam Herr wurde.

Lulatsch klopfte an die Tür und meldete konsterniert, daß der junge Herr Baron unter Mitnahme des größeren der beiden Wagen das Gut verlassen habe. »Ich fühle mich verpflichtet«, fügte er hinzu, »Ihnen mitzuteilen, was er gesagt hat, Herr Baron ...«

»Was denn?«

»Das ganze Gut gehöre in die Luft gesprengt, mit Ihnen an der Spitze, Herr Baron. Er könne nur jedem raten, möglichst bald von hier zu verschwinden.«

»Lulatsch«, sagte Pedro bedrückt, »du weißt, was sich für einen guten Diener gehört ...«

»Ich hoffe es.«

»Mein Bruder ist verrückt. Wir hatten eine Auseinandersetzung. Er redet dummes Zeug, wenn er sich aufregt. Manchmal läßt es sich nicht vermeiden, daß ein Diener davon etwas mitbekommt. Und dann zeigt sich der Unterschied zwischen einem guten Diener und einem schlechten. Ein schlechter Diener quatscht herum, ein guter kann sich schon eine Minute später nicht mehr an das geringste erinnern. Wieviel Uhr haben wir jetzt, Lulatsch?«

»Eine Minute später, Herr Baron.«

»Danke.«

»Keine Ursache, Herr Baron.«

Pedro erhob sich.

»Ich fahre noch in die Stadt. Hol mir bitte meinen Wagen aus der Garage.«

»Den Ihren?«

»Ja, natürlich.«

»Herr Baron, ich sagte Ihnen doch, daß der junge Herr Baron mit dem großen Wagen ...«

»Wann sagtest du mir das?«

»Soeben.«

Lulatsch wunderte sich. Die müssen ja ganz schön gestritten haben, dachte er. Durcheinander sind sie jedenfalls beide.

»Und was ist mit dem Opel, Lulatsch?«

»Der steht zur Verfügung, Herr Baron.«

»Dann bring mir den.«

»Sehr wohl, Herr Baron. Sind Sie notfalls zu erreichen? Wollen Sie mir eine Adresse hinterlassen?«

»Nein.«

Lulatsch nickte und machte kehrt, um sich zu entfernen.

»Oder doch, Lulatsch: Ich bin bei Dr. Faber.«

Pedro von Aarfeld brauste durch die Nacht. Seine starken Scheinwerfer fraßen einen grellen langen Streifen aus der Dunkelheit vor ihm und ließen die Alleebäume fast weiß erscheinen. Mit der linken Hand steuerte er den Wagen, in der rechten hielt er eine Zigarette, die zitterte. Dies zeigte den Grad seiner inneren Erregung und Spannung an.

Ich muß das alles heute abend noch klären, dachte er. Ich muß Dr. Faber sprechen, auch Marianne. Jahre hatte ich Zeit, mich um meine Verhältnisse zu kümmern ... und habe mich um nichts gekümmert. Nur um meine Malerei, aber nicht um die Erhaltung meines Erbes. Und jetzt drängt sich alles praktisch auf Stunden zusammen. Es bleibt mir jedoch nichts anderes übrig, ich muß die Entscheidung fällen.

Übers Lenkrad gebeugt, starrte er auf die helle, von den Scheinwerfern der Dunkelheit entrissene Decke der nächtlichen Straße vor sich.

Marianne, dachte er, und es wurde ihm plötzlich heiß ums Herz und in der Kehle. Marianne - hast du deshalb nein gesagt? Ich will es wissen ... heute noch ... denn ich liebe dich.

Dr. Edmund Faber saß noch in seinem Arbeitszimmer, als unten vor dem Haus die Bremsen eines Wagens quietschten und kurz darauf bei ihm die Klingel ertönte.

»Nanu?« fragte er sich selbst. »Wer kann denn das noch sein?«

Kopfschüttelnd erhob er sich, stieg die Treppe hinunter und knipste die Außenbeleuchtung über der Haustür an. Dann öffnete er ein vergittertes Fensterchen in der dicken Tür und spähte hinaus. »Sie?« rief er überrascht, als er das Gesicht des Barons Pedro von Aarfeld entdeckte, der mit nervösem Ausdruck draußen stand. Rasch schloß er die Tür auf und bat Pedro herein.

»Was ist denn los bei Ihnen, wo brennt's?«

Der Baron schwieg. Er kannte sich im Haus aus und lief stumm hinauf ins Arbeitszimmer, in dessen Fenster das Licht gebrannt und dem Baron schon draußen gezeigt hatte, wo der Hausherr zu dieser Stunde sich noch aufhielt. Oben ließ sich Pedro in einen Sessel fallen, erst dann sagte er zu Dr. Faber, der ihm kopfschüttelnd gefolgt war: »Ich hätte fast meinen Bruder erschlagen.«

»Um Gottes willen! Wieso?«

Pedro erstattete Bericht.

»Und jetzt«, schloß er, »stößt er wilde Drohungen aus, mit denen er mich allerdings keineswegs erschrecken kann. Nur fürchte ich, daß er vielleicht auch noch Fräulein Klett in die Sache mit hineinzieht, wissen Sie.«

»Dazu gehören zwei: einer, der zieht, und eine, die sich ziehen läßt.«

»Und letzteres glauben Sie, wenn ich Sie recht verstehe, von Fräulein Klett nicht?«

»Nein.«

Pedro seufzte. »Da bin ich nicht so ganz sicher.«

Dr. Faber blickte ihn erstaunt an. »Warum nicht?«

Pedro seufzte ein zweites Mal und antwortete: »Ich muß zumindest auch die Möglichkeit in Betracht ziehen, daß Fräulein Klett auf der Seite meines Bruders steht ...«

»Ach was!«

»Doktor, ich muß Sie da in etwas einweihen, das Sie bis jetzt noch nicht wissen. Fräulein Klett hat mich enttäuscht ...«

»Wieso?«

»Sie empfängt meinen Bruder in ihrer Wohnung ...«

»›Empfängt‹, sagen Sie? Das glaube ich nicht so ganz. Da müßte ich erst einmal mit ihr selbst reden.«

»Auf jeden Fall war sie mit ihm in der Ohio-Bar.«

»Das weiß ich.«

»Sie wissen das?« stieß Pedro überrascht hervor. »Von wem?«

»Von ihr selbst.«

»Von Marianne?«

»Ja, sie hat es mir gesagt, schon am nächsten Tag.«

»Alles wird sie Ihnen nicht gesagt haben, Doktor, z. B. wird sie Ihnen nicht gesagt haben, daß sie meinen Bruder auch ...«

»... geküßt hat, doch, auch das hat sie mir gesagt«, fiel Dr. Faber ein und amüsierte sich über Pedros perplexen Gesichtsausdruck.

Das Haustelefon läutete in diesem Augenblick. Fabers Wirtschafterin wollte wissen, wie es heute mit dem Abendessen stünde. Der vage Bescheid, den sie erhielt, ließ sie innerlich ihren schon mehrmals gefaßten Entschluß, ihre derzeitige Stellung zu kündigen, erneuern.

»Wo waren wir stehen geblieben?« fragte Dr. Faber den Baron, als er den Hörer auflegte. »Richtig, ja, bei den Küssen.

Es war nicht nur einer, beichtete sie mir. Mir lief, gestehe ich, das Wasser im Mund zusammen.«

»Doktor, mir ist nicht nach Witzen zumute ...«

»Und zuletzt wollte sie von mir noch wissen, was eine Nymphomanin ist.«

»Wie bitte?«

»Eine Nymphomanin.«

Pedro räusperte sich. »Doktor ...«

»Hören Sie zu«, wurde er von Faber Unterbrochen, der mit sich kämpfen mußte, um nicht über Pedros Mienenspiel der Entrüstung in schallendes Gelächter auszubrechen, »was geht Sie eigentlich, entschuldigen Sie die harte Frage, das Privatleben von Fräulein Klett an? Haben Sie irgendwelche Rechte auf sie?«

»Ich denke schon.«

»Seit wann?«

»Seit ... seit heute ... nein, seit gestern.«

»Eine enorme Zeit.« Nun platzte aber Dr. Faber doch heraus und rieb sich die Tränen aus den Augen, nachdem er herzlich gelacht hatte. Dann setzte er hinzu: »Auf alle Fälle liegt dieser Ohio-Besuch weiter in der Vergangenheit zurück, das steht zweifelsfrei fest, oder?«

»Zugegeben, Doktor, und ich weiß auch, daß Fräulein Klett angeheitert war, das erklärt vieles – aber trotzdem darf ich von meiner zukünftigen Frau erwarten, daß sie sich auch in animierter Stimmung reserviert verhält. Das hat sie nicht getan, und dieser Stachel sitzt in meinem Fleisch, wenn ich auch zu meinem Bruder etwas ganz anderes gesagt habe.«

Darauf hatte Dr. Faber nur eine Frage: »Baron Aarfeld, in welcher Zeit leben Sie eigentlich?«

Und als Pedro verbissen schwieg, entschloß sich Faber, ihm einmal richtig die Leviten zu lesen. Und wenn mich das die Freundschaft mit diesem Mann kostet, dachte er.

»Wissen Sie was?« legte er los. »Wenn ich die Klett wäre, würde ich gerne auf Sie verzichten. Sie sprechen von Ihrer ›zukünftigen Frau‹, Sie meinen es also ernst. Na, danke! Was hat denn eine an Ihrer Seite zu erwarten? Einengung, Diktatur, mittelalterliche Anschauungen, Freiheitsberaubung, womöglich noch alten Adelsstolz und den Keuschheitsgürtel wie bei den Kreuzfahrern ... Moment, unterbrechen Sie mich nicht, ich bin noch nicht fertig. Was bedeutet denn heute noch ›alter Adel‹? Wer fragt heute noch danach, ob Ihre Vorfahren an einem Tisch mit Karl dem Großen saßen oder mit Pippin dem Kurzen auf die Jagd gingen? Auch die Freundschaft Ihres Ahnherrn Sebastian mit Otto dem Bärtigen interessiert heute nur noch die Familienforscher; die breite Masse pfeift darauf. Was Sie *heute* darstellen, *das* ist maßgeblich! Wenn Sie *heute* mit beiden Beinen im Leben stehen, wenn Sie anpacken, wenn Sie einem Erdarbeiter genauso gern die Hand geben, wie Sie die einer Komtesse küssen, *dann* sind Sie richtig! Mit mittelalterlichen Ansichten aber, mit Standesdünkel, mit den Allüren eines Perückenedelmannes, der alten Gemälden entsprungen ist, sind Sie heute nur noch ein lebender Witz, der herumläuft. Als solcher heiraten Sie besser nie, zum Segen jeder Unglücklichen, die Ihnen in die Hände fallen könnte.«

Dr. Faber verstummte. Es blieb eine Weile still. Die beiden Männer sahen einander schweigend an.

»Danke«, krächzte Pedro von Aarfeld endlich.

»Bitte, keine Ursache«, antwortete Faber. »Sind wir jetzt geschiedene Leute?«

»Wieso?« fragte Pedro, nachdem er sich die Stimme freigeräuspert hatte.

»Weil ich mir vorstellen könnte, daß Sie nun zutiefst beleidigt sind; daß Sie die Nase voll haben von mir.«

In Pedros Gesicht arbeitete es, und plötzlich obsiegte ein Lächeln, das sich in seine Züge stahl.

»Im Gegenteil, lieber Doktor«, versicherte er. »Ich finde, daß mir das einmal gesagt werden mußte.«

Er erhob sich und streckte sich. Er wirkte wie befreit. Er setzte hinzu: »Und ich verspreche Ihnen, mich grundlegend zu bessern. Als erstes werde ich mit Marianne sprechen, das hatte ich ohnehin vor - aber nun wird es in ganz anderer Form geschehen: Ich werde nicht erwähnen, daß ich von ihrer Affäre weiß.«

Dr. Faber hob warnend den Zeigefinger. »Affäre! Schon wieder so ein dummes Wort aus dem Sprachschatz vergangener Zeiten! Marianne Klett hatte einen Schwips und ließ sich von einem Windhund aufs Glatteis führen - mehr nicht! Sie rutschte aus, aber eingebrochen ist sie nicht. Im übrigen hatte sie, wenn Sie das tröstet, enorme Gewissensbisse. Sie war ganz zerknirscht, als sie mir die Sache schilderte. Sie hätte es doch überhaupt nicht nötig gehabt, mir davon auch nur ein Wort zu erzählen. Daß sie es tat, ist doch schon bezeichnend genug, finden Sie nicht auch?«

»Doktor«, rief Pedro mit erhobenen Händen, wie um sich zu schützen, »fangen Sie nicht schon wieder an, mir den Kopf zu waschen! Ich will ja gar nichts mehr gesagt haben.«

»Nehmen Sie Ihre Marianne in die Arme und sagen Sie ihr: ›Mädchen, komm, pack deine Sachen, zieh zu mir nach Aarfeld, es wird geheiratet.‹ So macht man das heutzutage, das ist ein moderner Antrag!«

Pedro von Aarfeld, der stolze Baron, konnte nicht anders, er mußte herzlich lachen.

»Und wissen Sie«, fuhr Faber fort, »daß es, wenn ich Ihnen einen solchen Ratschlag gebe, das eigene Fleisch ist, in das ich mich schneide?«

»Warum?«

»Weil ich eine ausgezeichnete Sekretärin verliere, deren Qualitäten ich in ganz kurzer Zeit zu schätzen gelernt habe. Weiß der Teufel, was mir nach ihr wieder ins Haus steht.«

»Darf ich Ihnen zum Trost eine Flasche Wein spendieren, Doktor?«

»Gern. Haben Sie eine dabei?«

»Nein. Ich dachte an eine aus Ihrem Keller.«

»Ach so!«

Beide lachten, und es wurde noch ein vergnügter Herrenabend. Zuletzt bezog Pedro ein Bett in Fabers Gästezimmer, um den Führerschein keiner Gefahr auszusetzen.

Marianne Klett erschien am nächsten Morgen, wie immer, Punkt acht Uhr vor Dr. Fabers Geschäft. Sie schloß die Ladentür auf, stieß die schweren Eisengitter vor den Schaufenstern hoch, stellte die Tagessignalanlage an und setzte sich im Büro an ihre Schreibmaschine. Sie wunderte sich, daß Dr. Faber ausblieb. Das war sie von ihrem Chef nicht gewöhnt.

Auf ihrem Platz fand sie eine neue Liste für den Katalog, die sie abzuschreiben hatte. Das war rasch geschehen, und sie sah sich um, entdeckte aber nichts anderes, was Dr. Faber für sie noch zur Erledigung bereitgelegt hätte. Sie ging deshalb in den Laden und setzte sich hinter die Glastheke, wo sie etwas zerstreut in einem Kunstbuch blätterte.

Wo bleibt er denn? dachte sie.

Das Büro hatte zwei Eingänge, einen vom Laden her und einen separaten. Plötzlich hörte sie die separate Tür gehen. Dr. Faber war erschienen.

Marianne vernahm seine Stimme, die rief: »Fräulein Klett – Stenogramm!«

Dann ging wieder die separate Tür, und Fabers Schritte verklangen auf der Treppe nach oben.

Nanu, dachte Marianne, Stenogramm in seinem Arbeitszimmer? Das ist ja etwas ganz Neues. Muß eine wichtige Sache sein.

Sie eilte ins Büro, nahm Block und Bleistift, warf in einem Spiegel an der Wand einen prüfenden Blick auf ihr Gesicht und lief dann die Treppe hinauf. Sie klopfte kurz und trat ein.

Ihr erster Blick fiel auf den Schreibtisch - er war leer. Erstaunt wandte sie sich um. Da stand beim Schrank ein großer, breiter Mann und streckte ihr beide Hände entgegen.

»Pedro ...«, stammelte sie.

Sie wußte nicht, ob sie erschrocken sein oder sich freuen sollte. Hatte Siegurd schon mit ihm gesprochen? Wahrscheinlich ja.

»Marianne ...«

Er hielt die Arme ausgebreitet und wartete darauf, daß sie sich hineinstürzte. Sie tat es nicht, sondern fragte: »Du kommst zu mir, Pedro?«

»Sollte ich nicht?«

»Hat ... hat dein Bruder schon mit dir gesprochen?«

»Ja, gestern.«

»Und ... und trotzdem kommst du?«

»Trotzdem.«

»Was hat ... hat er dir denn erzählt?«

»Alles.«

»Alles? Und das macht dir nichts aus?«

In Mariannes Gesicht ging zögernd die Sonne auf.

»Was soll mir denn etwas ausmachen, mein Engel? Ich bin doch keiner aus dem Mittelalter.«

»Pedro!« Plötzlich löste sich ihre Lähmung, und sie sprang auf ihn zu. »Pedro, ich liebe dich!«

Er fing sie auf, und die gegenseitigen Küsse, mit denen die beiden sich bedachten, stellten alles in den Schatten, was ein

Siegurd von Aarfeld je in seinem Leben auf diesem Gebiete erfahren hatte.

»Liebling«, sagte Pedro, als sie ihn endlich wieder zu Atem kommen ließ, »ich darf dir natürlich nicht vorenthalten, daß ich ihn aus dem Haus gejagt habe ...«

»Wen?«

»Deinen zukünftigen Schwager.«

»Zukünftigen Schwager? War das etwa ein Heiratsantrag, den du mir da soeben gemacht hast?«

»Ich kann's dir auch anders sagen: Mädchen, pack deine Sachen, zieh zu mir nach Aarfeld, es wird geheiratet.«

»Pedro!!«

Ein neues Küsse-Gewitter entlud sich, doch dann sagte Marianne: »Du hast ihn aus dem Haus gejagt?«

»Ja, er hat dich beleidigt, ich schlug ihn blutig, nun haßt er mich.«

»Mich wohl auch.«

»Dich, mich, das ganze Gut, alles.«

»Ich fürchte ihn, Pedro.«

»Dazu hast du keinen Grund, mein Engel«, sagte er leichthin. »Du stehst unter meinem Schutz. Mit dem werde ich allemal fertig.«

Schon Minuten später dachte Pedro von Aarfeld darüber anders.

Ein Telefon läutete irgendwo im Haus. Die beiden hörten, wie Dr. Faber abhob und sich meldete; dann rief seine Stimme von unten herauf: »Aarfeld am Apparat! Sie werden dringend verlangt, Baron!«

Pedro und Marianne liefen die Treppe hinunter ins Büro, und er ließ sich von Faber den Hörer, den ihm dieser entgegenhielt, geben. Dann wurde er plötzlich blaß und stützte sich, um nicht zu wanken, mit seiner freien Hand schwer auf den

Schreibtisch. Erschrocken bemerkten der Kunsthändler und Marianne die Veränderung an ihm.

»Nicht möglich!« schrie er in die Muschel.

Dann lauschte er noch einmal kurz, ließ den Hörer sinken, wandte sich um zu Marianne und Faber und stieß hervor: »Das Gut brennt!«

»Nein!« schrie Marianne auf und klammerte sich an ihn.

Er nickte zum Apparat. »Lulatsch war dran. Alle Feuerwehren der ganzen Umgebung sind schon alarmiert. In der Scheune hat es begonnen. Angeblich Selbstentzündung des Heus ...«

Dieses ›angeblich‹ hing schwer im Raum.

»Siegurd?« sagte denn auch fragend Dr. Faber schon nach wenigen Sekunden.

Pedro schwieg. Man sah aber, wie es in seinem Gesicht arbeitete. Seine Backenknochen bewegten sich, die Zähne mahlten, die aufeinandergepreßten Lippen waren dünne Striche.

»Ich muß los!« stieß er plötzlich hervor und wandte sich zum Ausgang.

Auch in Fabers Gestalt kam Leben. »Wir begleiten Sie!« rief er, Mantel und Hut vom Haken reißend. »Marianne, schließen Sie rasch den Laden, der bleibt heute zu!«

Pedros Wagen brachte die drei nach Aarfeld. Es war eine Höllenfahrt. Faber saß hinten im Fond, Marianne vorne neben Pedro und starrte durch die Frontscheibe auf das heranschießende und unter dem Kühler verschwindende Band der Straße, die nicht enden wollte. Pedros Fuß drückte das Gaspedal ständig durch bis zum Anschlag.

Es ist meine Schuld, sagte sich Marianne. Ich habe alles ausgelöst. Nur aus Rache hat Siegurd das getan. So wahr ich aber jetzt neben Pedro sitze, werde ich ihn dafür zur Verantwortung ziehen mit dem ganzen Haß, dessen nur eine Frau fähig ist. Ich fürchte ihn nicht mehr, ich hasse, hasse, hasse ihn - nicht weil er mir, sondern weil er Pedro das angetan hat.

Mit quietschenden Reifen ging der Wagen in die Kurven, jagte über den Asphalt, hüpfte über die Schlaglöcher des schlechteren Teils der Strecke. Starr saß Pedro am Steuer, nur seine Arme und sein Gasfuß arbeiteten.

Gut Aarfeld brennt!

Das Erbe der Väter!

Das Majorat!

Um die gleiche Zeit saß Siegurd von Aarfeld im Salon der Freiin Mathilde von Bahrenhof und las die Morgenzeitung. Mathilde lehnte am Fenster und schaute hinaus auf den Gutshof, wo zwei Knechte die Pferde zur Koppel trieben.

Sie drehte sich um und blickte ins Zimmer.

»Ich habe dich heute nacht gar nicht wahrgenommen«, sagte sie. »Wann bist du denn eigentlich gekommen?«

»Spät.«

»Und du hast mich nicht geweckt?«

»Nein.«

»Warum nicht?«

Er zuckte die Schultern, ohne aus seiner Zeitung aufzublikken.

Ein solches Maß an Mißachtung und Einsilbigkeit ging ihr entschieden gegen den Strich. Rasch trat sie vor ihn hin, schlug von oben mitten durch die ausgebreitete Zeitung, zerteilte sie dadurch in zwei Hälften und fuhr ihn an: »Ich spreche mit dir! Was ist vorgefallen? Das will ich jetzt wissen! Ich kenne dich doch und weiß, daß etwas passiert sein muß!«

»Man hat mich rausgeschmissen, meine Liebe.«

»Rausgeschmissen? Aus der Ohio-Bar?«

»Aus Aarfeld.«

Mathilde glaubte nicht recht zu hören. »Aus dem Gut? Wer hat dich da rausgeschmissen?«

»Dumme Frage. Denkst du ein Knecht oder eine Dienstmagd?«

»Dein Bruder?« Sie wollte es immer noch nicht für wahr halten. »Das ist doch nicht möglich!«

»Doch, doch, meine Liebe. Vor dir sitzt ein Asyl-Suchender.«

Mathilde sank auf einen Lederhocker, der gerade hinter ihr stand. »Und du hast das mit dir machen lassen?«

Er schwieg.

Keine Antwort ist auch eine Antwort, sagte sie sich und explodierte: »Du Schlappschwanz!«

Er zuckte zusammen wie unter einem Peitschenhieb.

»Halt's Maul!« fuhr er ihr grob über den Mund, den sie sich aber nicht verbieten ließ.

»Was bist du denn sonst? Du verzichtest doch damit auf Aarfeld?«

»Haben wir uns nicht geeinigt auf gewisse Bemühungen, die du diesbezüglich walten läßt?«

»Doch, das haben wir«, besann sie sich. »Aber dazu müßte ich den Hampelmann öfter sehen, was seit Tagen nicht mehr der Fall war. Er weicht mir aus. Er gibt mir keine Gelegenheit, meine Netze nach ihm auszuwerfen.«

»Er ist hinter dieser Tippse her. Wenn du dich nicht tummelst, sticht sie dich aus.«

Die Freiin von Bahrenhof, ohne Zweifel eine sehr schöne Frau, lief dunkelrot an. War denn diese schnöde Welt dabei, gänzlich aus den Fugen zu geraten? Eine Schreibmaschinenklopferin? Eine Achtstundensklavin? Eine, die im Büro die Topfpflanzen goß? Die dem Chef in den Mantel half? Ein solches Wesen durfte doch überhaupt nicht zur Kenntnis genommen werden. Aber sie drohte sogar das Rennen zu machen! Gegen eine Edeldame! Ausgeschlossen! Das durfte Gott nicht wollen!

»Siegurd«, schwor Mathilde von Bahrenhof, »der grabe ich das Wasser ab, laß dir nur Zeit.«

»Zeit, meine Liebe, ist das, was du dazu am wenigsten hast.«

Draußen auf dem Hof wurde Hufgetrappel laut. Von einem schweißnassen Pferd sprang ein rußgeschwärzter Reiter, lief die Freitreppe hinauf und klopfte kurz darauf an die Tür des Salons. Erschrocken starrte ihn die Dame des Hauses an, während Siegurd aufsprang und ihm entgegeneilte.

»Paul!« rief er. »Was ist los? Wie siehst du aus? Wo kommst du her?«

»Unser Gut brennt, Herr Baron«, keuchte Paul, einer der Pferdeknechte auf Aarfeld.

»Das Gut brennt?« Siegurd blickte den Knecht ungläubig an, aber der Ruß in dessen Gesicht überzeugte ihn von der Wahrheit der Hiobsbotschaft. »Wo ist mein Bruder? Schickt er dich?«

»Nein. Er ist seit gestern in der Stadt. Lulatsch hat schon nach ihm telefoniert, aber Sie kennen ja die Strecke. Bis er kommt, wird's noch eine Weile dauern. Inzwischen bin ich aus eigenem Entschluß losgeritten, um Sie hier zu suchen.«

»Sehr gut, Paul! Reite sofort zurück, ich folge mit dem Wagen!«

Der Knecht stürzte aus dem Zimmer. Die Freiin blickte ihm nach. Ein merkwürdiger Ausdruck lag in ihren Augen, seit sie gehört hatte, was sich auf Aarfeld zutrug.

»Wo sind meine Schuhe, mein Jackett?« rief Siegurd, im Zimmer hin und her hastend.

Beides fand er ein Stockwerk höher auf bzw. unter dem Bett, in dem er geschlafen hatte.

»Was rennst du so?« fragte ihn mit spöttischer Stimme Mathilde. »Euer Knecht ist weg, nun kannst du dir das Theater schenken.«

Siegurd blieb wie angewurzelt stehen. »Welches Theater?«

Mathildes Ausdruck in den Augen fand die nötige Aufklärung. Sie antwortete: »Den Brand hast du doch gelegt, mein Schatz.«

»Ich?«

Sie grinste diabolisch und nickte.

Er stieß hervor: »Du bist verrückt. Ich war doch hier!«

»Seit wann? Du sagtest selbst, daß du sehr spät gekommen bist. Außerdem gibt's heutzutage, das habe ich erst kürzlich wieder gelesen, die wunderhübschesten Verzögerungszünder. Verstehst du mich, was ich meine?«

Er starrte sie wortlos an. Und da er nichts sagte, fuhr sie fort: »Ich muß mich entschuldigen bei dir. Du bist keineswegs ein Schlappschwanz. Wie hoch seid ihr versichert?«

»Versichert? Wieso?«

»Weil du dir vermutlich gedacht hast, daß bares Geld, an das wir herankommen könnten, angenehmer ist als wieder nur so ein Bauerngut wie das meine. Sehr richtig, ich stimme dir zu. Aber du hättest doch deine Karten mir gegenüber schon früher aufdecken können, mein Schatz.«

Sein Blick wurde absolut eisig. »Weißt du, was du bist?«

Sie nickte. »Ich glaube, schon.«

»Ein Satansweib bist du!«

»Vergiß das nicht!« rief sie ihm nach, als er aus dem Zimmer stürmte, um sich in seinen Wagen zu werfen.

Schon von weitem sahen Pedro, Marianne und Dr. Faber die Rauchfahne über der Landschaft stehen. Kurz darauf lenkte

Pedro den Wagen in einen Pulk von roten Feuerwehrfahrzeugen und hin und her rennenden Männern hinein und hielt mit einem Ruck vor dem großen Tor an.

Der ganze Innenhof lag voller Schläuche, auf fahrbaren Leitern standen die Spritzenmänner und bekämpften mit dicken Wasserstrahlen den Großbrand in der Scheune und den Stallungen, auf die das Feuer auch schon übergegriffen hatte. Zwei Spritzen hielten ständig das Herrenhaus unter Wasser, um ein Überspringen der Flammen auch auf dieses zu verhindern. Die Knechte und Mägde schleppten aus den Stallungen noch immer Geräte heraus, unter hohen Gefahren für ihre Gesundheit, ja ihr Leben. Pedro stoppte als erstes mit lauter Kommandostimme diesen gefährlichen Betrieb.

»Laßt das Zeug, wo es ist!« brüllte er.

Aus der Scheune war ohnehin nichts mehr zu retten, sie stellte ein einziges riesiges Flammenmeer dar, von dem alles Brennbare verzehrt wurde.

Nun sprang Pedro, gefolgt von Dr. Faber und Marianne, die Treppe zum Herrenhaus hinauf. In der Halle stand Lulatsch mit einer Spritze in der Hand und beobachtete die Funken, dic an die Parterrefenster flogen. Als er den Baron sah, ging ein sichtliches Aufatmen durch seine lange Gestalt.

Diener durch und durch, ein Mann, der aus seiner Haut nicht heraus konnte, verbeugte er sich automatisch und rief: »Guten Morgen, Herr Baron!«

»Lulatsch, guten Morgen«, antwortete Pedro gezwungenermaßen. »Wer führt hier eigentlich das Kommando?«

»Ihr Herr Bruder, Herr Baron.«

»Wer?«

»Ihr Herr Bruder. Er hat mich hier eingeteilt. In eigener Person befindet er sich seit einer Viertelstunde auf dem Dach und kämpft, weil es dort oben am gefährlichsten ist.«

Pedro blickte Marianne und Dr. Faber an. Versteht ihr das? schien seine stumme Frage zu lauten.

Dann wandte er sich der Treppe nach oben zu. Marianne wollte ihm wieder folgen.

»Du bleibst hier!« rief er ihr über die Schulter zu. »Sie auch, Doktor! Sie sind mir dafür verantwortlich, daß ihr nichts passiert!«

In langen Sätzen hetzte er die Stufen hinauf, lief über den Speicher, kletterte zum Oberboden und zwängte sich durch eine Luke hinaus aufs Dach. Grell und heiß schlug ihm von der Scheune her die flammende Lohe entgegen, es war, als käme er in einen Ofen. Die Luft schien zu kochen. Nach Atem ringend, zwang er sich, weiterzukriechen zum Rand des Daches. Ruß und Schmutz wirbelten ihm ins Gesicht, Funken versengten seinen Anzug. Vor ihm zeichneten sich die Umrisse eines Mannes ab, der aufrecht auf dem Dach stand, diesen lebensgefährlichen Balanceakt nicht scheute, eine Axt und einen großen Einreißhaken in den Händen haltend.

Siegurd.

Ein ganz neuer Siegurd.

Ein Mensch, der dreißig Jahre lang nichts getaugt hatte und sich nun, in der Stunde der Gefahr, zu einem echten von Aarfeld gewandelt hatte. Ganz spontan. Eigentlich ohne es zu wollen. Von einer Minute auf die andere. Der Anblick eines rußgeschwärzten Pferdeknechts hatte einen neuen Menschen, einen wahren Edelmann, zur Welt gebracht.

»Siegurd!« brüllte Pedro. »Zurück! Du stürzt ab!«

Siegurd schaute um, entdeckte den an ihn herankriechenden Bruder, der noch einmal schrie: »Zurück!«

Siegurd schüttelte den Kopf. »Das Dach hier muß eingerissen werden, sonst geht auch das Haus flöten!«

Er mußte nicht weniger schreien als Pedro, um sich im Prasseln und Brausen der Flammen verständlich zu machen.

Schrecklich sah er aus. Brandblasen bedeckten sein Gesicht, seine Haare waren zum Teil schon versengt, sein Hemd war durchlöchert von Funken, die sich auf die Haut durchgefressen hatten.

Aber er hielt aus, und Pedro blieb bei ihm, weil er ihn nicht dazu bewegen konnte, seinen halsbrecherischen Posten zu verlassen. Zum Glück waren dies die Minuten, in denen die Feuerwehren den Brand in den Stallungen unter Kontrolle bekamen. Und die Flammen der Scheune begannen von selbst zu ermüden, da ihnen bereits alles, von dem sie sich nähren konnten, zum Opfer gefallen war. Das Letzte konnte dadurch verhindert werden. Unversehrt blieben Herrenhaus und Dach, von dessen vorbeugender Zerstörung Siegurd nicht abzuhalten gewesen wäre. Die Frage, ob er es geschafft oder sich den Hals dabei gebrochen hätte, blieb so unbeantwortet. Höchstwahrscheinlich letzteres.

Entscheidend war auf alle Fälle sein Entschluß, jede Gefahr auf sich zu nehmen. Pedro konnte dazu gar nichts mehr sagen. Er war ständig am stummen Abbitteleisten. Und Marianne wollte für ihren zukünftigen Schwager nur noch durchs Feuer gehen.

Für Siegurd wurde ein längerer Krankenhausaufenthalt zu seiner völligen Wiederherstellung notwendig.

4

Drei Wochen später saß Baron Pedro von Aarfeld in Boltenberge vor dem Notar Dr. Franz Sedelmaier. Er trug einen feierlichen Cut. Dr. Sedelmaier thronte hinter seinem Schreibtisch und rückte an seiner Brille.

»Tja, nun ist's soweit«, sagte Pedro, »ich bin gekommen, um Ihnen, dem zuständigen Notar, zu melden«, er lachte über das Wort ›melden‹, »daß ich doch noch rechtzeitig heiraten werde. Eine Andeutung machte ich Ihnen schon am Telefon.«

»Und wer ist die Glückliche? Darüber ließen Sie mich im Ungewissen.«

»Sie kennen Herrn Dr. Faber, den Kunsthändler ...«

»Ja.«

»Vielleicht auch seine Sekretärin ...«

»Die neue?«

»Ja.«

»Etwa die?«

Glücklich lächelnd nickte Pedro, wurde jedoch rasch wieder ernst, als Dr. Sedelmaier antwortete: »Aber Baron, ist die nicht bürgerlich?«

»Und? In welcher Zeit leben Sie, Doktor?«

Der erwähnte Kunsthändler Faber hätte seine helle Freude daran gehabt, wenn er diesen Moment miterlebt hätte. Leider war es ihm versagt.

Plötzlich wurde Pedro mißtrauisch.

»Lautet etwa«, fragte er, »eine Bedingung meines Vaters auch, daß ich mich standesgemäß verheiraten müßte?«

»Das weiß ich nicht«, antwortete Dr. Sedelmaier und erhob sich. »Ich glaube es nicht.«

Er ging auf den großen Aktenschrank zu. »Aber das werden wir gleich sehen ...«

Mit einem dicken Aktenstück, das mit einer gedrehten, dicken Kordel verschnürt war, kehrte er zu seinem Sessel zurück. Die Endknoten waren mit einem roten Siegel verschlossen.

Die Stimme des Notars nahm einen getragenen Tonfall an.

»Baron Pedro von Aarfeld, es war der Wille Ihres Herrn Vaters, daß bei der Haupttestamentseröffnung nur sein ältester Sohn allein zugegen sein soll. Diese Bestimmung ist heute erfüllt. Als Ihr Herr Vater vor zehn Jahren starb, legte er im Vortestament nieder, daß Sie das Gut so lange zu verwalten hätten, bis der Majoratserbe ermittelt wäre. Da Sie mich heute von Ihrem Aufgebot unterrichten, sehe ich mich in der angenehmen Lage, Ihnen den letzten Willen Ihres Herrn Vaters, der auch mein Freund war, zu eröffnen ...«

Dr. Sedelmaier ergriff eine Schere und wollte die Kordel durchschneiden, doch Pedro hob die Hand.

»Bitte«, sagte er leise, »lassen Sie mich das Siegel erbrechen, das mein Vater auf sein Testament setzte.«

Dr. Sedelmaier nickte sein Einverständnis, und Pedro ergriff das Aktenstück, hob es mit beiden Händen an und betrachtete es ein Weilchen versunken. Dann legte er es auf den Schreibtisch zurück und schob seine Finger unter die Schnur. Leise knackte es, und der Lack zersprang. Das Wappen derer von Aarfeld hatte, zerfallen in eine Reihe unscheinbarer Stückchen, seinen Geist aufgegeben.

Dr. Sedelmaier hatte stumm zugesehen. Die Erinnerung an seinen alten Freund war wach geworden, an die Abende auf dem Gut, die Skatrunde im Hotel Stern, die Jagderlebnisse.

Pedro nahm die Schere, schnitt das Aktenstück auf und schob es dem Notar hin. Dann trat dieser wieder in Funktion.

»Mein letzter Wille«, las er, nachdem er seine Brille zurechtgerückt hatte, vor. »Im Vollbesitz meiner geistigen Kräfte lege ich, Baron von Aarfeld, Ritter von Stolzenburg und Ebertzhagen, Edler Herr von Almelungen und Ritter des Schwarzen Adlerordens zweiter Klasse, meinen letzten Willen fest: Erstens: Mein Sohn Pedro erhält bei Heirat, die spätestens bis zur Vollendung seines vierunddreißigsten Lebensjahres erfolgt sein muß, das gesamte Majorat Aarfeld, mit allen Gütern, Liegenschaften, Inventar. Er hat seinem Bruder Siegurd das Wohnrecht einzuräumen. Zweitens: Mein Sohn Siegurd erhält eine jährliche Rente von DM 60000,- und einen Anteil von 25 Prozent meines Auslandsvermögens, dessen Aufstellung dem Testament beigegeben ist. Drittens: Mein Sohn Siegurd erhält ferner die Villa ›Bergfried‹ am Ammersee in Bayern. Viertens: Ich verpflichte meinen Sohn Pedro, aus dem an ihn fallenden Haupterbe jährlich DM 12000,- auf das Konto 34927 der Sparkasse in Boltenberge zu überweisen. Der Zweck dieses Kontos mag ihm unbekannt sein und bleiben ...«

Länger als eine halbe Stunde dauerte die Verlesung des umfangreichen Testaments, und dann wußte Pedro, daß er der Erbe eines riesigen Vermögens war. Zusammengezählt mochte alles in allem einen Wert von zehn bis zwölf Millionen darstellen.

Pedro begab sich, als er beim Notar alles hinter sich hatte, zu Dr. Faber, seinem Freund. Wichtiger war ihm natürlich noch, Marianne dort anzutreffen. In dieser Hoffnung sah er sich dann allerdings getäuscht.

Dr. Faber empfing ihn mit einer Miene, die nichts Gutes verhieß.

»Wo ist Marianne?« fragte Pedro, als er sie nirgends sah, im Laden nicht und im Büro auch nicht.

»Fort.«

»Wie fort? Können Sie sich nicht genauer ausdrücken, alter Freund?« fragte lächelnd Pedro, der den Ernst der Lage noch nicht wahrhaben wollte.

»Ich weiß nicht, wohin sie ist. Sie stürzte jedenfalls weinend aus dem Laden. Sie war zurückgekommen vom Essen zu Hause, wo sie einen Brief vorgefunden hatte. Den da ... sie zeigte ihn mir ... sie wollte ihn gar nicht mehr haben ...«

Faber überreichte Pedro jenen Brief. Pedro nahm den Umschlag und drehte ihn um, um als erstes nach der Absenderangabe zu sehen.

M. v. Bahrenhof.

Eine kalte Hand schien ihm nach seinem Herzen zu greifen.

»Lesen Sie«, sagte Dr. Faber.

Pedro zog den mit Maschine geschriebenen Bogen aus dem Umschlag und faltete ihn auseinander. Rasch lief er rot an, sein Puls beschleunigte sich, die Stirnadern schwollen an.

Er las:

»Bestes Fräulein Klett!

Zu ihrer bevorstehenden Verlobung mit Pedro darf ich Ihnen als Eingeweihte wohl zuerst gratulieren. Sie erhalten wirklich einen treuen Mann, der, wenn er einmal ein Ziel sieht, es auch verfolgt, ohne Rücksicht auf Herzen und Gefühle. Selbst Küsse, die er im Auto mit jungen Witwen tauscht, hindern ihn nicht daran, für die Erhaltung seines Majorats sich selbst zu verleugnen.

Werden Sie glücklich mit ihm, bestes Kind, glücklicher als ich vor allem, die den großen Nachteil hat, ihn zu gut zu kennen, um Herrin auf Aarfeld zu werden.

Ihre Mathilde von Bahrenhof.«

Pedros sämtliche Empfindungen sammelten sich, als er den Brief sinken ließ, in einem einzigen Ausdruck, den er hervorstieß: »Dieses Mistvieh!«

Adelig war das nicht gerade.

»Sie hatten also nichts mit der?« schloß daraus Dr. Faber erleichtert.

»Natürlich nicht; nur ...«

Pedro stockte.

»Was nur?« fragte Faber.

Pedro gab sich einen Ruck. »Es war so: Wir hatten beinahe einen Unfall. Ich mußte scharf abbremsen, der Wagen schleuderte, und sie flog mir an die Brust. Ich habe sie nicht gleich weggestoßen, das war mein Fehler. Als ich mich behutsam - um sie nicht zu verletzen, weder physisch noch anders - von ihr lösen wollte, fiel sie buchstäblich über mich her und verschlang mich mit ihren verdammten Küssen, in denen sie jetzt eine Waffe sehen will.«

Pedro schlug mit dem Rücken der freien Hand auf den Briefbogen, den er in der anderen hielt, und fragte den Kunsthändler, der ihn mit einer Spur von Zweifel im Gesicht ansah: »Was soll ich machen? Was raten Sie mir?«

»Sie müssen die Sache bereinigen.«

»Und wie?«

»Indem Sie mit beiden Frauen reden - mit der einen allerdings klar und deutlich, damit ihr für immer die Lust zu solchen Intrigen vergeht.«

Fünf Minuten später war Pedro von Aarfeld mit dem Wagen schon unterwegs nach Bahrenhof, wieder einmal mit Höchstgeschwindigkeit.

Die langen Gänge des Sanatoriums waren weiß getüncht und mit hellgrünem Linoleum ausgelegt. Überall drängte sich der Eindruck peinlichster Sauberkeit auf.

Auf Zimmer 9 der Privatstation lag Siegurd von Aarfeld. Seinen Kopf hüllte ein großer Verband ein, der nur das schmale Gesicht zwischen halber Stirn und halbem Kinn freiließ. Sein rechter Arm war dick mit Brandbinden umwickelt, sein linkes Bein lag in einer langen Schiene. Die eben verheilten Brandwunden am Rumpf verdeckte ein Pyjama. Siegurds Verletzungen hatten in den ersten Tagen zu größter Besorgnis Anlaß gegeben. Nun aber befand er sich auf dem Weg der Besserung.

Heute hatten, unter Anleitung des Chefarztes, Professor Krafft, die ersten Gehversuche stattgefunden. Das war nicht ohne Erschöpfung abgegangen, und deshalb lag Siegurd jetzt bleich und kaputt im Bett. Eine zusätzliche Belastung ging von Marianne aus, die auf einem Stuhl vor dem Bett saß und vor sich hinweinte.

Die Frage, mit der sie ins Zimmer gestürzt war, hatte gelautet: »Was haben Pedro und diese Bahrenhof-Hexe miteinander?«

Siegurd war natürlich überrascht und erschrocken gewesen und hatte deshalb im ersten Augenblick nur hervorgestoßen: »Nichts.«

»Aber sie behauptet das Gegenteil, Siegurd!«

»Welches Gegenteil?«

»Daß er sie geküßt hat!«

Und nun hatte Siegurd einen großen Fehler gemacht, indem er sagte: »Na und? Hast du mich nicht auch geküßt?«

Ein Aufschrei Mariannes ertönte: »Das ist doch etwas ganz anderes!«

Weibliche Logik. In solchen Fällen entdecken Frauen immer elementare Unterschiede.

Jedenfalls löste sich ein Strom von Tränen aus Mariannes Augen, der kein Ende mehr nehmen wollte.

Siegurd berichtete daraufhin, was sich zwischen Pedro und Mathilde von Bahrenhof wirklich zugetragen hatte. Zum Glück hatte ihm Mathilde ja die Geschichte ganz offen erzählt, und dies mußte er Marianne sogar noch unverblümt eingestehen, sonst hätte sie ihm keinen Glauben geschenkt. Sie fragte ihn nämlich mißtrauisch: »Woher weißt du das alles so genau? Bist du selbst dabei gewesen?«

»Nein.«

»Dann muß es dir ein Beteiligter mitgeteilt haben.«

»Ja.«

»Pedro?«

»Nein, Mathilde.«

Marianne verstummte. Da aber der Ausdruck des Mißtrauens nicht aus ihrem Gesicht verschwand, fühlte sich Siegurd gezwungen, eine Generalbeichte abzulegen.

»Glaub mir, das stimmt schon«, begann er. »Wir hatten keine Geheimnisse voreinander. Du ahnst nicht, wie weit das ging. Ich will es dir sagen, es bedrückt mich sowieso schon seit dem großen Brand ...«

Und schonungslos gegen sich selbst berichtete er von dem Plan, den er und Mathilde geschmiedet hatten, um sich in den Besitz des Gutes zu setzen. Im Zuge dieses Planes seien, sagte er, jene Küsse Mathildes ein von ihr angestrebtes Mittel gewesen, sich Pedro gefügig zu machen. Das müsse ihr, Marianne, doch einleuchten. Oder nicht?

»Doch«, nickte Marianne, nun restlos überzeugt.

Und sie schämte sich. Sie kam sich klein und häßlich vor, nicht wert, einmal Marianne von Aarfeld zu heißen. Ich muß sofort zu Pedro, dachte sie, Dr. Faber muß mich nach Aarfeld fahren. Ich muß Pedro um Verzeihung bitten. Ich will nie wieder an ihm zweifeln, will nur ihm glauben, denn ich weiß nun, daß er mich liebt und alle Worte, die er spricht, Wahrheit sind, weil er gar nicht lügen kann.

Sie sprang auf.

»Wohin?« flüsterte Siegurd, den die lange Beichte unendlich ermüdet hatte.

»Zu ihm!«

Und ehe er ihr an ihn auch Grüße von ihm, seinem Bruder Siegurd, auftragen konnte, war sie schon an der Tür.

Er lächelte ihr nach. Erst draußen auf dem Flur fiel ihr ein, daß man sich von einem Patienten auch verabschieden mußte. Sie steckte den Kopf noch einmal ins Zimmer.

Aber Siegurd schlief schon.

Mit kreischenden Bremsen hielt der Wagen Pedros auf dem Innenhof von Gut Bahrenhof. Ein Stallbursche rettete sich durch einen Sprung zur Seite.

Pedro wand sich aus dem Wagen und wollte ins Haus stürmen.

»Die Frau Baronin ist nicht da«, sagte der Stallbursche rasch.

»Wo ist sie?«

»Drüben im Bruch. Sie wollte heute Hasen schießen.«

»Danke.«

Pedro sprang wieder in den Wagen, fuhr mit einem Ruck an, lenkte hinüber in den großen Wald, der sich bald an das Gut anschloß, scheute nicht die unebenen Forstwege und stoppte nach drei Kilometern vor einem engen Tannenstück. Dort stieg er aus, schlug die Wagentür hinter sich zu und ging quer durch das Tannenstück zu einer weiten, teils mit niedrigem, teils mit hohem Gras bewachsenen Fläche, die man in dieser Gegend den Bruch nannte, und die in der Hauptsache aus einem großen Sumpf bestand.

Am Waldrand blieb Pedro stehen und schaute sich um. Langsam wanderte sein Blick über die Haselbüsche und Krüppelbirken, über die Schilfinseln an den noch offenen Stellen des Moores und die breiigen Flächen des tückischen Bodens. Endlich sah er an einer halbhohen Weide eine schlanke Gestalt stehen und ging mit langen Schritten auf sie zu.

Ruhig, die Schrotflinte in der Hand, erwartete ihn Mathilde von Bahrenhof. Ihr blondes Haar wallte wundervoll über die grüne Lodenjacke.

»Wen sehe ich: Pedro von Aarfeld«, sagte sie mit ihrer melodischen Stimme, die so zärtlich, aber auch so kalt klingen konnte.

»Wollen Sie in meinem Revier ein wenig wildern? Wo haben Sie die Waffe?«

Mit steinernem Gesicht stand der Baron vor ihr.

»Sie haben an meine Braut geschrieben«, sagte er hart und laut.

»Ich habe ihr gratuliert. Man weiß doch, was sich gehört.«

»Sie haben gelogen!«

»Wieso?« Sie lachte. Es klang perlend und aufreizend. »Ich habe geschildert, wie ich dieses Verlöbnis mit meinen Augen sehe.«

Pedro drohte die Beherrschung zu verlieren.

»Der ganze Brief strotzt vor Gemeinheit!« schrie er.

»Was wollen Sie hier?« fragte ihn Mathilde von Bahrenhof schroff.

»Sie werden Ihre Lügen meiner Braut gegenüber richtigstellen! Dazu zwinge ich Sie!«

»Mich zwingen?« In den Augen der Freiin glomm ein gefährliches Feuer auf. Sie riß plötzlich das Gewehr hoch und zielte auf Pedro. »Ich könnte Sie jetzt abknallen, und keiner sieht es. Wilderer, würde es heißen, wie beim Vater. Am liebsten täte ich es wirklich. Ich hasse Sie. Sie haben mich um mein ganzes Leben gebracht, um meine Zukunft. Verschwinden Sie, sonst drücke ich ab!«

»Runter mit der Flinte!« sagte Pedro furchtlos. »Spielen Sie hier nicht die Verrückte!«

»Halt! Bleiben Sie stehen!« schrie sie schrill, als sie sah, daß er auf sie zutreten wollte. »Noch *einen* Schritt, und Sie sind ein toter Mann!«

Ihr Gewehr lag in Augenhöhe. Der Lauf zielte mitten ins Gesicht Pedros. Haß verzerrte ihre Züge.

Pedro rührte sich nicht mehr. Nur noch Zentimeter trennten ihn vom Jenseits, das war ihm von einer Sekunde auf die andere klar geworden.

So standen sie eine Ewigkeit, und auf einmal peitschte ein Schuß über das stille Moor; es war aber nicht der erwartete aus Mathildes Büchse, sondern er dröhnte vom Waldrand her. Die Freiin stand plötzlich mit leeren Händen da. Ihre Flinte hatte einen heftigen Schlag erhalten, war zur Seite geflogen und lag nun im Schlamm.

Vom Waldrand löste sich eine hohe, breite Gestalt. Leichenblaß blickte ihr Mathilde von Bahrenhof, die beim Schuß entsetzt herumgefahren war, entgegen.

Tief atmete Pedro auf.

»Gerade noch im rechten Augenblick, Recke«, sagte er, setzte jedoch, Zeugnis von seiner immerwährenden Korrektheit ablegend, sogleich hinzu: »Ich muß Sie aber fragen, wie Sie mit einer Waffe in ein fremdes Revier kommen ...«

»Ich darf mir den Weg abkürzen«, antwortete gar nicht erstaunt der Förster Recke. »Dazu habe ich seit acht Jahren die Erlaubnis vom verstorbenen Freiherrn von Bahrenhof.«

Dies schien der Freiin von Bahrenhof den Rest zu geben. Sie wandte sich ab, fuhr herum und wollte tiefer ins Moor hineinlaufen. Pedro hielt sie jedoch am Ärmel fest.

»Bleiben Sie, dort hört der Weg auf!«

»Lassen Sie mich!« Kratzend fuhren ihre Finger in sein Gesicht, wodurch sich für einen Augenblick sein Griff lockerte. Sie benutzte die Gelegenheit, um sich loszureißen und über den schmalen Weg durch die Büsche hindurch dem Moor entgegenzulaufen.

»Halt!« brüllte Pedro, sah, daß sein Ruf nichts nützte, und setzte der Flüchtenden nach. Recke schlug einen kleinen Bogen. Er wollte versuchen, ihr den Weg abzuschneiden.

Weicher und weicher wurde der Boden. Der ausgetretene Pfad hörte auf. Hohes Gras bedeckte die nachgebende Erde, die hier noch nie von eines Menschen Fuß betreten worden war. Als könne sie fliegen, so schnell und leicht rannte die Freiin über den schwankenden Boden, schnellte sich um die Büsche und warf sich in das Schilf, eine Gasse vor sich niedertretend.

»Bleiben Sie doch stehen!« brüllte Pedro im Laufen. »Das Moor kommt!«

Mathilde von Bahrenhof achtete nicht darauf. Wie gehetzt lief sie weiter, sprang über die ersten offenen Stellen, in denen das dunkle, faulige Wasser gurgelte, sank mit dem Fuß bis zum Knöchel ein und riß sich wieder empor. Weiter, nur weiter! schrie es in ihr. Ich habe ihn ermorden wollen, und eine Freiin von Bahrenhof stellt man nicht als Verbrecherin vor Gericht. Sie blickte zur Seite, sah die Hünengestalt des Försters Recke auf sich zukommen – und wandte sich nach links. Leichtfüßig sprang sie über niedriges Gesträuch und schlug Haken um die Weidenstämme und die moorigen Stellen.

Plötzlich öffneten sich die Büsche, und ein weites, fast kahles Feld lag vor ihr. Kleine Schilfbüschel ragten aus der nassen Erde. Eine Schar Moorhühner flatterte empor, aufgeschreckt von den hier zum erstenmal sichtbar werdenden Zweibeinern, und zog schreiend davon.

Das Moor, durchzuckte es Mathilde. Sie blickte sich um. Hinter ihr keuchte Pedro von Aarfeld heran, von rechts kam der Förster durch die Büsche gebrochen. Es gab keinen anderen Weg mehr ... das Moor mußte sie tragen.

Ohne sich zu besinnen, stürzte Mathilde von Bahrenhof hinaus auf die weite, einsame, tote Fläche. Mit einem Ruck stoppte Pedro, als er dies sah, und starrte der Verrückten nach. Er brachte keinen Ton mehr hervor. Es hallte aber die Stentorstimme Reckes über das Moor: »Zurück! Das ist Selbstmord!«

Fünf ... zehn ... zwanzig Schritte lief die Freiin noch. Das Moor trug sie. Der Boden schwappte unter ihr, Wasser quoll auf, faulige Brühe lief ihr über die Schuhe - aber die leichte Gestalt sank nicht ein, sie wirbelte über den Tod hinweg. Ohnmächtig standen Pedro und Recke am Rand und starrten auf das Bild des Wahnsinns, das sich ihnen bot.

Da warf die Freiin plötzlich die Arme hoch, wollte einen Schritt zurück, doch urplötzlich war nun das Moor am Zuge. Es hielt sie fest. Mit einem lauten Schrei brach sie in den tückischen Boden ein und versank bis zu den Waden.

Verzweifelt begann sie zu kämpfen. Aber jede Bewegung verringerte ihre Chancen, öffnete das Moor unter ihr nur noch bereitwilliger. Es war, als sauge eine ungeheure Kraft an ihrem Körper, als stünde sie in einem Brei, der langsam höher stieg. Grundlos schien der Boden, gierig, endlich ein Opfer zu haben. Fauliges Wasser stieg an ihr empor und gluckste jetzt schon um ihre Schenkel.

Verzweifelt sah sie sich um.

»Hilfe!« schrie sie. »Hilfe! Ich versinke!«

Mit weit aufgerissenen Augen, in denen ein maßloses Grauen lag, sah sie, wie der Boden, der Tod, an ihr höher und höher kletterte. Und sie schrie nur noch immer wieder gellend nach Hilfe.

Pedro löste sich aus seiner Erstarrung, hetzte zum Waldrand zurück, sprang suchend hin und her und fand einen jungen, abgeholzten Birkenstamm. Er lud ihn sich auf die Schulter und brachte ihn möglichst rasch zur Unglücksstelle. Recke folgte seinem Beispiel. Auch er fand bald einen zweiten Stamm. Doch dann war Schluß. Es schwebte ihnen vor, in aller gebotenen Hast eine Art Knüppeldamm zu bauen, aber sie hätten dazu einige Dutzend Stämme gebraucht; kein einziger fand sich mehr in der Nähe, trotz fieberhafter Suche.

Was tun? Nichts mehr. Das Moor, der Tod war am Zuge.

Das Opfer schrie und schrie.

Schon reichte der Sumpf bis zum Hals.

In den Augen lag die Erkenntnis, daß es zu Ende war.

Aus dem Brei der Erde fuhren ein letztes Mal die Arme hoch, als wollten sie nach einem Halt in der Luft greifen.

»Hilfe!« gellte es. »Hilfe! Hi ...«

Der Schrei brach ab, und tödliches Schweigen, Bewegungslosigkeit und die absolute Gleichgültigkeit der Elemente gegenüber jeder menschlichen Katastrophe senkte sich auf das Moor herab.

Totenbleich starrte Pedro von Aarfeld auf die Stelle der Tragödie. Friedlich lag sie da. Bald schon würden die Moorhühner zurückkehren, auf der Suche nach Schutz und Nahrung, die ihnen der Schlick bot.

Recke fand als erster die Sprache wieder. »Es ist vorbei, Herr Baron ...«

»Gehen wir«, entschied Pedro, und sie schritten gemeinsam durch den Wald. Der Förster trug neben seiner Flinte auch die der Freiin.

»Dieses Ende hat sie nicht verdient«, sagte Pedro, als sie bei seinem Wagen angekommen waren. »Sie war haltlos, gemein, rachsüchtig, gierig nach Geld, sie war einfach schlecht – aber das sind viele. Dieses Ende hat sie nicht verdient, denn sonst müßten ganze Heerscharen auch auf solche Weise zugrundegehen.«

»Wer erstattet Meldung bei der Polizei, Sie oder ich?« fragte der Förster.

»Ich.«

Pedro ließ sich das beschädigte Gewehr geben, wobei er sagte: »Diese Geschichte bleibt unter uns, Recke – den Anschlag auf mich meine ich. Wir sagen einfach, daß sie unvorsichtig war. Klar?«

Und als der Förster erstaunt blickte und nur zögernd nickte, setzte Pedro hinzu: »Wir wollen das Andenken an sie in der Öffentlichkeit nicht noch unnötig schädigen. Schlecht genug wird es ohnehin sein.«

»Wie Sie meinen, Herr Baron.«

Pedro stieg in seinen Wagen, nachdem er Mathildes Flinte im Kofferraum verstaut hatte. Mit einem knappen Winken der Hand fuhr er davon. Recke sah dem Auto nach, bis es in einer Schneise verschwunden war. Dann stand er noch eine Weile, blickte leer vor sich hin und ließ den ganzen schrecklichen Film der letzten Viertelstunde noch einmal an sich vorüberziehen. Ein tiefer Seufzer hob zuletzt seine Brust.

»Mann«, sagte er laut zu sich selbst, »ich hätte schlechter zielen sollen, sie erschießen sollen, dann wäre ihr das erspart geblieben.«

Pedro fuhr langsam. Auch ihn hielten die Bilder des Grauens noch zu sehr in ihren Krallen, als daß er daneben schon wieder die nötige Konzentration auf ein Fahren mit höherer Geschwindigkeit hätte aufbringen können.

Er kam an Gut Bahrenhof vorbei und bog auf die Straße nach Aarfeld ein. Schon von weitem sah er im Hof seines Gutes den Wagen Fabers stehen. Als er durch das Tor fuhr und stoppte, kam ihm Marianne die Treppe herunter entgegengelaufen. Sie strahlte, erstarrte aber wenige Schritte vor ihm plötzlich und stieß hervor: »Wie siehst du aus? Was ist passiert?«

»Das erzähle ich dir später. Erst muß ich wissen, ob zwischen uns wieder alles in Ordnung ist.«

»Natürlich! Ich war doch ein Schaf, und ich schwöre dir, daß ich nie, nie, nie mehr davonlaufen werde. Kannst du mir meine Dummheit noch einmal verzeihen?«

Er nickte lächelnd, sie jauchzte auf und warf sich ihm in die Arme.

»Du«, flüsterte sie ihm heiß ins Ohr, »wolltest du mich nicht immer wieder etwas fragen, bis du die richtige Antwort von mir erhalten würdest?«

»Ja.«

»Dann tu's! Ich warte darauf!«

Mit glücklichen Augen, aus denen das Grauen gewichen war, um einem seligen Schimmer Platz zu machen, erklärte er: »Also gut, ich frage dich, ob du meine Frau werden willst. Oder sagst du wieder nein?«

Ihre Antwort erfolgte in einer Art und Weise, die dem Diener Lulatsch zu einem außerordentlich mißbilligenden Kopfschütteln Anlaß gab. Er stand im ersten Stock zufällig hinter einem Fenster und beobachtete die Szene im Hof.

»Nein«, brummte er tadelnd, »das geht zu weit! Die erstickt ihn mir ja! Und das in aller Öffentlichkeit! Wenn wenigstens er nicht auch noch mitmachen würde! Aber ...«

Er brach ab, wandte den Blick vom Fenster. Mit einem »Barone sind das heutzutage ...« ging er kopfschüttelnd aus dem Zimmer und stieg hinunter in den Keller, um sich ein Fläschchen zu holen. Er hatte Trost nötig.